太平村的锣声

马智立剧作选

马智立 著

中国出版集团
现代出版社

图书在版编目（CIP）数据

太平村的锣声/马智立著. --北京：现代出版社，2017.10
ISBN 978-7-5143-6517-7

Ⅰ．①太… Ⅱ．①马… Ⅲ．①剧本－作品集－中国－
当代 Ⅳ．①I230

中国版本图书馆CIP数据核字（2017）第243980号

太平村的锣声

作　　者	马智立
责任编辑	杨学庆
出版发行	现代出版社
地　　址	北京市安定门外安华里504号
邮政编码	100011
电　　话	010-64267325　　010-64245264（兼传真）
网　　址	www.1980xd.com
电子邮箱	xiandai@vip.sina.com
印　　刷	成都新千年印制有限公司
开　　本	880×1230　1/32
印　　张	13
字　　数	263千字
版　　次	2017年10月第1版　2020年1月第2次印刷
书　　号	ISBN 978-7-5143-6517-7
定　　价	59.80元

从木匠到编剧

（代序）

◇ 马智立

　　都说编剧是最难的差，写戏是最苦的活，我误打误闯入了此行，写了半辈子戏，说不尽的苦辣酸甜，毕竟，坚持下来了。

　　回顾自己的创作历程，感触颇多。以前拼命挤进戏剧队伍只为混口饭吃，孰料日久生情，我渐渐把写戏当成了甘愿为之奋斗一生的事业。

　　这么多年，写了大大小小几十个剧本。每个作品都是我的心血结晶，都是我的最爱，为本次结集，我挑选出了最能体现我创作思想的大小十个不同风格样式的剧本。

　　这十个剧本分别有大型历史剧《大顺李岩》、古典悲剧《生死恨》、古典悲剧《潘金莲之死》、幽默讽刺喜剧《城市英雄》、三幕多场景现代戏曲《古镇风流》以及通俗喜剧《太平村的锣声》、通俗喜剧《竹叶和她的雇工》、小喜剧《早春》、小喜剧《五朵村花》、湘剧高腔《小楼昨夜》。

　　剧作结集出版，总算能给被我无情闲置几十年的那套木工行头一个交代了。

很多年前，我是个自得其乐的小木匠，每天背着木工工具，哼着花鼓小调走村串户。闲暇时，偶尔搞些寻章摘句舞文弄墨的文字游戏，那也纯粹为消磨时日图个乐子而已。

然而，人算不如天算。

概因我这小木匠手底有活，十八般木工手艺无一不会，且能写会画擅长雕刻造型。试想这等人才若遭埋没岂不是暴殄天物？都说金子总会发光的！果不其然，市剧团真被我这块金子晃了一下眼睛，如获至宝地聘我到舞美队当了道具师傅，还兼写写字幕打打幻灯追光间或跑个龙套什么的。

小木匠何其有幸，一步跻身神圣的艺术殿堂。日久天长，在那些"帝王将相，才子佳人"的浸淫熏陶下，我无可救药地沉湎于让人目眩神摇的艺术陷阱中不能自拔。看到当时文艺战士那不可一世的无上风光，心头那羡慕嫉妒恨呀！暗想：我把道具做得再好又有何用？我依旧是矮人三等的农民，依旧是挺不起胸膛的临时工！从此，我再难把持住自己这颗纯洁的小农之心，石破天惊地放出狠话：我要学写戏，我要靠写戏来改变自己的命运。

一个逃离生产队大锅饭外流进城的农村小木匠不知天高地厚，竟想靠写戏来改变自己的命运，天方夜谭！

小木匠偏不信邪……

……

也许是机缘凑巧，抑或是命运使然。几年后，我创作的两个剧本被有心人"举报"到了省文化局。当时恰逢我省编剧队伍青黄不接正闹剧本荒，求才若渴的省领导读完剧本后大喜过望，连声叫好！（后来我想，这不一定是我的剧本写得如何如何好，也许省领导当时看中的是"木匠写戏"这一事件在文艺界的励志效用。）

顺理成章，我如愿以偿跳出农门吃上了国家粮，当上了梦寐以求的专业编剧。

从此，手艺圈里少了个自得其乐的小木匠，文艺界则多了个一心想当剧作家的狂妄小子！

祸耶？福耶？

……

一晃，很多年过去了。当初那个青春勃发不谙世事的小木匠，已湮没在烟波诡谲的剧海里熬成了鬓染微霜的老写匠。少了些年少时的创作激情与冲动，多的是对当今戏剧现状莫名的困惑与感伤。"举袂皆从戏中来，但闻开口是皮黄"，更怀念我中华戏剧曾有过的荣耀与辉煌。从《荆》《刘》《拜》《杀》到《茶馆》《雷雨》，我钦羡老一辈戏剧家何其有幸，一剧成名功垂青史。而我辈……唉！

坚守多年，戏中戏，戏外戏，百味遍尝，剧情看破，更觉人生如戏，戏如人生。但我仍不改初衷，义无反顾，照旧成天板着一张苦瓜脸苦海行舟，总相信戏剧有复兴之日。

写戏真的很苦，这苦说不清道不明。可又怪谁呢？自找的！

快乐吗？有过快乐。当自己某个戏搬上舞台是能获得快乐的。但那只是短暂的快乐，这个戏大幕刚闭上，作为编剧，马上又得为下个剧目劳神而愁肠百结。就像一只被饿狼追着的兔子，我只能永远向前奔跑！有人对我说：当年你若不改行仍继续做木匠，到今天，你至少也是个腰缠万贯的作坊主了！

我默然。

某天，我终于向自己发难了：是否可以不这么苦逼地干活？是否可以搬来米卢老头那套"快乐足球"理念，也搞搞"快乐戏剧"呢？

所谓"快乐戏剧"，即是调整心态，轻装上阵，不谈功利，超脱得失，看不见命题作文，听不到行政命令，不图谋会演中夺奖，也不想去北京争名。"采菊东篱下，悠然见南山"，一壶茶，一杯酒，轻啜慢饮。猛然间激情充溢胸臆，文思泉涌，一气呵成，轻松成戏。快哉，必是好戏！

突然醒了，原来在做梦！梦境犹在，更觉自己心虚气短。你以为你是谁？是避世隐居的五柳先生？你以为自己真能跳出三界外，不在五行中？其实，我大俗人一个，体制内写匠，断挣不脱那人人热衷一搏的名缰利锁！何来"快乐戏剧"？天注定，快乐是给观众的，我等写戏的断不能太快乐，这是宿命！

······

戏剧是社会进步的见证，一个伟大时代的到来，必出现人文鼎盛的局面。近年，政府繁荣文艺的口号振聋发聩，振兴戏剧的举措层出不穷，天时地利人和，时不我待，当奋力一搏！

看当下举国弘扬"大国工匠"，倡导"工匠精神"，忽然想起我中华工匠祖师爷鲁班师傅真了不起，做木匠做成了万世师表。他老人家两千多年前发明的"曲尺""墨斗"沿用至今且无可取代。忽然发现，这做木匠和写戏的工作状态何其相似：木匠做活，必须胸有成竹，手握规矩，画线解料，破圆为方，打眼斗榫，最后合成抛光。写戏呢？一样的布局谋篇，主题张扬，钩心斗角，九曲回肠，机关算尽，最后总归圆满收场。

茅塞顿开，我不禁哑然失笑。几十年呕心沥血干着自以为高大上的活，还总觉技不如人绝不敢以剧作家自居。今天终于找到了自己的定位：工匠！手艺人！写戏，不就是做手艺一样，一种工匠行为吗？

从木匠到编剧，转了一大圈，我仍然是个工匠，手艺人！

我认了！这个社会正需要"大国工匠"，需要"工匠精神"！

著名音乐人李宗盛在他那有名的广告片《致匠心》中说："世界再嘈杂，匠人的内心绝对、必须是安静的！专注做点东西，至少，对得起光阴岁月。"

好时代，好时机，我这手艺人将独运匠心，专注精神做点东西出来！

2017 年 5 月 4 日

目录

CONTENTS

通俗喜剧

太平村的锣声

时　间：20 世纪 80 年代末

地　点：湖南某山区

人　物：宗佑　大妈　大旺　小娟　小豹　二发　三宝

　　　　法警　众村民

第一场

　　〔大锣声声。

　　〔幕后合唱。

　　　　　哟嗬喂——

　　　　　村长的铜锣敲得响，

　　　　　鸡屁眼抠钱办鞋厂。

　　　　　村民集资当工人，

　　　　　造出皮鞋叫"太平鸟"。

　　　　　鸟儿飞不出太平村，

　　　　　产品滞销没市场。

　　　　　哎哟我的个娘，

　　　　　锣槌打断好多根，

　　　　　气得村长直骂娘。

宗　佑　（幕前敲锣喊话上）村委会紧急通知，鞋厂出货下山，全

　　　　村劳力出工，哪个不听调摆，要按村规处罚哪！（喊下）

　　　　〔开幕曲。

　　　　〔大幕开。太平村村头。

[热闹气氛中，王三宝和男女村民背货过场。

[合唱分唱。

哟嗬喂——

村长的铜锣敲得响，

鞋厂要打翻身仗，

"太平鸟"换成"富贵花"，

新品牌下山抢市场。

年底还本分红利，

村民们个个喜洋洋。

哎哟我的个娘，

拆掉茅房换瓦屋，

家用电器搬进房。

提只猪脑壳谢村长，

我光棍脱身讨婆娘。

哎哟我的个娘，

村长的铜锣敲得响，

摘掉穷帽子奔小康。

众村民　哦嗬嗬——（围住三宝"撞油"）

[内传来锣声。

三　宝　嘘！村长来了……

[村民们一哄而下。

宗　佑　（提锣上）哈哈哈哈！

（唱）欢歌笑语，喜报春消息，

新货上市，制胜有玄机。

这铜锣是我治村的核武器，

奔小康还看打锣带头的。

锣面铤铤亮，

锣槌栎木的，

声声锣响惊天地，

太平村迎风竖起致富旗。

三　宝　村长……

宗　佑　村长村长！早讲了现在要叫村主任，不要叫村长！

三　宝　当官不带长，打屁都不响！喊你村长又顺口又威风，喊
　　　　村主任几多拗口啰我的村长咧！

　　　　（唱）两年来鞋厂快落气，

　　　　　　　搭帮你今年走妙棋，

　　　　　　　这回子稳稳赚红利，

　　　　　　　小七对等哒吊幺鸡。

宗　佑　（唱）卒子过河，只有拱到底，

　　　　　　　我是死马当作活马医。

　　　　　　　闯商场还得有心计，

　　　　　　　万不能三担牛屎六篾箕。

三　宝　（唱）老姜辣过胡椒粒，

　　　　　　　三宝我实实服了你。

　　　　　　　太平村里人挤人，

　　　　　　　你要培养个接班的。

宗　佑　（唱）不是高手打不得锣，

　　　　　　　这四两锣槌重无比。

　　　　　　　老牛拉犁有后劲，

　　　　　　　五十九岁我还梆硬的。

　　　　〔宗佑耍槌，三宝盯着锣槌，馋涎欲滴。

大　旺　（拿双皮鞋上）爷老子！哦，村长，这是鞋厂的新产品富
　　　　贵花，穿下看合脚不？

宗　佑　大旺，你给我买的呀？

大　旺　买？你是鞋厂的法人代表，穿双皮鞋还要花钱买呀？

宗　佑　不买？有听讲过呀？小贪戴手铐，中贪吓一跳，抬头一
　　　　看，大贪在台上作报告，作完报告下来照样戴手铐！你
　　　　想害我戴手铐呀？

大　旺　这不算贪污也不算受贿，请领导审查新产品是工作需
　　　　要！

宗　佑　不算受贿？

大　旺　不算受贿！

宗　佑　是工作需要？

大　旺　是工作需要！

宗　佑　好，我穿！呃，还是不行！这皮鞋是用村民们卖鸡婆鸭
　　　　蛋钱做的，我怎么能白穿？

大　旺　村长，我开玩笑的！这皮鞋我出了钱，是买来送给你
　　　　的！

宗　佑　真的？

大　旺　有收据!

宗　佑　好好好! 我穿! (穿鞋)蛮好! 定做的一样, 到底是名牌!

大　旺　(担心地)村长, 鞋厂这一宝都押在这批货上, 要是又销
　　　　不动, 我这厂长只有找根绳子去上吊!

宗　佑　笑话! 这么响的牌子, 这么好的质量, 人家畅销我们会
　　　　销不动?

大　旺　市场是只老虎咧!

三　宝　村长他老人家就是打虎的武松! 大旺, 有村长掌本, 这
　　　　回, 你等哒进米米啰!

宗　佑　对, 要有信心嘛! 走, 到那边看看货出得怎样了?
　　　　〔大旺、三宝、宗佑下。

小豹、小娟　(内唱)一路春风, 携手回家乡——
　　　　(上唱)打工仔(下岗妹)怀揣着青春的梦想。

小　豹　(唱)见识过山外精彩的世界,
　　　　　　　我带回了激情和希望。

小　娟　(唱)丢掉了下岗的失落和惆怅,
　　　　　　　我唤回了自信和自强。

小　豹
小　娟　(合唱)看家乡, 生机勃勃新气象,
　　　　　　　再不是打着哈欠奔小康。
　　　　　　　只觉得天也宽来地也广,
　　　　　　　山里娃要回山里干一场。

小　娟　到了, 总算到家了! 看, 鞋厂在出货, 好热闹呀!

小　豹　哎呀! 那边是你爹爹! (退缩)

小　娟　怕什么？他又不是老虎！

小　豹　他对我有好印象，要是看到我们两个走在一起，他又会
　　　　鼓眼睛的！

小　娟　也好！我先回家画菜牛场规划图，你去向爹爹报到！

小　豹　记住联络暗号！（学斑鸠叫）

小　娟　晓得！（笑下）

　　　　　[陈宗佑、王三宝上。

　　　　　[王小豹翻跟斗，亮架式。

宗　佑　（手忙脚乱的招架）干什么？干什么？

小　豹　打工仔王小豹回村向村长大人报到！

宗　佑　报到就报到，要什么武把式，示威呀？

小　豹　村长，我拍你马屁都来不及，敢向你示威？刚才我是特
　　　　事亮点武功，推销自己！

宗　佑　推销自己？什么意思？

小　豹　我打工回村，迫切需要一份工作！我想推销自己给你当
　　　　保镖，为你老人家干四化保驾护航！

宗　佑　给我当保镖？把我当黑社会头子呀？

小　豹　（围着宗佑夸张地打量）啧啧啧！村长，你是我们太平村
　　　　的金字招牌，老是亲自背面大锣，就像那收关鸡鸭的蔡
　　　　九哥一样几多有派头？若有我给你当保镖打大锣，村长，
　　　　你老人家打个喷嚏也能吓死一条牛！

宗　佑　油腔滑调，尽开玩笑！我不要派头，也不要你当保镖！

小　豹　保镖当不成，那我回来干点什么呢？

宗　佑　锄头拿得稳，种田才是本！安分点，回去种好那一亩三分责任田！

小　豹　那……村长，我正式申请在后山办个菜牛场要得吗？

宗　佑　么子？你还要搞菜牛场？

小　豹　嗯哪！

三　宝　早几年你搞菜牛场有搞成，如今又要搞，你有这门技术？

小　豹　这两年我就是到人家的菜牛场打工学技术去哒！

三　宝　那还要有经济实力！看样子发了财啰！

小　豹　财倒是有发，不过，我可以发动村民集资入股！

宗　佑　你也想要村民集资入股！

三　宝　王小豹，当初你反对村长搞鞋厂，一溜烟跑到外头去打工。现在你应该把钱投到鞋厂来将功补过……

小　豹　王会计，以太平村这号条件，搞鞋厂只怕竞争不过人家。我搞菜牛场有自然资源优势……

宗　佑　好了好了！你要喂牛我不反对，不过我把丑话说在前头，鞋厂是村里的集体经济，你这号个体户决不能和鞋厂对着干！如若不然，村规兑现！三宝，拿本《村规民约》给他，让他学点法！

三　宝　（拿出小册子）喋！这是村长亲自编的《村规民约》好点学！

小　豹　晓得！村长，我走哒！（哼小调下）

宗　佑　唉！村里又多了个不安定因素！

三　宝　嘿！有你老人家拿着这面大锣镇堂，量他跳起脚也屙不出三尺高的尿！

大　旺　（上）村长，货都出到了路口，请你鸣锣发运！（下）

宗　佑　好！（站到高处，鸣锣三响）财神开路，起货下山啰——

内　应　财神开路，起货下山啰——

三　宝　哈哈哈！村长，你看今天劳力到得几多齐扎！

宗　佑　哦，冇一个旷工的？

三　宝　有、有一个……

宗　佑　有一个？这个人真冇王法！告诉我是哪个？按村规，罚工罚款，打起这面大锣去游垅！

三　宝　我看，这回就算哒！

宗　佑　不行！是哪个？

三　宝　是你屋里二发！（暗笑，做鬼脸）

宗　佑　啊！是我屋里发伢子呀！

　　　　［切光。

第二场

　　　　［陈家庭院。

　　　　［小娟在石桌上绘图。

小　娟　（唱）夕阳如火火烧云，

　　　　　　　　洒上图纸片片金。

　　　　　　　　办牛场是小豹辉煌的梦，

　　　　　　　　点点线线融进我的心。

纸上意，笔底情，

我画呀画呀画走了神。

饲料房画他给牛在配料。

产仔房画我正给牛接生，

那牛婆望着我俩哞哞地笑哇……

[小豹拿双皮鞋，在院外学斑鸠叫。

小　娟　（唱）斑鸠儿叫醒我，哎呀羞死人。

[小娟悄悄随小豹下。

大　妈　（上）小娟！小娟……又到哪里去了？唉！乱了套咧！

　　　　（唱）都道我有儿有女万事足，

　　　　　　　哪知我家里乱成一锅粥。

　　　　　　　佑爹他近来脾气又蛮臭，

　　　　　　　为鞋厂上蹿下跳像疯牛。

　　　　　　　娟妹子下岗失业丢饭碗，

　　　　　　　回家来若无其事还画图。

　　　　　　　还有那二发让我把气怄——

宗　佑　（上、唱）为这个背时鬼我气齐喉。

[宗佑进院，板着脸坐下。

大　妈　（倒茶）佑爹，呷茶！

宗　佑　什么佑爹佑爹？要叫行政职务！

大　妈　（背白）看啰！当官当蒙哒！（端来洗脸水）村长，洗
　　　　脸！

宗　佑　不洗！我没脸哒！

大　妈　何解？进屋就发脾气？（背白）肯定又在外头怄了气！

宗　佑　发伢子呢？

大　妈　不晓得！

宗　佑　是不是又谈爱去了？

大　妈　不晓得！

宗　佑　不会去"一把抹"吧？

大　妈　不晓得！

宗　佑　左一个不晓得，右一个不晓得，你只晓得呷饭！今天鞋
　　　　厂运货下山，全村劳力就发伢子旷工，把我老脸都丢尽
　　　　了你晓得吧？

大　妈　不晓得！（见宗佑怒目相向）晓得！晓得！（背白）我晓
　　　　得个屁！

宗　佑　都怪你！就是你这号芋头娘养出这号糊涂崽！（一脚踢翻
　　　　脸盆）

　　　　［小娟拿双皮鞋暗上。

大　妈　你搞真的呀？告诉你，小娟回来了，我今天不呷你这一
　　　　套！

宗　佑　小娟回来了何解？未必她敢呷爷呀？么子？小娟回来
　　　　了？

大　妈　有假！她下岗失业哒！

小　娟　爹爹！

宗　佑　小娟，你真的回来了？上次来信，说你会下岗，未必真
　　　　的……

小　娟　爹爹，我真的下了岗，准备回来给你当村民咧！喋，送
　　　　双上海名牌皮鞋给你！

宗　佑　妹子，又要你破费呀？什么时候郎崽子送皮鞋给我穿
　　　　啰？

小　娟　放心，会有人送的，穿上试试！

宗　佑　莫急！脚上穿了你哥哥厂里的新产品！小娟，连你这号
　　　　中专生都下了岗，看来中央这回搞改革硬是来真的！
　　　　好！好！哈哈哈哈！

大　妈　还好？她饭票子过了河你还喊好？

宗　佑　你懂什么？太平村有她一碗饭呷，如今好多城里人想到
　　　　农村发展还要托关系找门路咧！小娟，现在农村正缺少
　　　　你这号有专业的知识分子，干脆，回来帮我打工！

小　娟　帮你打工？

宗　佑　对！上阵还靠父子兵，有你帮我，我还可以干他一届村
　　　　长！哈哈哈哈！

大　妈　（背白）哎哟！他的官瘾比发伢子的牌瘾还重，还想把娟
　　　　妹子拖下水！

宗　佑　（发现桌上的图纸）这是什么东西？

小　娟　这是我帮王小豹画的菜牛场规划图。

宗　佑　啊！你帮他画规划图……小娟，我问你，听说王小豹在
　　　　外面那个菜牛场打工的时候，你经常去看他！

小　娟　嗯哪！

宗　佑　看来今天你们是约好了一路回的喽？

小　娟　嗯哪!

宗　佑　我怕你是呷错了药咧!（拍桌）

大　妈　拍桌打椅的，你才是呷错了药!

小　娟　爹爹，你何解?

宗　佑　何解? 你什么身份? 堂堂中专生，呷国家粮! 他什么货色? 一个调皮崽，蒸不烂煮不熟! 你们花猫黑狗扯在一起，像什么话?

小　娟　爹爹，你怎么老是看小豹不顺眼?

大　妈　嗯哪! 不晓得好歹! 小娟那年碰了流氓，搭帮小豹出手一个对四个! 要不是他呀还不晓得会出什么事! 妹子是吧?

小　娟　嗯哪! 他自己还受了伤!

宗　佑　你们两娘女一唱一和，联合对付我是吧? 娟妹子，今后你要是再和他扯扯绊绊，莫怪我不认你这个女喃!

大　妈　看你做爷的说的什么话?

宗　佑　什么话? 画胡子的话! 我是过来人，年轻伢妹子搞在一起; 来煞哒就会有火花，爱情的火花!

大　妈　你年轻时追我的时候，何解连火星星都没看见一点?

宗　佑　讲啰! 再讲啰!（举手）

大　妈　打吵，你打吵!

小　娟　爹爹，你根本不了解王小豹!

　　　　（唱）小豹的品行我清楚，

　　　　　　　生性耿直遇事敢出头。

　　　　　　　胸怀抱负聪明又好学，

　　　　　研究市场选择喂菜牛。

　　　　　打工求技出外勤奔走，

　　　　　回村来盼把壮志酬。

　　　　　爹爹呀你给他掌个顺风舵，

　　　　　再不要把他当成死对头。

宗　佑　是他不放过我咧！当年集资办鞋厂，他第一个跳出来造反，说搞鞋厂没出路不如搞菜牛场，还说我这个村长水平低太官僚，煽动村民要改组村委会，要不是我底子硬扎，这个政权早被他颠覆哒！如今他又要回村搞菜牛场，这不是明摆着和我的鞋厂唱对台戏呀？

　　　[穿新潮服装的二发悄悄上，想溜进屋。

宗　佑　站哒！

大　妈　（背白）好，背时崽又撞到枪口上了！

宗　佑　发伢子，你看你穿的这身衣服，啧啧，穿哒硬像条菜花蛇！

二　发　你这号乡里人不懂啰！这是如今城里的流行时装，那香港的麦当劳都穿过这号服装你晓得不？

宗　佑　这真是牛耕田，马呷谷，爷做功夫崽享福哇！赶快跟我把衣服换掉！回来！你这两天到哪里发财去了？

二　发　今天，女朋友约我到镇上看电影去了。

宗　佑　哦，看电影，蛮潇洒嘛！什么片子？

二　发　美国巨片"太太你可好"，好看得不得了，一只好大的汽划子撞到冰坨子上，咕嘟咕嘟沉到海里去哒！

宗　佑　太太你可好？娟妹子，有这号片子？

小　娟　不是太太你可好，是《泰坦尼克号》。

宗　佑　发伢子你这只畜生！细时候要你读书，你偏要去看牛，碰哒考试就往牛胯里溜。如今大字迷迷黑，细字不认得，连个电影名字都搞不清！太太你可好，你这斋样子，太太会跟你好呀？谈爱谈爱，一年谈一十二个爱，冇看到你有爱人过年！今天鞋厂运货出山，就你无法无天，跑到镇上去太太你可好！今天我、我叫你呷黄鳝炒肉！（顺手抓一束楠竹丫追打二发）

二　发　哎哟！杀人啦——

宗　佑　（撞到带着村民进院场的大旺身上）哎哟哟……

　　　　　［小娟掩护二发逃下。

大　旺　（扶起宗佑）没事吧？

宗　佑　哎哟！屁股蹾开哒咧！你找我有事？

大　旺　爷老子，我们鞋厂向你报喜来了！

大　妈　要叫行政职务！

宗　佑　（白了大妈一眼）我宣布，从现在起，在家里可以不使用行政职务！

大　旺　那好，我可以喊你作爷老子了！爷老子也——你看，这是什么？

宗　佑　是什么？

大　旺　是鞋厂接的二十万元订货单咧！

宗　佑　啊！二十万元呀？

大　旺　爷老子也！我们的富贵花进市场抢脱手咧！

　　　　（唱）说一声报喜夸我的爷，

　众　　（唱）说一声报喜把村长夸，

大　旺　（唱）五百年才出了个我的爷，

　众　　（唱）带领村民把财发，

大　旺　（唱）你是救活鞋厂的活菩萨，

　众　　（唱）要为你庆功戴红花。

宗　佑　好！好！哈哈哈哈！

　　　　（唱）想鞋厂连年亏本我喊天喊地又喊爷，

　　　　　　　这张老脸时刻就像狗虱子爬，

　　　　　　　骑虎难下心里苦哇，

　　　　　　　想来想去跑到外面搞调查。

　　　　　　　你说如今怪不怪——

　众　　（数）两边铺子都呀都卖鞋，

　　　　　　　相同的质量不呀不同的牌。

　　　　　　　左边铺子你挤我挤把鞋买，

　　　　　　　右边铺子冷冷清清鬼打斋。

　　　　　　　那价格还相差一大块。

　　　　　　　真让人摸不着头脑发了呆。

　　　　（唱）这个问题硬要好好查一查。

宗　佑　（唱）亏就亏在牌子不硬扎，

　　　　　　　有名牌才能抱回金娃娃。

三　宝　（数）创名牌要搞优选法，

村长把有底船放肆划。

上海名牌请进了村，

太平鸟换成富贵花。

大　旺　（数）富贵花呀富贵花，

市场上畅销把钱抓。

年底分红又分利，

把这些伢妹子乐得笑哈哈。

　众　（数）漂亮妹子莫扳俏莫呀莫扳俏，

单身哥哥有哒钱就把你来讨，

哎呀我的个爷，哎呀我的个娘，

单身哥哥有哒钱，就把你来讨。

大　旺　（唱）村长把舵掌，

村民们崭劲划，

哪怕浪大狂风刮。

　众　（唱）也把有底船放肆划。

宗　佑　哈哈哈！村民们，市场是只老虎，要占领市场，我们就要有武松打虎的精神。好，大家抓紧时间做鞋子去吧！

　　　　［众下。

　　　　［小娟暗上。

宗　佑　哈哈哈哈！大功告成，爷老子心里的石头落了地！大旺呀，好崽好崽，莫看你书读得不多，商心有眼照样能当企业家，比你妹妹还强一篾皮！你看她，七字有一横，八字有一撇，一声哦嘀下岗失了业，拱到厨房里去待

· 17 ·

业！（猛见小娟在一旁，尴尬地）嘿嘿！小娟，我开玩笑
的。

大　旺　（见桌上皮鞋）这双皮鞋是哪来的？

小　娟　是小豹，不，是我买来送给爹爹的！哥哥，你看这上海
名牌的质量，只怕比你厂里的产品强一百倍！

大　旺　哈哈哈哈！你看好笑不，我们厂里也生产富贵花，质量
一点不比你的上海货差！

小　娟　么子？你们厂里也生产富贵花？

大　旺　你看爹爹脚上穿的哟！

小　娟　（比照）哎呀！连鞋盒子都一模一样，这是何解？

宗　佑　（得意地）哈哈哈哈！天机不可泄露！

小　娟　哦！我晓得了，你们盗用上海商标！

大　旺　什么盗用？难听死了，是移植！

小　娟　移植？人家的注册商标是移植不得的，现在四处打击假
冒伪劣，你晓得吧？

大　旺　莫大惊小怪，移植名牌是为了搞活村办企业发展集体经
济，又不是为了个人发财进腰包！

小　娟　那也搞不得，是违法的！

大　旺　违法？我只晓得贪污盗窃杀人放火是违法，还有走私军
火拐卖儿童讨两个堂客是违法，有听过广开财路为村民
谋福利是违法！爹爹，是的不？

宗　佑　嗯，没错！

小　娟　爹爹，这未必是你一手策划的？

宗　佑　唉！小娟，我该如何对你讲呢？

　　　　（唱）爹爹我是村里的掌本人，

　　　　　　　大是大非还分得清。

　　　　　　　我晓得搞冒牌有点出格，

　　　　　　　却也是无奈的生意经。

　　　　　　　鞋厂原来生产"太平鸟"，

　　　　　　　哪知那鸟儿飞不出太平村，

　　　　　　　货到市场销不动，

　　　　　　　眼看厂子拆伙要关门。

　　　　　　　狗急跳墙我灵机一动，

　　　　　　　把上海名牌请进了村。

大　旺　（唱）小娟呀，

　　　　　　　到什么山头唱什么歌，

　　　　　　　歪嘴和尚霸蛮念歪经。

　　　　　　　太平村山高皇帝远，

　　　　　　　打打擦边球，何必太认真。

小　娟　只怕到时候这擦边球会擦出祸来！

大　旺　怕什么！翻了船也只有脚背深的水，爹爹是洞庭湖里的
　　　　老麻雀，见过风浪的！

宗　佑　好了好了，小娟，这是公事，是村务，属我们领导考虑，
　　　　你就莫操心了！大旺，好好干，多为鞋厂创点效益，过
　　　　几年，准备接我的锣槌！

大　旺　爹爹！这二十万元订单没钱进材料哒，怎么办？

宗　佑　么子？没钱进材料？富贵花抢脱手，赚的钱呢？

大　旺　唉！钱还没放热，被银行追贷款的追走哒！抢犯样，一
　　　　分有留！

宗　佑　那就再去贷款进料！

大　旺　上次贷款还没还清，银行不肯贷！

宗　佑　是这样？好！看我的，再来一次打锣集资！

大　旺　王小豹搞菜牛场也准备搞集资，我们一定要赶在他前
　　　　面！

宗　佑　好崽，学灵范哒！哈哈哈哈！

小　娟　（自语）糟糕！要唱对台戏哒！

　　　　[光徐徐收。

第三场

　　　　[音乐怪诞。

　　　　[剪影区，哑剧表演。

　　　　[宗佑打锣喊话上。

　　　　[小豹持电喇叭喊话从对面上。

　　　　[二人碰面，宗佑指手画脚，指责小豹。

　　　　[三宝、小娟上，相互帮腔，各扯开一人。

　　　　[切光。暗转。

　　　　[夜，明月当空。

　　　　[村后山坡上。

三　宝　（笑得打跌地上）有味！有味！王小豹和村长是钉子碰哒铁，他们的对台戏唱得几多有味哟！

（数）太平村里好热闹，

这边喊来那边叫。

村长要集资进鞋料，

日夜打锣发猫公跳。

小豹要集资养菜牛，

拿着电喇叭满村叫。

村民对鞋厂没信心，

都愿跟着王小豹。

村长一见事不妙，

要硬性集资搞摊派，

村民们鼓噪打吆喝，

都讲村长太霸道。

太平村乱成一锅粥，

我脸上装哭心里笑，

为把老头子搞下台，

我想出个主意真正妙。

成败就在今夜里，

按计行事赌一炮，赌一炮。

千好耍，万好耍，只有锣槌最好耍，村长轮流干，锣槌轮流耍。佑爹呀佑爹，这就怪不得我喃！走，办事去！

（欲下）

二　发　（上）哎哟王会计，总算找到你哒！

三　宝　发少爷，找我有何贵干？

二　发　我上次带哒妹伲在"好再来"呷饭，打了五十块钱白条子，你帮我报了账吗？

三　宝　你发少爷交代的事，还不是一句话？放心，我已经放到村里统一灭鼠的老鼠药中间了哒难咧！

二　发　有告诉我爹爹？

三　宝　有啰！

二　发　嘿嘿！这次我又在"好再来"赊了几包白沙烟，那只鬼常客追命样的催账，你帮我想下办法！

三　宝　对你不起，过去你是村长少爷，高干子弟，如今呀……嘿嘿，没办法，少陪哒！（急下）

二　发　（跳起来）哎呀！这只跟屁虫变得快呀，连不尿起我发少爷，有名堂！老子吊你的尾线，抓你的辫子去！（跟下）
　　　　〔王小豹手执图纸卷上。

小　豹　（唱）露夜风清，明月映山影，

　　　　　　　　手捧图纸，我的心不宁。

　　　　　　　　集资建场，村民齐响应，

　　　　　　　　却惹得村长发雷霆。

　　　　　　　　打着锣朝我下命令，

　　　　　　　　不准我和他搞竞争。

　　　　　　　　还亏得小娟鼓我的劲，

　　　　　　　　帮助我挨过难关一重重。

姑娘的关爱我感动，

说千个谢字也太轻，

怎忍她父女两个闹矛盾。

今夜里，那三个字，定要说出唇。

先练习练习，怕到时我说不出口……（无声练习说那三个字）

小　娟　（上）小豹哥，你在呷空气呀？

小　豹　嘿嘿！我在、我在……小娟，那天我送的皮鞋你爹爹穿了吗？

小　娟　还没有穿！小豹哥，你真是用心良苦啊！

小　豹　我用心良苦？

小　娟　你发现了鞋厂搞冒牌的事，自己不好开口，送双正牌皮鞋，让我出面去制止他，是吧？

小　豹　嘿嘿！你是他宝贝女，好讲话哕！有效吗？

小　娟　爹爹的性子你也晓得，他认定的事，九条牛也拉不回头，他怎么会听我的？

小　豹　现在最好的办法就是抓紧发动村民都到菜牛场来集资，鞋厂集不到资，冒牌货就会搞不成！这叫釜底抽薪，不过，你爹爹更加不会放过我！

小　娟　怕什么，有我给你撑腰！呃，你今天递条子，说要对我说三个字，你说哕！我听哒！

小　豹　好啰！我说！（做说状）听见了吗？

小　娟　没听到！

小　豹　好，我再说！（仍难出声，自责）唉！做了半天准备，到关键时候成了根涝萝卜。

小　娟　何解？我还是有听到！

小　豹　唉！我、我说不出口！

小　娟　说不出口，那就把那三个字放在心里！

小　豹　小娟，我一定要说！

小　娟　（充满幸福的期待）定要说就说啰！

小　豹　离、开、我！离开我——

小　娟　（如淋冷水，良久，幽幽起）就是这三个字？我还以为你说那三个字！

小　豹　小娟，现在我在村里和你爹爹唱对台戏，你这做女儿的不帮他却反过来帮我，我、我不能看着你俩爷女闹矛盾！

小　娟　你是这么想的？你想我做个孝女去帮爹爹搞冒牌货？小豹，你看低了我！我虽是个下岗女工，但从来不自卑，我总在寻找一个能真正体现自身价值的机会！你搞菜牛场，我佩服你的魄力和眼光，所以我才心甘情愿地支持你，帮助你！我是学畜牧的，你的菜牛场不正需要我吗？王小豹，你赶不走我，我赖也要赖在你这里！我已经决定了帮你打工！而且要帮你打一辈子工，气死你！

小　豹　既然你这样坚决，好啰，我就让你赖在这里帮我打一辈子工算哒！

小　娟　那好！打工开始！我们趁月亮放线打桩！

［小豹小娟放线打桩舞蹈。

小　　豹　（唱）这边扯，那边量，

小　　娟　（唱）量出一个配料房。

小　　豹　（唱）电脑配料好方便呀，

小　　娟　（唱）省工又省料，我的哥哥呀，

　　　　　（合唱）自动化操作穿西装。

小　　娟　（唱）这边扯，那边量，

小　　豹　（唱）量出一个产崽房。

小　　娟　（唱）卫生科学又明亮呀！

小　　豹　（唱）菜牛见风长，我的妹妹呀！

　　　　　（合唱）三天长成牛魔王。

　　　　　［男女声伴唱

　　　　　　　　扯呀扯，量呀量，

　　　　　　　　量出情丝百丈长，

　　　　　　　　百丈情丝绕成结，

　　　　　　　　结成明日新洞房，

　　　　　　　　新洞房中坐新郎（娘）

　　　　　　　　新郎（娘）两个打商量，我的妹妹（哥哥）呀，

　　　　　　　　要把媒人丢过墙，

　　　　　　　　要把媒人丢过墙。

　　　　　［小娟、小豹笑闹，追下。

宗　　佑　（提着铜锣钻出来）不得了！不得了！

　　　　　（唱）不得了也——

两个伢妹子在搞对象，

还要把媒人丢过墙，

豹伢子呷了豹子胆，

老鸹子也想配凤凰。

也只怪娟妹子不听讲，

鬼迷心窍乱了主张，

软的不行我把黑脸唱，

不拿出煞气会拐场。

　　[小娟、小豹低语上。

宗　佑　站哒！莫躲！

小　娟　爹爹，你怎么半夜提面锣到这里来了？

宗　佑　现在严打阶段，村里统一搞行动！这半夜三更，你们在搞什么？

小　豹　村长，我们在给菜牛场放线打桩！

宗　佑　真是男女搭配，干活不累呀！月亮底下扯皮尺，蛮有情调嘛！娟妹子，他搞菜牛场，你在这里凑什么热闹？

小　娟　我，我在帮他打工！

宗　佑　你帮他打工？准备打几天？

小　娟　只要老板不辞退我，我准备帮他打一辈子工！

宗　佑　我有听错吧？我要你打工，你个把礼拜没回音，他要你打工，你哦哧哦哧跑不赢！（学舌）我要帮他打一辈子工！我怕你鬼打蒙哒！

小　豹　村长，要是你退休了，也欢迎你到我菜牛场来打工！

宗　佑　做梦！要我老革命帮你这号个体户喂菜牛，我情愿回去

　　　　呷轮供！王小豹，我告诉你！

　　　　（唱）太平村里本太平，

　　　　　　　你一回来就不太平。

　　　　　　　不喂耕牛喂菜牛，

　　　　　　　串联集资乱弹琴。

　　　　　　　太平村就你自由化，

　　　　　　　竟敢和鞋厂搞竞争，

　　　　　　　快快检查作反省，

　　　　　　　要不然，打起铜锣去游垅。

　　　　明白了吗？

小　豹　不明白！和鞋厂搞竞争又不犯法！

宗　佑　你和别个竞争不犯法，你和鞋厂竞争是犯了我太平村的

　　　　法！明白了吗？

小　豹　还是不明白！

宗　佑　我会叫你明明白白的！走，同我到村委会去，我给你上

　　　　一课！

　　　　［大旺带两个村民狼狈地上。

大　旺　哎哟！爹爹，我四处找你……

宗　佑　什么事？看你这斋样子，有一点企业家风度！

大　旺　还风度？被人家抓了现场咧！

宗　佑　啊！你被抓了现场？莫找我，哪个要你去干那号丢脸的

　　　　失格的丑事！

大　旺　不是我，是鞋厂被人抓了现场！

宗　佑　你到底讲的是什么现场！

大　旺　唉！今天鞋厂进了一点材料，马上加班赶货，哪晓得真正厂家找上门来打假，抓了我们做冒牌货的现场！

宗　佑　打假？他呷了老虎豹子胆呀？打假打到我太平村来！四化建设需要安定团结，不管什么人都不准到我村里来搞打砸抢！

大　旺　爷老子，怎么办？那些外乡佬要搬货封门咧！

宗　佑　莫急！莫慌！村里有治安联防队！养兵千日，用兵一时，为了捍卫改革开放的胜利成果，保护我们的村办企业，我马上打锣召集村民，把那些闹事的不法分子赶出村！

小　娟　爹爹，既然事情已发生，还是三人对六面和平解决，千万莫乱来！

宗　佑　莫乱来？他动粗的，我来硬的！小豹！

小　豹　有！

宗　佑　你还是不是我太平村的村民？

小　豹　是的！

宗　佑　你还有一身不错的武功是不是？

小　豹　得过县里的散打冠军！

宗　佑　嘿嘿嘿嘿！给你个立功的机会，借你的武功用用，让你去打头阵怎么样？

小　豹　对付几个外乡人，小菜一碟！（摩拳擦掌，演练招式）嘿！哈！嘿……

宗　佑　好！这身功夫没白学！快去呀？

小　豹　哎哟！我肚子痛……哎哟哟！

大　旺　何解一到关键时候你就肚子痛啰？

小　娟　啊也，汗都出来了！爹爹，这个样子，他怎么去打得架啰？

宗　佑　装神弄鬼，一唱一和，临阵退缩，两个叛徒！大旺，把王小豹关到村委会去写检查！

小　娟　爹爹，你真的要关他呀？

宗　佑　关不得是吧？依法治村，我是执法人，关不得也要关这一回！

小　娟　我也是个叛徒，你连我一路关啰！

宗　佑　好！一路关！（对村民）送他们到村委会去！

小　娟　不必送，你们人手紧张，我们自己去！小豹，走！

小　豹　（悄声）么子？真的去呀？

小　娟　蠢宝，趁这个机会，我们去完善这份规划图！

　　　　[小娟扶小豹哼哼唧唧地下。

宗　佑　哎哟！一对蒸不烂煮不熟的活宝咧！

大　旺　（着急地）爹爹，去救火咧！

宗　佑　好，走！慢点，大旺，我看出手还是不能太重，以吓为主，晓得吗？

大　旺　那我多搞些破锣烂脸盆放肆敲，吓也吓死他们！

宗　佑　好！待我鸣锣召集村民！（鸣锣）

　　　　[切光。

第四场

[村委会。

[陈宗佑领一群无精打采的村民上。

三　宝　哈哈哈哈！原来那些外乡佬都是属兔子的，村长的大锣

　　　　　一响，他们就没影哒！

　　　　　（唱）老村长打锣威风足，

　　　　　　　　　外乡佬吓得脚抹油。

　　　　　　　　　参战的村民有补助，

村　民　（背唱）怕只怕大祸会临头。

大　旺　（唱）村上要摆胜利酒，

　　　　　　　　要请出村长坐上头，

　　　　　　　　龙灯狮子舞个够，

村　民　（背唱）干部把我们当耍猴。

宗　佑　（唱）要庆功，要摆酒，

　　　　　　　　要杀猪宰羊搭戏楼。

　　　　　　　　整饬村规，我把戏唱足，

　　　　　　　　先处罚装病的逃兵和叛徒。

三　宝　对，一定要重重处罚！昨晚外乡佬来打假，一溜烟直奔

　　　　　鞋厂抓了现场，我看，村里一定有内奸牵线引路……（对

　　　　　宗佑耳语）

宗　佑　嗯！王小豹，出来！

　　　　　[小豹、小娟上。

宗　佑　啊！娟妹子，你怎么也在这里？

小　娟　是你把我们两个叛徒关在这里的！

宗　佑　站到一边去！王小豹，我问你，最近你一门心思地在拆我的台，昨晚那些来打假的外乡佬，是不是你勾结来的？

小　豹　村长，我是你的村民，没那个心也没那个胆！

宗　佑　那你何解装病不上阵？

小　豹　你看我一身硬功夫，要是我去打架，出手就会伤人，村长，要是打伤了人，是你去坐牢还是我去坐牢？

小　娟　只怕两个人都跑不脱！

宗　佑　听听！纯粹一套右倾逃跑主义叛徒哲学。当年白狗子围剿红军，我太平村血流成河，从没出过一个逃兵叛徒！王小豹，搞菜牛场挖集体经济的墙角，贪生怕死临阵退缩当逃兵，按村规罚他游垅打锣，大家同不同意？

村　民　（有气无力地）同意——

三　宝　何解？你们一个个要死不落气？

村　民　△我肚子饿……

　　　　△我瞌睡来哒……

　　　　△我太累哒……

三　宝　你们这些人，一个个身在曹营心在汉，肯定都在他的菜牛场入了股集了资……

小　娟　爹爹，真的要罚他游垅打锣？

宗　佑　那还有假？村规上写得明明白白！

小　娟　爹爹，旧社会陈家祠堂的族长只怕就是你这个样子啵？

宗　佑　胡说！我是革命干部，村民公仆，怎么像旧社会的封建族长？

三　宝　小娟，建设社会主义新农村，一个师公子一道符，村长有村长的搞法！

宗　佑　王小豹，先到房里去把检查写好！

二　发　去！去写检查！

宗　佑　发伢子，你也逃不脱，明天一起游垅！

二　发　啊！我何解也要游垅？

宗　佑　你这只畜生，死懒好呷，竟敢到"好再来"赊饭钱欠烟钱，还逼哒王会计拿白条子到村里帮你报账，你以为我不晓得呀？

二　发　王三宝你有得味，讲哒不告诉我爹爹的！

三　宝　发少爷，这是原则问题，你爹爹是一村之长，红薯粑粑不呷别人一个，我不能让你几十块钱白条子坏了他老人家的一世英名！

二　发　哈哈哈哈！你说的比唱的还好听！好，你既不仁，我就不义！爹爹，我戴罪立功，举报王三宝！

宗　佑　你举报他什么？

二　发　王三宝是内奸！昨晚上给那些外乡佬牵线带路的人就是他！

三　宝　啊，你、你胡说！

宗　佑　发伢子莫乱讲！你有什么证据？

二　发　要证据？有！我亲眼看见那外乡佬给了他一包芙蓉王！你搜他的口袋啰！

宗　佑　有这号事？（从三宝口袋里搜出一包烟，气极）王三宝，这怎么解释？

三　宝　（张口哈哈）我、我、我自己花钱买的！

宗　佑　你一个穷光蛋有钱买这号烟抽呀？（痛心地）冇想到，冇想到你是我身边的一颗定时炸弹，狗胆包天竟敢拆我的台呀！拆我的台不要紧，你是拆的鞋厂的台断了村民们的财路咧！

大　旺　笑脸藏刀，像只林彪，你拆我鞋厂的台，我打死你！

村　民　打！打死他……

三　宝　（吓得瘫地）打不得！打不得！我痨病壳子经不得打……

大　旺　那你老实讲，为什么要干这号丑事？

三　宝　唉！我走多了夜路，被鬼寻哒！好要咧！

宗　佑　好要？好！我让你要个够！明天给我去打锣游垅，大家同不同意？

村　民　（热烈鼓掌）同意！同意！

二　发　爷老子，我举报有功，这打锣游垅就免了吧？再说，你的二媳妇还没进门喃！

宗　佑　你呀！夜里还有一餐饱的呷！

二　发　呷什么好东西？

宗　佑　黄鳝炒肉！

二　发　哎哟！（抱着屁股跳了起来，对三宝）就是你害了我！

三　宝　鬼也，你害得我还惨些咧！

二　发　我夜里还要呷黄鳝炒肉啊！（号啕）

小　豹　男子汉，哭什么？走，写检查去！

　　　　〔小豹一手拎一个，把二发三宝拎下。

宗　佑　（对村民）好了，散工！散工！

　　　　〔村民们如逢大赦，下。

小　娟　爹爹，只怪你平日戴着有色眼镜看人，看走了眼吧？

宗　佑　唉！家贼难防啦！

小　娟　爹爹，我的右眼皮总在跳，只怕麻烦还在后头！

宗　佑　（没好气地）胡说八道！（冲下）

大　旺　小娟，我的右眼皮也在跳咧！唉！（下）

小　娟　（唱）连日来心头好沉重，

　　　　　　　　亲眼见爹爹瞎折腾。

　　　　　　　　独裁村务凭脾性，

　　　　　　　　歪嘴和尚念歪经。

　　　　　　　　今天事情须警醒，

　　　　　　　　只怕惹火会烧村。

　　　　　　　　顺风船还须舵掌稳，

　　　　　　　　该怎样唤醒他迷失的心？

法　警　（上）请问，陈宗佑陈主任在吗？

小　娟　在在！请坐！（对内）爹爹，有人找！

　　　　〔宗佑、大旺上。

宗　佑　哪个找我？

法　警　陈主任，是我！我是县人民法院的……

宗　佑　哎呀！法院干部来了，欢迎欢迎！小娟，泡茶！大旺，
　　　　来贵客了，等下到塘里捞条大草鱼，今天呷水煮活鱼！

法　警　陈主任，莫客气，我是专程来给你送应诉通知书的！

宗　佑　应诉通知书？什么东西？

法　警　你们村制鞋厂造假贩假，上海厂方已经起诉，县人民法
　　　　院已经迅速受理了此案！

宗　佑　啊！他们真的告到了法院？

法　警　对！请你们接应诉通知书十五天内提出答辩并准备出庭
　　　　应诉！陈主任，你是第一被告，到时一定要出庭！

宗　佑　要我亲自出庭打官司？

大　旺　干部同志，我是厂长，追究法律责任该找我。

法　警　不行！陈主任是鞋厂的法人代表，该负主要责任。陈主
　　　　任，这是应诉通知书，请你签收！

宗　佑　（如木偶般）嗯，我签！（签收文件）

法　警　陈主任，告辞！（下）

大　旺　干部同志……（拉宗佑一同追下）

　　　　［三宝等对外探头，放心地上。

二　发　（雀跃）哦，解放了，明天可以不打锣哒！

三　宝　（哼唱）堂屋椅子轮流转，媳妇也有做婆时哟——

小　娟　哎呀怎么办？小豹你们门路多，快想点办法！

小　豹　我得马上进县城！（与小娟耳语）

二　发　爹爹成天拿这个打锣，拿那个游垅，如今自己犯哒大法，

也该去打锣游垅!

宗　佑　（上）你们翻了天呀？啊？

三　宝　佑爹，你真是虎死不倒威呀！自己都要进班房哒，还叫

　　　　什么叫？怎么样？该给我平反了吧？

宗　佑　唉!（抱头蹲地）

第五场

［陈家庭院。

大　妈　（唱）鞋厂造假翻了跟头，

　　　　　　　　佑爹他要上法庭当囚徒。

　　　　　　　　好心偏偏没好报，

　　　　　　　　村民们上门吵不休。

　　　　　　　　要摊红利要退款，

　　　　　　　　要换项目去喂菜牛。

　　　　　　　　可怜佑爹急白头发，

　　　　　　　　看哒看哒成个瘦猴，

　　　　　　　　茶不思，饭不呷，

　　　　　　　　觉不睡，搞梦游。

　　　　　　　　拿起脸盆当锣打，

　　　　　　　　吓得我翻倒一壶油。

　　　　　　　　病倒的老虎难侍候——

　　　　［小娟、小豹上。

小　娟　妈妈，好消息！好消息……

大　妈　什么好消息？

小　娟　（附耳）……

大　妈　真的？快点去告诉你爹爹，他听哒病都好得快些！

小　娟　不！暂时还不告诉他！

大　妈　何解？

小　娟　老革命碰哒新问题，爹爹得的是心病！治病先得治本，我和小豹哥商量了一个办法，保证能把爹爹的病根子挖出来！

大　妈　什么办法？

小　豹　大妈，是这样……（附耳）

大　妈　（失惊）么子？要他打锣游垅？

小　娟　正是的！

大　妈　鬼妹子，他是你的爷咧！你平日最反对他搞那一套，说什么打锣游垅是侵犯人权，侮辱人格，未必你……

小　娟　治爹爹的病，正需要以毒攻毒！再不让他吸取点教训，只怕他会要闯更大的祸！

大　妈　是也的是！莫在这边吵，走，到那边去商量……

　　　　〔大妈三人下。

　　　　宗佑拿一摞奖状荣誉证书上。

宗　佑　（唱）——我像那剥皮老虎，这条小命会过河。

　　　　〔宗佑呻吟着坐下，翻看奖状。

　　　　〔大妈赶鸡上。

宗　佑　吵！吵死！

大　妈　佑爹，你总算出了门，我去煮点甜酒给你呷好吧？

宗　佑　不呷。

大　妈　那我去炒碗油炒饭给你呷？

宗　佑　不呷！

大　妈　佑爹，呷点东西嗦！

宗　佑　我胸口发闷，肚子发胀，脑壳发晕，眼睛发黑，不想呷
　　　　东西咧！

大　妈　哎哟！你空肠饿肚，怎么去当村长？

宗　佑　唉！还村长？鸡飞蛋打咧！

大　妈　哦！你要打蛋呷呀？（欲下）

宗　佑　站哒！我几时讲过要打蛋呷？

大　妈　刚才你讲飞鸡打蛋……

宗　佑　唉！到底是个乡里婆婆，没文化！把打火机给我拿来！

大　妈　哦，你要抽烟呀？（拿出打火机）

宗　佑　我、我要烧掉这些奖状荣誉证书！

大　妈　烧不得！你当几十年村干部就赚哒这几张花花纸，烧掉
　　　　几多可惜！

宗　佑　我望哒这些东西，就想不通咧！

宗　佑　（唱）想不通哪——

　　　　　　　　革命多年官没够上品，

　　　　　　　　任劳任怨对党最忠诚，

　　　　　　　　这一垛奖状就是见证，

为村子，锣槌打断几多根。

今落个出庭要受审，

人背时，放屁砸了脚后跟。

王三宝放风要当村主任，

说我是南霸天祸村殃民，

发伢子请先生为我算命，

说我被希特勒恶鬼缠身。

脸面丢光犹可忍，

村民们面前我脱不得身。

发财的希望成了泡影。

怪不得他们上门搞围攻。

三十六雷一总打，打我这祸筢子。

何解这样背时？我想不通。

大　妈　搞了半天你就是想不通呀？那橘饼呷了通气，我去泡碗
　　　　橘饼水把你呷！

宗　佑　哎哟！你就是拿把通火钩子来也捅我不通咧！今天几号
　　　　了？

大　妈　好像是五号！

宗　佑　唉！日子何时过得这么快？离进法院只有三天哒！娟妹
　　　　子有消息吗？

大　妈　到城里去几天了，冇一点音讯。

宗　佑　这个妹子冇良心，老子病得要死，她还有心思和小豹伢
　　　　子去游马路！

大　妈　她呀，只怕和小豹私奔了咧！

宗　佑　私奔？

大　妈　哪个叫你老不答应她和小豹好？

大　旺　（上）爹爹……

宗　佑　大旺，村里情况怎么样？

大　旺　王小豹蛮有号召力，把菜牛场搞得粗具规模，他已经派村民到南山买那号什么外国进口的良种牛崽去哒！

宗　佑　鞋厂呢？

大　旺　唉！货物被查封，账号被冻结，没希望了，等着进法院！

宗　佑　哎哟！（急得憋过气去）

大　旺　爹爹！爹爹……（忙掐人中急救）

宗　佑　（醒过来）唉！关公走麦城哪！

大　妈　大旺，说话留点神，他受不得刺激！

　　　　[二发提着大锣，欲溜进屋。

宗　佑　站哒！发伢子，你把锣拿回来做什么？

二　发　我要砸烂它当废铜卖！

宗　佑　你，发癫呀？

二　发　你才发癫咧！当个小小村长，自我感觉好得不得了，以为自己是最高法院院长，常年四季打起这面锣在村里吓白菜！好喃，如今打出祸戏来，打得自己要进法院坐班房！都是这面锣害的，我要砸烂它卖几个钱到"好再来"还账！

宗　佑　你、你……（偏偏欲倒）

大　旺　（顶住宗佑）鬼也！爹爹被你气晕哒！

二　发　看我的！（朝宗佑脸上喷水）

宗　佑　（醒来）锣呢？我的锣呢？

大　妈　在这里！

宗　佑　发伢子，你就是砸开我的脑壳，也不准你砸这面锣！

　　　　〔小娟提水果上。

小　娟　爹爹，我回来了！你好点了吗？

宗　佑　特事留了一口气等你回来送终！

小　娟　爹爹，你多福多寿，没事的！来，吃点水果！

宗　佑　还呷什么水果？莫浪费哒！婆婆子，你坐到我边上来。

　　　　今天，崽女都到齐了，我交代点后事……

二　发　哥哥，爹爹交代后事，准备分遗产！

大　旺　（踢了二发一脚）老鸹子嘴！爹爹，我看你火气还蛮旺，

　　　　冇得事的！

宗　佑　唉！我就是靠哒这点火吊了这口气！（韵白）当了几十年

　　　　芝麻官，做梦都想为太平村建点功，今落个出庭受审丢

　　　　老脸，真正是鸡飞蛋打一场空。村民们血本无归蚀了本，

　　　　也难怪他们要赶猪牵牛擂大门，如今我就是卖了家神当

　　　　土地，也要把他们的集资款还个清，婆婆子，坐过来！

　　　　婆婆子，你把我们那点养老钱拿出来，听见吗？婆婆子，

　　　　你跟了我几十年，冇享一点福，只怕还会要让你住到对

　　　　面那个茅屋里去度晚年，我对你不住咧！

大　妈　佑爹，莫讲得这样伤心啰！

宗　佑　莫哭哒！要节哀顺变！大旺，过来！

大　旺　爷老子，我在这里！

宗　佑　大旺，有办法，砸锅卖铁为还账，你把你的存款都捐献
　　　　出来！听见吗？

大　旺　听见哒！

宗　佑　大旺，这回打官司，你代替爷老子去老老实实向政府认
　　　　罪，争取宽大处理。劳改回来后，继承我的遗志，还是
　　　　要把鞋厂搞起来！

大　旺　好啰！

二　发　轮到我哒！爷老子，发伢子的堂客有进屋，还欠了一身
　　　　两肋巴的账，我冇得钱哪！

宗　佑　发伢子，我晓得你是只冇底马桶，存钱不住的。你咧，
　　　　我就不跟你多讲哒，只要你莫忘记我给你呷的黄鳝炒肉
　　　　就行哒！

二　发　嗯！嗯！啊？就这么简单几句呀？爷老子，你硬到死哒
　　　　还偏心！

宗　佑　娟妹子，你下岗失了业，有好多条路你不走，却霸蛮要
　　　　去帮人家喂菜牛当牧民，你不听话咧！

小　娟　参参！我是学畜牧的，喂菜牛当牧民专业对口！现在城
　　　　里人提倡吃绿色食品，搞菜牛场，是太平村致富的一条
　　　　路子！

宗　佑　莫提菜牛场好吧，听哒我死得快！

小　娟　好好好！不提菜牛场！（给宗佑把脉，夸张地）哎呀！参

爹的脉跳得好快！

宗　佑　（闻言软瘫）哎哟……

大　旺　小娟，你学的畜牧，给猪牛看病还行，怎能给爹爹看病？

大　妈　怎么不能看？人畜一般同咧！

小　娟　爹爹肝虚火旺，急火攻心，害的是心病！

二　发　哎呀！心病有药治，爹爹有得救哒！

大　妈　莫乱讲！

小　娟　爹爹莫急，我给你开副通窍顺心药！

二　发　你能开药？爹爹又不是猪牛！

大　妈　死马还当活马医，你开副药试试！

二　发　爹爹是匹老马，妹妹，药下重点！

宗　佑　你给老子滚开点！

小　娟　爹爹，我下重药，你肯呷不？

二　发　救命要紧，不呷就搏哒灌！

小　娟　药方子——我早就开好哒！（出示药单）

二　发　看看！（念）歪嘴和尚念歪经，不通窍来不顺心，心病还须心药治，以毒攻毒去游垅！

宗　佑　么子？要我去游垅？

小　娟　对！游垅打锣，最能败毒去火！

宗　佑　你不如拿瓶农药来啰！

小　娟　爹爹，打锣游垅是你依法治村的法宝，如今你犯了法，当然应该去打锣！

大　旺　他不去行不行？要去，我去！

小　娟　哥哥，莫打岔啰！现在，我提议，少数服从多数，举手表决，同意爹爹去打锣的举手！

　　　　[众人强拉大旺举手。

宗　佑　啊！还举双手？搞家庭政变呀？我去游垅，以后还有什么脸当村长见村民？

二　发　你占哒茅厕屙不出屎，不当算哒！

大　旺　爹爹，过去你乱搞乱发财，总抓了这个打锣、那个游垅，这回子，你去韵一回味也要得！

　　　　[小娟将一本《村规民约》给大妈。

大　妈　佑爹，你不去呀？这《村规民约》还是你自己订的喃！（给宗佑《村规民约》）

宗　佑　（接过《村规民约》，一震)《村规民约》！

三　宝　（神气地上）嘿嘿！佑爹，都什么时候了，你还在学习《村规民约》呀？

宗　佑　你来干什么？

三　宝　嘿嘿！你制假贩假，我举报有功，论功行赏，喋，得了奖金！

宗　佑　你这只呷里爬外的家伙，滚！

三　宝　滚？今天我是特事来的，鞋厂被你搞垮了，村民们血本无归。我受他们委托，叫你打起这面锣去给村民一个交代。

宗　佑　蓄山养虎、虎大伤人，想不到我栽在你手里！

二　发　牌桌上还欠我的钱，还来！

三　宝　佑爹，大势所趋，人心所向！不去给个交代，村民们只

　　　　　怕会要到你家来赶猪牵牛拆屋卸瓦喃！

宗　佑　（狂笑）嘿嘿嘿嘿哈哈哈哈！身为村长，愧对村民，皇帝
　　　　　犯法，罪与民同！今天，我按村规民约办，就去打一回
　　　　　锣，游一回垅！

三　宝　好！好！村长，锣槌在这里，还让你拿一回！

宗　佑　嘿嘿！你还承认我是村长呀？好！看我还行使一回村长
　　　　　的权利！上次你盗伐林木，人赃俱获，今天，也跟老子
　　　　　一路去打锣！

　　　　　［切光。

第六场

　　　　　［暗转。村外大道上。

　　　　　［三宝、大旺、二发各拿锅盖烂脸盆当锣和众村民上。

众　人　（对内）请领导出场——

宗　佑　（内声）来了！（大锣遮面上，亮相）哎哟哟哟！丑死人
　　　　　哟！

众　人　村长，脸要朝这边！

宗　佑　我晓得！何解没听到你们的锣响？打锣！

　　　　　［众人打锣。

宗　佑　怎么打不响？有呷饭呀？

众　人　我们这号锣打不响！

宗　佑　看我的！（打锣）

众　人　有你那号正宗锣，我们也打得响！

宗　佑　接受村规处罚，认真打锣游垅，步子要走齐整，锣要打
　　　　出水平！预备三四起！

　　　　〔各人按音阶打锣，"叽喳嘭喳咣"，打出了节奏。

宗　佑　（唱）脸发烧，脚步沉，

　　　　　　　虎落平阳好恓人。

　　　　　　　往日打锣神气足，

众　人　（和）今朝锣槌烫手心。

二　发　（唱）遮住脸来难遮身，

　　　　　　　躲不过四邻乡亲们。

　　　　　　　只求亲爱的莫晓得，

众　人　（和）要不然太太会吹灯。

宗　佑　（唱）丢光老脸难见人，

　　　　　　　恨无地洞藏我身。

　　　　　　　村民眼睛像刀子，

众　人　（和）戳得满身血窟窿。

大　旺　（唱）平日当厂长好抖抻，

　　　　　　　今天敲只烂脸盆。

　　　　　　　后悔当初瞎胡闹，

众　人　（和）三爷崽今日脱不得身。

三　宝　哎哟！走不动了！

宗　佑　（唱）一裤裆的屎尿洗不掉，

　　　　　　　愧对乡亲们，我、我要砸掉这面锣。

村　民　砸不得！砸不得……

小　娟　爹爹，这面锣没有错，错在你没有打好这面锣啊！

　　　　（唱）一样的铜锣一样的声，

　　　　　　　不一样的结果警人心。

　　　　　　　先辈们打锣打出新天地，

　　　　　　　你打锣，太平村里不太平。

村　民　（合唱）你头发胡子一把抓，

　　　　　　　打得村民寒了心。

小　娟　（唱）你当的是太平村的官，

　　　　　　　你掌的是太平村的本。

　　　　　　　锣槌在手是责任，

　　　　　　　你不能用错点子打偏心。

小　豹　（唱）若要人重你，

　　　　　　　先得你敬人。

　　　　　　　人心是杆公平秤，

　　　　　　　是是非非秤上称。

小　娟　（唱）放眼看时代在前进，

　　　　　　　以权代法再也行不通，

　　　　　　　爹爹呀！

　　　　　　　太平村若要得太平，

　　　　　　　重谱新时代的打锣经。

村　民　（合唱）太平村若要得太平，

　　　　　　　重谱新时代的打锣经。

大　妈　（上）来哒来哒！上海富贵花皮鞋厂的客人来哒！

小　豹　好！游垅队变欢迎队，准备迎接上海客人！

宗　佑　么子？还欢迎他们？他们是来找我这祸苑子扯麻纱的。

大　妈　么子？你还蒙在鼓里呀？

小　豹　大伯，是这样，这几天，我们已经到县里很顺利地找原
告方作了调解，上海厂方已经同意撤诉！

宗　佑　真的呀？官司不打了？

小　娟　上海厂方看中了我们山区丰富的牛皮羊皮资源，准备和
我的菜牛场联合，在太平村办一个皮革加工厂！他们今
天是来做立项考察的！

宗　佑　好！好！小豹崽呀！我提议，这件事过后，马上按《村
民委员会组织法》召开村民大会改选村主任，我要把锣
槌交给你们这辈年轻人！

二　发　你交了锣槌，回家呷轮供也要得！

小　豹　大伯，生姜还是老的辣！只要你接受教训，把锣打到点
子上，你还是我们的好村长！

宗　佑　唉！我老了，我跟不上了……

小　豹　大伯，我们打起大锣迎接上海客人去！

　　　　〔合唱。

　　　　　　　春风化雨沐山林，

　　　　　　　莺歌燕舞颂清平。

　　　　　　　铜锣打到点子上，

　　　　　　　太平村里得太平。

　　　　〔剧终〕

1999 年演出本

大顺 李岩

大型历史剧

时　间：1644 年（明崇祯十七年）

地　点：北京

人　物：李　岩　红娘子　李自成　刘宗敏　牛金星　李　侔

　　　　宋献策　熊　贵　崇　祯　公　主　侍　卫　门　子

　　　　老福头　小顺子

第一场　执法

　　　　［序曲。

　　　　［战鼓声排山倒海而来，夹杂着隐隐的呐喊声，格斗声。

字　幕　明崇祯十七年三月十九，李自成攻破北京，杀进皇宫。

　　　　［御花园。

　　　　［小顺子扶福公公逃上。

小顺子　福公公，李自成杀进皇宫了，咱们快逃命吧！

　　　　［小顺子扶福公公慌下。

　　　　［义兵执刃过场。

　　　　［长平公主逃上。

　　　　［崇祯皇帝朱由检披发跣足仗剑追上。

崇　祯　皇儿慢走！

公　主　救命呀！万岁爷杀人啦……

崇　祯　皇儿站住！站住……

公　主　（哀哀地）父皇，你执意要杀女儿，女儿到底有何罪过？

崇　祯　生在我帝王之家就是你的罪过！

公　主　啊！父皇……

崇　祯　皇儿呀！

　　　　（唱）闯贼破京，

　　　　　　　神器坍崩。

　　　　　　　恨无回天力，

　　　　　　　眼睁睁玉石俱焚。

　　　　　　　空余恨，

　　　　　　　江山遽尔易他人。

　　　　　　　国破家亡何惜命，

　　　　　　　来来来，

　　　　　　　随父皇黄泉见祖宗。

　　　　[崇祯仗剑砍去，公主臂挡，昏倒。

崇　祯　（癫狂地）皇儿，你死了吗？死了！死了为父的就放心

　　　　了！哈哈哈哈……

　　　　[崇祯掷剑于地，踉跄而下。

　　　　[追喊声：捉皇帝呀！捉皇帝……

　　　　[熊贵口衔腰刀，双手拖包袱，上。

熊　贵　哈哈哈哈！老子发财了！

　　　　[公主悠悠醒转，呻吟。

熊　贵　（惊跳）什么人？给老子出来！

公　主　内侍，快，快扶我起来……

熊　贵　哟！原来是位美人儿！嘻嘻嘻……

公　主　奴才找死！

熊　贵　哟！一个宫女，这么大脾气！

公　主　奴才瞎了眼！我乃长平公主！还不快来服侍我！

熊　贵　公主？哈！我就来服侍你！（旁白）今天我这癞蛤蟆要尝
　　　　尝天鹅肉了！（轻薄地）嘻嘻嘻嘻……

公　主　啊！你是什么人？

熊　贵　我？说出来吓你一跳！我乃李闯王部下，熊贵熊将军！

公　主　哎呀！站开些！站远些！

熊　贵　一个亡国奴，还抖什么威风？（戏谑地）公主殿下，驸马
　　　　爷来了。

公　主　（拾起宝剑）过来我就杀了你！

熊　贵　哟！还没进洞房，就要杀驸马爷呀！

　　　　[熊贵夺剑，搂抱公主，公主昏晕。

　　　　[李岩、李侔急上。

李　岩　（怒声）放手！

熊　贵　呸！败兴！（提起包袱欲走）

李　岩　站住！大胆熊贵，不顾义军律条禁令，竟敢在皇宫凌辱
　　　　妇女，劫掠财物！

熊　贵　只怕你管我不得！我乃刘侯手下大将，不是你李岩部下
　　　　小兵！

李　岩　你违纪犯令，就当军法从事！

熊　贵　得了吧你！刘侯都不管我，你管我？

李　岩　李侔，拿下！

熊　贵　怎么？要来真的呀？

［李侔剑逼熊贵，熊贵以刀拒捕。

［二人交手，熊贵落败，受制。

李　岩　侍卫！

侍　卫　在！

李　岩　此女受伤，速速扶入后宫，好生调养！

侍　卫　是！

　　　　［侍卫扶公主下。

　　　　［刘宗敏，宋献策率侍卫上。

李　岩　刘侯，宋先生。

宗　敏　这是怎么回事？

李　岩　熊贵逼淫宫女，劫掠财物，属下拿他军法从事！

宗　敏　我当什么大事？把他放了！

李　岩　这……

宗　敏　我说放了就放了！

献　策　事关义军军纪法度，请刘侯三思。

宗　敏　熊贵是我手下骁将，广立战功，偶犯过失，该当赦免！

　　　　何况——这次我军破京，大小将士哪个不是大包小包？

　　　　制将军他抓得完吗？

李　岩　正因如此，熊贵身犯律条，当正其罪，以儆效尤。

宗　敏　（威严地）嗯——

李　岩　（倔强地）熊贵罪无可恕！

宗　敏　你，你……（强忍怒气）制将军啦！

　　　　（唱）弟兄们扯旗造反浴血拼命，

为的是荣华富贵图个后半生。

眼下里进北京大局已定，

闯王爷要登帝位坐龙庭。

苦尽甜来，享点富贵是本分，

我与你都是那开国功臣。

到如今得过且过你能忍则忍，

网开一面，还望你手下留情。

李　岩　刘侯！

（唱）说什么得过且过能忍则忍，

说什么网开一面手下留情，

大顺军举义旗驱除暴政，

出生入死，为的是天下受苦人，

眼下里虽入京大局未定，

还须有支纪律严明的兵。

熊贵他触禁令无以为忍，

军法从事，决不容情。

〔宋献策见事不谐，悄下。

宗　敏　李岩，你不要太过分了！

李　岩　属下职责所在，只好得罪刘侯。

宗　敏　大胆！（拔剑，将剑搁李岩脖子上）若伤熊贵，我叫你血
溅五步！

李　侔　大哥！

〔李侔欲救李岩，被宗敏侍卫围住。

宗　敏　李岩，速速饶了熊贵，否则，休怪俺老刘手下无情！

　　　　　[忽然，红娘子飞身而上，剑抵刘宗敏后心。

红娘子　刘侯，休得伤我李郎！

李　岩　红娘子休得鲁莽！

李　侔　嫂嫂，他若伤了大哥，你就杀了他！

宗　敏　哇呀呀呀！反了反了……

　　　　　[众人对峙，谁也不敢轻举妄动。

　　　　　[宋献策喘吁吁跑上。

献　策　闯王爷驾到！

众　人　啊！王爷来了！

　　　　　[众人恨恨地互瞪一眼，收起兵刃。

　　　　　[侍卫高擎"奉天大顺李"纛旗上。

　　　　　[侍卫捧青龙宝剑引李自成上。

众　人　见过王爷。

自　成　（面色冷峻）杀呀！砍呀！你们的刀呢？剑呢？怎么都收
　　　　　起来了？要不要借我青龙宝剑一用？真是胡闹，连狗皇
　　　　　帝都没抓到，自家人就窝里反了！

红娘子　（直言快语）王爷，是非曲直当有个公断，您可不能各打
　　　　　五十大板呀！

自　成　李岩你说！

李　岩　王爷容禀！

　　　　　（唱）义军入城立足未稳，

　　　　　　　　当务之急安民心。

整饬军纪还得严禁令，

难容熊贵胡作非为怠军心。

杀一儆百要用人头来示警，

求王爷的青龙宝剑正典刑。

熊　贵　（叩头不止）王爷饶命……

宗　敏　你真要借王爷的青龙宝剑杀熊贵？制将军，这青龙宝剑
　　　　杀的是大明贪官污吏，可不能杀我自家之人！

自　成　（逼视熊贵）你这畜生！来人！将熊贵押往大牢，听候发
　　　　落！

李　岩　王爷……

自　成　休得多言！

　　　　[侍卫拖熊贵下。

宗　敏　制将军，熊贵都下大牢了，你还要怎样？是不是还要治
　　　　我刘宗敏的罪呀？

李　岩　属下不敢！

自　成　二位这是怎么啦？哈哈哈哈！

　　　　（唱）你们是孤王我的好股肱，

　　　　　　　切莫为适才小事闹生分。

　　　　　　　似这般反贴门神不对劲，

　　　　　　　从今后呀怎为一殿臣？

　　　　　　　制将军执法从严是本分，

　　　　　　　刘侯你休得要想不通。

　　　　　　　来来来，冰释前嫌莫怨恨——

李　岩　（拱手）刘侯！

宗　敏　（拱手）制将军！

自　成　哈哈哈哈！

　　　　——这才是孤王我的好弟兄。

　　　　[牛金星乐颠颠地跑上。

金　星　恭喜王爷，贺喜王爷！

自　成　丞相，孤王何喜之有呀？

金　星　崇祯皇帝朱由检他、他在煤山自缢身亡！

自　成　好！崇祯煤山自缢，明室荡然无存，真乃天大喜事！

　　　　（唱）李自成浴血苦战十五春，

　　　　　　　历经磨难，死而得后生。

　　　　　　　崇祯身亡明室气数尽，

　　　　　　　我大顺成一统伟业当兴。

　　　　　　　论功行赏，人人都有份。

　　　　　　　封妻荫子、赏金赐银、高官厚禄，孤王我、我要遂
　　　　　　　你们的心。

金　星　谢王爷！不，谢万岁！万岁，那边就是金銮宝殿，您
　　　　请！

自　从　好，打道金銮宝殿！

　　　　[切光。

　　　　[追光。

　　　　[小顺子扶福公公上。

福公公　哎哟哟！累死咱家了！小顺子！

小顺子　福公公！

福公公　咱家走不动了，歇歇吧！

小顺子　好哪！你坐地上吧！

福公公　放肆！趴下！

小顺子　哎！（趴下）

福公公　（坐小顺子背上）把屁股撅高点！

小顺子　您拉倒吧！（起身，福公公摔地上）

福公公　大胆！（作势欲打）

小顺子　少来了！万岁爷上吊了，大明朝完蛋了！你以为你还是
　　　　福公公吗？老福头！

老福头　（泄气地）我成了老福头？

小顺子　小顺子不侍候您了，我呀，回老家成家立业光宗耀祖
　　　　去！

福公公　（怪笑）嘿嘿嘿嘿！你，回得去吗？

小顺子　（摸腰包）我有钱！

老福头　有钱怎么样？你下面的行头没了，就不怕回去丢人现眼，
　　　　辱没祖宗吗？

小顺子　啊？

老福头　咱们这号人，一辈子离不开皇宫大内，你呀，就跟着我
　　　　老福头在这皇城根扫扫地打打更，过一天算一天吧！
　　　　（哭）万岁爷呀……

　　　　〔小顺子扶老福头下。

第二场　力谏

[舞台升光。

[太和殿。

[牛金星引李自成、刘宗敏、李岩、宋献策等上。

自　成　（坐上龙椅）哈哈哈哈！想不到我李自成也会有这么一
　　　　天，能坐上金銮宝殿的龙椅！

金　星　王爷造反，不就是为了当皇帝吗？当年宋献策宋先生给
　　　　您卜过一卦，说是"十八子，主神器"。这"十八子"就
　　　　是您李闯王的李字，"神器"嘛，指的这神州赤县，万里
　　　　江山。如今，正是您"主神器"的时候了！

宗　敏　牛丞相所言极是。目今义军一统天下，王爷隆登大宝，
　　　　乃众望所归，人心所向。

自　成　（兴奋地）好！孤王决定早登帝位，让你们也当个名副其
　　　　实的将军丞相！

宗敏、金星　（叩拜）叩谢万岁天恩。

李　岩　且慢！末将以为王爷正位不宜操之过急！

自　成　（不悦地）何以见得？

李　岩　目今义军虽攻占北京，但天下未平，强敌环伺，外患内
　　　　忧，王爷切不可熟视无睹，掉以轻心啊！

　　　　（唱）我义军孤军深入占北京，

　　　　　　　要提防勤王救驾的各路明兵。

　　　　　　　吴三桂是我大顺心腹患痛，

雄镇关外，他乃是一代枭雄。

金　星　皇帝都死了，谅他这条小泥鳅也掀不起大浪！

李　岩　可他手中有五十万兵马，若是杀回北京，后果难以设想！

自　成　什么后果？难道我百万义军还怕他不成？

李　岩　就怕他弃关勤王，那鞑子从山海关乘虚而入！

自　成　啊！依你该怎么办？

李　岩　即刻派人出关招降吴三桂。吴三桂若受招安，我北方就可高枕无忧了！

自　成　吴三桂身为山海关总兵，明室重臣，他会轻易接受招安吗？

李　岩　王爷呀！

　　　　（唱）吴三桂在山海关拥兵自重，

　　　　　　　一家老小尚留在北京城，

　　　　　　　王爷您软硬兼施将计用，

　　　　　　　投鼠忌器他只能俯首称臣。

自　成　制将军有话就直说吧！

李　岩　（唱）这厢有陈圆圆亲笔书信。

自　成　陈圆圆是他什么人？

献　策　回王爷，陈圆圆乃吴三桂的爱妾。

李　岩　（唱）还有那吴襄的一纸劝降文。

自　成　那吴襄又是他什么人？

献　策　吴襄乃吴三桂的父亲。

李　岩　（唱）吴三桂顾情爱妾遵父命，

　　　　　　　他定然知进退归顺义军。

自　成　哈哈哈哈！原来制将军早已取到了吴襄和陈圆圆的劝降
　　　　文书，真乃有心之人！宋先生！

献　策　山人在。

自　成　兹事体大，就请先生带了劝降文书，火速出关招安吴三
　　　　桂！

献　策　遵命！

　　　　〔宋献策下。

李　岩　王爷，吴家上下三十八口安危，牵系这次招安成败。请
　　　　王爷速速派人进驻吴府，以策万全。

自　成　好！这件事就交与制将军你去办！

李　岩　遵命！

　　　　〔李岩与红娘子、李侔下。

自　成　（赞赏地）这李岩行事虽有些迂腐偏执，但运筹帷幄，不
　　　　失儒将风度，确也是个人才！

金　星　王爷你太抬举他了！瞧他那副目无余子的倨傲劲，简直
　　　　就没把您放在眼里。唉！都像他这般小题大做，王爷您
　　　　不知哪天才能当上皇帝哟！

自　成　哼！孤王自然心中有数！

宗　敏　（小心地）王爷，您看熊贵之事……

自　成　算了！等下你去大牢领走他！不过，你也得做做样子打
　　　　他几军棍。

宗　敏　谢王爷!

金　星　王爷，国不可一日无君，您还得早登帝位，以安民心。

自　成　好! 孤王登极事宜就交与你办! 不过，登极典礼急需大批银两，刘侯，你准备怎么办?

宗　敏　京城肥得流油，遍地都是金银，王爷您尽可放心!

自　成　好! 就这么办! 孤王要去皇宫内苑走走，左右，引路!

　　　　[侍卫引李自成下。

宗　敏　(急不可耐地) 牛丞相，听说那陈圆圆是个天生尤物，绝色美人?

金　星　那还用说? 美得简直没法说，要不然，吴三桂会对她倍加宠爱吗?

宗　敏　哼! 真便宜了吴三桂这老小子!

金　星　怎么? 刘侯吃这般干醋，莫非你……

宗　敏　嘿嘿嘿嘿!

金　星　哈哈哈哈! (附耳低语)

宗　敏　妙! 妙!

金　星　不过得慢慢来，性急吃不了热豆腐!

宗　敏　这本侯就拜托牛丞相了!

金　星　那吴府的万贯家财……

宗　敏　家财归你，美人归我! 嗬哈哈哈!

　　　　[战鼓声由轻渐重……

　　　　[切光。

　　〔追光。

　　〔老福头敲梆，小顺子鸣锣上。

小顺子　皇城宵禁，严禁喧哗！

老福头　天干物燥，小心火烛！

　　（合）平安无事啊——

小顺子　哎，听说老李要登基当大顺皇帝了，是真事吗？

老福头　真事假事，不关我事，打更报夜，方是正事！

小顺子　还听说那小李反对老李过早登基，莫非小李想争这个皇
　　　　位？

老福头　谁知道呢？老李也好，小李也好，谁当皇帝，我看都
　　　　好！

小顺子　我看，小李玩不过老李！

老福头　何以见得呀？

小顺子　你看老李身旁那帮子将军丞相，一个个饿鬼投胎，捞钱
　　　　不要命，就会玩阴的，能有小李什么好果子吃？

老福头　我看也是！小心，巡夜的来了！

　　（合）平安无事啊——（下）

　　〔李侔带军士巡逻过场。

第三场　劫府

　　〔升光——吴府书房。

　　〔红娘子端酒菜上。

红娘子　（唱）夜深沉，更漏滴，

　　　　　　　皇城月黑影迷离。

　　　　　　　郎未归，心牵系，

　　　　　　　愁绪里，遥听军梆几声凄。

　　　　　　　进京来，百废待兴从头起，

　　　　　　　相公他夙兴夜寐理军机，

　　　　　　　呕心沥血辅佐闯王图大计，

　　　　　　　形神瘦损，叫我痛心脾。

　　　　　　　下厨房，亲将菜馔理，

　　　　　　　待与他把酒解神疲。

　　　　　　　到此时，黄酒三温，人无消息，

　　　　　　　盼郎归——

　　　　　　　看风摇烛影，又听金鸡啼。

　　　　〔红娘子神思怏怏，支颐而睡。

李　岩　（内唱）黉夜巡城归府第——

　　　　〔李岩便装上，见红娘子睡着，遂放轻脚步……

　　　　　　　——茶凉饭冷，等苦了我的贤妻。

　　　　　　　一腔歉疚生怜惜，

　　　　　　　难禁我回肠九转，慨叹依依。

　　　　　　　想当年——

　　　　　　　因劝赈得罪官府陷缧绁，

　　　　　　　红娘子她，杀贪官，破牢狱，孤身犯险，

　　　　　　　　救出李岩追随闯王举义旗。

刀剑丛中同声气，

两情相悦，她与我结夫妻。

多年来患难相依无怨艾，

深情无悔志不移。

愧见她，憔悴容颜映在烛光里。

露夜生凉，与妻轻盖衣。

红娘子　（醒）啊！相公！

李　岩　哦，惊醒夫人了！夫人，这吴家老小的护卫之事都安排
　　　　妥当了吧？

红娘子　相公放心，李伴带着十多个亲兵在府中不眨眼的巡逻！

李　岩　有劳夫人了！

红娘子　怎么这时才回？哟！我去热一下酒菜……

李　岩　不必了！冷酒正好浇浇心火！（斟酒一饮而尽）

红娘子　相公，发生了什么事？

李　岩　唉！夫人不问也罢！（闷头饮酒）

红娘子　相公呀！

　　　　（唱）我与你同命鸳鸯结连理，

　　　　　　　你有心事怎能瞒过妻？

　　　　　　　近来你无端掷笔生闷气，

　　　　　　　神思恍惚意迷离；

　　　　　　　也见你梦里挑灯舞剑器，

　　　　　　　仰天长啸叹兮兮。

　　　　　　　天大事儿让妻明底细，

莫让我悬心吊胆费猜疑。

李 岩 夫人，这心事嘛——我、我是在为闯王大业、义军前途忧心如焚啊！

红娘子 啊！相公何出此言？

李 岩 我大顺义军一举攻下北京，岂料入城之后，平日军纪严明的义军官兵，倒成了一帮烧杀掳掠的土匪了！

红娘子 啊？有这等事？

李 岩 （唱）为正军纪我连日察访，

所见所闻气心房。

将士们军务懈怠东游西荡，

骄奢淫逸一个个似虎如狼。

红娘子 京城禁地皆为刘侯统属，难道他不闻不问吗？

李 岩 休提那刘宗敏了！

（唱）他忙着逼刑明官追银饷，

不问贪廉，齐押在刑房。

夹棍下血肉横飞黄金万两，

哪有心整顿军务点阅校场。

红娘子 那牛丞相呢？他不是军政内务一把抓吗？

李 岩 （唱）好一个穷怕了的牛丞相，

徇私枉法昧天良。

纳贿贪赃，不输那明廷魏奸相，

简直是利令智昏发了狂。

红娘子 义军律条乃闯王亲手所制，他岂容得将军丞相这般胡作非为？

李　岩　（苦笑）闯王爷吗？

　　　　（唱）闯王他一心登基正皇位，

　　　　　　　紧忙着择吉禳天早封禅。

　　　　　　　多天未离皇宫内苑。

红娘子　那你到皇宫找他禀明一切……

李　岩　（唱）我也曾闯宫面谏——

红娘子　怎么样？

李　岩　（接唱）——他若无其事不回言！

红娘子　啊！如今的闯王爷怎么不像以前的闯王爷了?!

　　　　［李岩执壶狂饮。

红娘子　相公，空肠枵腹，少饮冷酒！

李　岩　不要拦我！

红娘子　看你，都喝醉了！

李　岩　我醉了？举世皆醉我独醒！夫人，醉了的是刘宗敏牛金
　　　　星之流，醉了的是闯王爷啊！

红娘子　相公，虽则是一醉解千愁，可借酒浇愁愁更愁呀！

李　岩　夫人放心！笔墨侍候，我要再谏闯王上条陈。

李　侔　（急上）大哥！不好了！

李　岩　何事惊慌？

李　侔　数十个蒙面盗贼已偷偷潜入府中！

李　岩　啊！李侔，加强后院防守，保护吴家老小安全！快去！

李　侔　是！（急下）

李　岩　夫人，来者不善，善者不来！今晚情况异常，劳你去后
　　　　厢房保护陈圆圆！

　　　　[红娘子拔剑，急下。

　　　　[李岩执剑正欲出门，见来人，隐伏。

　　　　[一蒙面人仗剑蹑足进书房。

李　岩　（剑抵蒙面人）站住！什么人？

　　　　[蒙面人一个懒驴打滚躲过剑锋，扬手发暗器打黑桌上灯
　　　　火。

　　　　[二人摸黑格斗。

　　　　[几经回合，蒙面人被李岩制住。

　　　　[红娘子提灯笼踉跄而上。

红娘子　相公，贼人人多势众，武艺高强，我等抵敌不住！吴襄
　　　　和陈圆圆被抢走了！

李　岩　啊！你在怎讲？

红娘子　吴襄和陈圆圆被贼人抢走！吴府管家趁乱里骑快马逃之
　　　　夭夭！

李　岩　（颓然长叹）大事不好！吴府管家定然到山海关给吴三桂
　　　　通风报信去了！

红娘子　这、这怎么办？

李　岩　（咬牙切齿地）我倒要看看他们是什么人！（撕下蒙面人
　　　　面巾）啊！是熊贵！

　　　　[战鼓声骤然响起。

　　　　[切光。

[追光。

[福老头、小顺子各执扫帚扫街上。

老福头　呀呀呀呀！

小顺子　老福头，您几时改唱花脸了？

老福头　嘿！这回总算弄明白了！

小顺子　明白了什么？

老福头　明白了我大明为何一眨眼便亡国亡君了啊！

小顺子　为何？

老福头　都怪大明那些狗官，损公肥私，欺君罔上，活生生把个
　　　　大明王朝整垮了哇！

小顺子　我不明白！

老福头　你听——

　　　　[鞭挞声，惨叫声，呵斥声……

小顺子　这是大顺义军在拷打明官，敲诈金银！

老福头　是啊！曾几何时，大明忧患，国库空虚，崇祯爷下多道
　　　　血诏，向朝中文武百官借钱。可那些狗官死猪不怕开水
　　　　烫，硬是不拿钱，呜呼哀哉，万岁爷到死都没从他们手
　　　　中借到几两银子啊！

小顺子　也许他们真的没钱！

老福头　没钱？你去看看，在大顺义军的皮鞭夹棍之下，那些狗
　　　　官哪个不是拿出几十上百万两金银赎身买命啊！

小顺子　看来大明真的是亡在自己人手里啊！

老福头　可不是嘛！走！

　　　　〔老福头、小顺子下。

第四场　闯宴

　　　　〔升光——将军府厅堂。

　　　　〔刘宗敏喜气洋洋地上。

宗　敏　（唱）将军府里设刑房，

　　　　　　　只打得狗贪官哭爹叫娘。

　　　　　　　夹棍下金子流来银子淌，

　　　　　　　珠光宝气好叫我脚乱手忙。

　　　　　　　那银子、银子拿去作军饷，

　　　　　　　这金子、金子都装进我的库房。

　　　　　　　闯王爷的江山我有一半，

　　　　　　　理当是公私兼顾，相得益彰。

侍　卫　（上）禀侯爷，吴襄陈圆圆已经抢……不，接到府中了！

宗　敏　哦哈哈哈哈！好！好！

侍　卫　请侯爷定夺吴襄的赎金！

宗　敏　他有钱，叫他拿五十万两白银来赎人。那美人现在何处？

侍　卫　回侯爷，美人已安顿在后院暗香楼。

宗　敏　着人好生服侍，休得惊吓了她！

侍　卫　是。

宗　敏　熊贵回来了吗？

侍　卫　熊贵至今未归。

宗　敏　哼！这狗贼定然卷掠吴府财宝连夜逃走，日后抓到，我
　　　　要剥他的皮！

内　声　牛丞相到——

宗　敏　苍蝇见了血，这老贼果然来了！

　　　　［牛金星上。

宗　敏　听说牛丞相广开财路，忙得很的，怎么有空来我将军
　　　　府？

金　星　好说好说！比起刘侯，老夫还不是小巫见大巫？

　　　　［二人大笑，落座。

宗　敏　丞相光临，有何见教？

金　星　刘侯何必明知故问？我是来要吴襄的！

宗　敏　（装糊涂）要吴襄？这老头是我的摇钱树，值五十万两白
　　　　银啊！

金　星　怎么？你反悔了？当初有言，你得美人，我得钱财，刘
　　　　侯，天地良心，你总不能财色独占吧？

宗　敏　财色独占又怎样？你想无功受禄？

金　星　我无功受禄？这档子绑票抢人的活儿，不是我老牛给你
　　　　出的主意吗？

宗　敏　（拍桌）牛金星，你休得来我将军府胡搅蛮缠！我抢吴襄
　　　　是为义军筹饷，大公无私！

金　星　（跳起来拍桌）刘宗敏，你休说得如此冠冕堂皇！我问
　　　　你，你刑逼明官得来的金银财宝有几个充了军饷？

宗　敏　这……

金　星　我再问你，你抢来陈圆圆也是为筹饷吗？

宗　敏　这、这、这……

金　星　刘侯，凡事不要做得太绝了！你我心照不宣，还是平分
　　　　秋色吧！

宗　敏　呀呀呸！做你的千秋大梦！

金　星　你就不怕我到王爷面前告你一状吗？

宗　敏　告我？哈哈哈哈！进京以来，你徇私枉法，纳贿贪赃，
　　　　得银何止数百万两，你还有脸去告我？

金　星　你、你胡说八道！

宗　敏　去年在西安，你给崇祯皇帝写密信，说只要他重用你，
　　　　你就有把握劝降闯王爷——这也是我胡说八道吗？

金　星　啊！你、你怎么知道？

宗　敏　李岩截获密信，交到本侯手中，本侯大事化小，就将这
　　　　事压下了！

金　星　（咬牙切齿）又是李岩！

宗　敏　丞相，你还欠我这个天大人情啊……

内　声　闯王爷驾到——

　　　　［李自成率侍卫上。

宗敏、金星　参见王爷！

自　成　（话里有话的）刘侯，看你这将军府富贵逼人，你——还
　　　　是挺会享受的嘛！

宗　敏　托王爷洪福。不久前我还是个无家可归的穷光蛋，进京

之后，就将这寿王府改成了将军府……

自　成　一步登天了是不是？

宗　敏　（跪下）啊王爷……

自　成　听说你滥用私刑追索明官赎金？

宗　敏　属下不敢！属下向明官筹饷，一向用您制定的怀柔政策，绝不敢滥用私刑！

自　成　风闻你部将士军纪涣散，在京城中胡作非为，你身为大将军竟置若罔闻！

宗　敏　那都是小人忌克我造的谣！

自　成　哦？还说你搜罗了不少金银财宝和美女歌姬！也是造的谣吗？

宗　敏　王爷，这想必又是那李岩……

自　成　空穴来风，必有因由，你就推得这么干净？

宗　敏　王爷，我跟您多年，自问是兢兢业业恪尽职守，从无贪财恋色之事……不信？牛丞相可以为我做证！

金　星　是啊王爷，刘侯他治军严谨，克己律人，廉洁如水，两袖清风，从无犯科越轨之事。

自　成　哼！牛丞相你嘛——也好不到哪里去，传闻你也干了不少出格的事！

金　星　啊！王爷……（跪倒）

自　成　我义军初创江山，诸多事务还需你等勤勉劬劳，励精图治，断不能醉生梦死，骄奢淫逸啊！二位呀！

（唱）为封禅仪典，我连日紧忙，

军务大事难以顾周详。

你二人是我的得力臂膀,

还须得尽心尽力佐孤王。

整饬军务操兵练将,

文武之道有弛有张。

治军律令要三申五讲,

断不能阳奉阴违行乖张。

宗敏、金星　谨遵王爷教诲!

自　成　念你们跟我多年,诸事也就既往不咎,算了!起来吧!

宗敏、金星　谢王爷恩典!

宗　敏　王爷,我已备下酒菜,您就赏个脸……

自　成　也好!很久未与二位相聚,今日有兴,小饮三杯!

宗　敏　酒宴摆上。

　　　　[摆宴。三人入席饮酒。

李　岩　(内唱)吴府遭劫,怒火三千丈——

　　　　(打马上)夜审熊贵知端详,

　　　　　　可恨刘侯酿祸患,

　　　　　　心如火燎,我要禀闯王。

　　　　　　打马皇城细寻访,

　　　　　　不见王爷为哪般?

　　　　　　眼前来至将军府上,

　　　　　　勒缰下马问门房。(下马)

　　　　门上哪位在?

门　子　（出）原来是制将军！有何贵干？

李　岩　请问，王爷可在将军府上？

门　子　巧得很，王爷正在将军府中喝酒！

李　岩　哦，烦劳通禀，李岩有要事求见王爷！

门　子　稍候！（进）启禀王爷，制将军李岩有要事求见！

自　成　哦？他寻到这里来了……

宗　敏　王爷，属下难得与您畅饮一回，千万别让李岩拿些鸡毛蒜皮小事搅了清兴，还是不见的好！

自　成　嗯，叫李岩明天去内苑见我！

门　子　是！（出）制将军，王爷叫你明天去内苑见他。

李　岩　事关重大，十万火急，不能延挨到明天！劳你再次通禀。

门　子　（进）启禀王爷，李岩执意要见！

自　成　执意要见？什么事这样急？

金　星　那李岩一向反对您早登帝位，得知您已择下了登基吉日，想必又来百般饶舌，劝王爷改期！

自　成　哼！孤王吉日已定，焉能改期！告诉李岩，就说我正与刘侯、牛丞相商议军政要务，一概免见！

门　子　是！（出）王爷正在商议军政要务，一概免见！制将军请回吧！（下）

李　岩　啊！好恼！

　　　　（唱）王爷他执意不允见，

　　　　　　　急得我扭折了打马丝鞭。

　　　　　　　他云翳障目受蒙骗，

怎知晓边关即刻起狼烟！

听堂上，杯觥酬酢开欢宴，

禁不住怨愤盈胸间。

李岩我今日要闯宴，

血溅丹墀也要禀直言。

　　［李岩闯进将军府。

宗　敏　嘟！大胆李岩，竟敢擅闯将军府！

李　岩　李岩叩见王爷！

自　成　（不悦地）你到底有什么事？

李　岩　吴襄、陈圆圆昨夜被人劫走！

自　成　啊！可知何人所为？

李　岩　这个——您问刘侯便知！

自　成　（目视宗敏）嗯——

宗　敏　王爷，属下概不知情！

自　成　李岩，这是何意？

李　岩　刘侯，是汉子就敢作敢为，你怎么不认账？昨夜那伙劫
　　　　府抢人的蒙面盗贼难道不是你所遣？

宗　敏　李岩，你自己失职误事，竟敢嫁祸于本侯？真是无法无
　　　　天！

金　星　是啊王爷，刘侯岂会干出这等事来？李岩栽诬刘侯，居
　　　　心不良，当究其罪！

自　成　李岩，你咬定刘侯作案，可有证据？

李　岩　要证据嘛——带上来！

［红娘子应声押熊贵上。

宗　敏　（大惊）啊！

自　成　（拍案大怒）这到底是怎么回事？

宗　敏　（倒地叩首）属下罪该万死……

金　星　王爷暂且息怒，刘侯昨夜所为，实乃事出有因。

自　成　有何原因？

金　星　他抢来吴襄，是为您的登基大事筹饷呀！（暗示宗敏）

宗　敏　对对对！王爷呀！

　　　　（唱）您登基在即，急需银两，

　　　　　　　筹遍京城，差额甚宽，

　　　　　　　急得我茶不思来饭不想，

　　　　　　　无奈何，请来吴襄劝他解囊。

自　成　那你怎么又抢来陈圆圆？

宗　敏　这、这……

金　星　王爷，这也是为了大顺朝廷呀！眼看你隆登九鼎，当皇
　　　　帝爷了，要三宫六院，七十二嫔妃，你总不能偏废了宫
　　　　廷礼制，让后宫乏人吧？

宗　敏　对对对！王爷，我是为您着想呀！

　　　　（唱）为充实后宫，我将美人访，

　　　　　　　访到了陈圆圆国色天香。

　　　　　　　宝马香车接至在将军府上，

　　　　　　　要献与王爷，做那西宫皇娘娘。

自　成　哈哈哈哈！

宗　敏　王爷，待会儿属下便将陈圆圆送进后宫！

自　成　好！好！既然如此，此事我就不深究了！

李　岩　（怒气填膺，跺脚长叹）唉！

自　成　制将军为何叹气？

李　岩　末将担心吴三桂若得知家生变乱，拒绝招安事小，只怕
　　　　他——

自　成　怕他什么？

李　岩　就怕他一怒之下投降鞑子！

自　成　啊！

李　岩　倘若吴三桂投降鞑子，敞开山海关，鞑子长驱直入，我
　　　　军腹背受敌，可就糟了！

自　成　啊！李岩，事已至此，何法可以补救？

李　岩　为今之计，还请王爷将吴襄、陈圆圆送回吴府，好言抚
　　　　慰。待李岩亲往关外招安。

自　成　（意有不舍）这个……

金　星　王爷，李岩分明是在小题大做，危言耸听！

自　成　牛丞相有何高见？

金　星　那吴三桂一代枭雄心性高傲，岂会为一个小妾大动兵戈
　　　　冒险对抗我大顺神兵？

自　成　（求之不得有此一说）对！牛丞相说得对！制将军不必多
　　　　虑了，我看这件事就算了吧！

李　岩　（情急，下跪）王爷，此事关系重大，断不能如此不了了
　　　　之！

自　成　（不耐烦地）不必多说了！

李　岩　王爷……

自　成　哼！就算吴三桂拒绝招安，谅他也不敢投降鞑子当那千人唾万民骂的汉奸！李岩，不必多虑了！退下！

李　岩　（沉重地）是——

　　　　［宋献策喘吁吁地跑上，欲进将军府。

门　子　（出）宋先生，您找谁？

献　策　快快通禀，我有急事求见王爷。

门　子　（进）启禀王爷，宋献策宋先生求见！

自　成　哦！宋先生回来了！快快有请！

门　子　（出）宋先生，王爷有请！

献　策　（进，揖见自成，哽声）王爷，山人有辱使命了……

自　成　啊！招安告吹？

献　策　就为一个女人功败垂成，叫我好恨好恼！

自　成　你恨什么？

献　策　（目视刘宗敏）我恨……嘿嘿，吴三桂已经反了，山人不提也罢！

自　成　啊！吴三桂反了？这到底是怎么回事？

献　策　王爷容禀！

　　　　（唱）为招安，山人匆匆赴关外，

　　　　　　　吴三桂顾虑重重踌躇再三，

　　　　　　　见家书才毅然下决断，

　　　　　　　顾情老父爱妾，他愿受招安。

自　成　他既愿受招安，你就当早些带他进京！

献　策　我已劝得他登程回京，可事情就出在回京路上。

　　　　（唱）一路上紧催程晓行夜赶，

　　　　　　　他急着回家见那陈圆圆。

　　　　　　　驿站里遇管家惊闻家变，

　　　　　　　老父被囚，爱妾被抢，他、他、他冲冠一怒为红颜。

　　　　　　　顷刻间狼烟起烽火燃遍，

　　　　　　　他人马倾巢要杀进关。

　　　　　　　若非我见机溜得快，

　　　　　　　早已是人头祭旗竿上悬。

自　成　（恼火地）刘侯，你坏我的大事了！

宗　敏　王爷，凭义军神威，难道怕了区区吴三桂不成！给我一
　　　　支兵马迎敌，要杀他个片甲不留！

　　　　〔李侔冲上，欲进府，门子拦阻，被推倒在地。李侔撞进
　　　　将军府。

李　侔　王爷，大事不好！

宗　敏　何事惊慌？

李　侔　接探子飞鸽传书，吴三桂已经投降鞑子了！

众　人　（大惊）啊！

李　侔　吴三桂为女人恼羞成怒，降鞑子他要引清兵入关！他、
　　　　他要借清兵讨伐我义军！他、他扬言报仇之后要把北京
　　　　割让给鞑子！

献　策　王爷，军情紧急，眼看大军压境，您当速速调兵山海关，

拒敌于国门之外!

自　成　气死我了!

　　　　（唱）骂一声吴老贼下流三滥,

　　　　　　　为个女人行事竟逆天。

　　　　　　　反我大顺犹自可,

　　　　　　　他不该卖了祖宗当汉奸!

　　　　　　　岂容他为虎作伥生战乱,

　　　　　　　岂容他引狼入室抢我江山。

　　　　　　　怒冲冲取出青龙剑——

　　　　传闯王令!

众　将　听令——

自　成　牛丞相留守北京,其余将士随孤王亲征吴三桂,杀奔山
　　　　海关!

众　将　遵令!

自　成　（接唱）泰山压卵,我要杀他个人仰马翻!

　　　　〔众造型,战鼓声大作。

　　　　〔切光。

　　　　〔追光。

　　　　〔老福头军衣不整,惊魂不定地上。

老福头　我老福头,触霉头,天不佑来鬼不收,大顺军抓我去打
　　　　仗,险些儿冷箭穿了喉,大难不死求活路,（脱军衣）脱
　　　　掉这虎皮我开溜。

小顺子　（上）老福头，你这是作甚？

老福头　我、我在打扫战场！

小顺子　想当逃兵啊？

老福头　谁敢？抓了要砍头的！唉，只说我老福头流年不利，看他闯王比我还倒霉呀！三月十九攻进北京，四月十九率兵出征，被吴三桂打得大败，到如今兵困平阳，那真是上天无路，入地无门呀！

小顺子　这老李呀，在北京总共才待了四十天，过了几天皇帝瘾，就成流寇了，唉！咎由自取呀！要是能多多听取制将军李岩的谏言，何至如此下场哟！

老福头　谁说不是呢？走，回营去吧！（下）

第五场　谗惑

　　［震人心魄的战鼓声愈擂愈急。

　　［升光，李自成行宫。

　　［身着紧身战袍的李自成手臂受伤，由二女侍搀扶上。

女　侍　请皇上更衣……请皇上更衣……

自　成　（狂躁地）滚！都滚下去！

　　［女侍慌下。

自　成　（酸心地）朕败了！败了！我李自成威震华夏，想不到竟败在鞑子吴逆之手……十五年心血付诸东流，万里江山沦入敌手，真愧对朕的青龙宝剑啊！

（唱）出鞘青龙，血花犹染霜锋上，

剑气冲霄，星月暗无光。

它曾把恶枭凶酋齐扫荡，

它帮我开基立国做了帝王。

只当是九五之尊从今享，

哪曾料祸起吴逆，朕的江山遭沦亡。

到如今败退离京奔陕道，

清鞑子前堵后追好嚣张，

兵困平阳，损兵又折将，

四面楚歌，我似那穷途末路的楚霸王。

［刘宗敏、牛金星上。

自　成　（歇斯底里地）朕败了，败了……

金　星　陛下，胜败乃兵家常事，您何必耿耿于怀，痛不欲生？

自　成　朕的皇位没有了，朕的江山没有了。

金　星　谁说您的江山皇位没有了？您还是大顺皇帝！您还是万乘之尊！

自　成　（一震）我还是大顺皇帝？

宗　敏　对！谁敢不认，俺老刘跟他拼了！

自　成　这么说，江山还是我李自成的？

金　星　那当然！你看，那就是万岁您的传国玉玺！

自　成　（抱过玉玺）哈哈哈哈！朕还是大顺皇帝！朕还是万乘之尊！朕要把这大顺玉玺万代相传！朕决不能轻易丢了万里江山！

（唱）十八子奉天承运主神器，

沙场搏命，闯王旗下血淋漓。

好不容易万里江山姓了李，

好不容易黄袍加身登帝基。

怎甘心鞑子抢我中华地，

怎容忍吴逆折我大顺旗，

看谁敢觊觎朕的传国玺——

（身段）青锋噬血，雄风依旧笑天低。

金　星　（阿谀地）陛下英明神武，壮志不泯，何愁不能收复北京，重登帝阙！

自　成　收复北京？牛丞相，北京城四十天的荣华富贵，很值得你留恋吧？

金　星　臣不敢！

自　成　纵是留恋，又有何错？朕发誓收复北京，重登帝阙，让你们有享不尽的荣华富贵！（豪气勃发地）刘侯，你乃三军统帅，当整顿部属，以利再战！

宗　敏　臣遵旨……唉！

自　成　何故叹气？

宗　敏　臣实在想不通，我大顺兵强马壮，何故败在鞑子吴逆之手？

自　成　朕也百思不得其解呀！

金　星　陛下，我军连连败绩，其实与制将军李岩有很大关系！

自　成　关他何事？

金　星　您每每夸他文韬武略，盖世奇才。可征讨吴逆之时，他袖手旁观，不献一策，铁面冷心，坐视其败！刘侯，是也不是？

宗　敏　嗯！李岩确实有点过分！

金　星　什么有点过分？他简直是别有用心，唯恐我军不败！唯恐我大顺不亡！

自　成　岂有此理！他不也是我大顺之臣吗？

金　星　皇上呀！

　　　　（唱）他本是世受皇恩的明举人，

　　　　　　　投效皇上其实藏祸心。

自　成　什么祸心？

金　星　（唱）利用您出生入死打天下，

　　　　　　　他好当皇帝坐享其成！

自　成　什么？他也想当皇帝？

金　星　正所谓画虎画皮难画骨啊！

宗　敏　牛丞相，虽说李岩屡屡跟我过不去，我也看不惯他书呆子的迂腐，可说他想当皇帝，只怕是你胡乱猜疑吧！

自　成　嗯，你可不能胡乱猜疑！

宗　敏　再说，你不也是李岩引荐来我义军的吗？

自　成　对！你还是他引荐来的嘛！

金　星　陛下，臣为您的万世基业忧患于心，才敢冒天下之大不韪出此直言呀！

自　成　说李岩图谋不轨，你可有证据？

金　星　欲盖弥彰，其形自败！您只须看看李岩平日言行，他的
　　　　反心不就昭然若揭吗？

　　　　（唱）他说您赏罚不明言无信，

　　　　　　　　十大功劳只封他一个小小制将军；

　　　　　　　　他说您不懂用兵乱行令，

　　　　　　　　刚愎自用活该走麦城；

　　　　　　　　他说您掩耳盗铃塞视听，

　　　　　　　　拒不采纳他的治国条陈。

　　　　　　　　他也曾故意阻您登九鼎，

　　　　　　　　分明是伺机谋篡待时辰；

　　　　　　　　他也曾目无君王谤朝政，

　　　　　　　　说您当了皇帝忘黎民；

　　　　　　　　他也曾坐观己败缩头颈。

　　　　　　　　分明想亡君亡国才称心。

　　　　　　　　万岁呀，

　　　　　　　　鞑子虽凶非患痛，

　　　　　　　　他李岩才是抢您江山的有心人。

宗　敏　（旁白）乖乖！这牛老头倒像跟李岩有杀父之仇一般！

自　成　（唱）一番话说得朕冷汗淋淋，

　　　　　　　　如梦初醒，肉跳心惊。

　　　　　　　　只怪朕识人不深太轻信。

　　　　　　　　险些儿断送了大顺前程。

　　　　　　　　皇位江山是朕的性命，

　　　　剪除内患——（拔出青龙剑）

　　　　——青龙剑下不留情！

　　唉！青龙剑啊青龙剑！你杀过贪官污吏千千万万，今日
　　要杀一个李岩，却好难下手啊！

　　〔宋献策上。

献　策　臣宋献策叩见吾皇万岁。

自　成　平身！

献　策　启禀万岁，制将军李岩请旨，请皇上给他一支精兵收复
　　　　河南，作为复兴大顺的根据地！

自　成　哦……他自己怎么不来？

献　策　李岩抱病在身，不能前来觐见皇上。

自　成　哼！朕有限的兵马，要作取道西安，问鼎中原之用，哪
　　　　有精兵给他李岩？宋先生请回吧！

献　策　哦，臣告退！

　　〔宋献策下。

自　成　（拍案）哼！李岩竟想要支兵马！

金　星　陛下，狼子野心昭然若揭啊！

宗　敏　真是胡闹！这时候要支兵马杀回河南，这不是拆我这三
　　　　军大元帅的台吗？

金　星　河南是李岩故乡，老百姓很是信赖他，若有军队在手，
　　　　他只怕要在河南自立为王了！

宗　敏　幸亏皇上英明，一向没给他多少兵权，要不然，他早就
　　　　反了！

自　成　反？十八子主神器！坐天下的是我李自成，还轮不到他
　　　　李岩！

金　星　（一字一句地）皇上姓李，李岩也姓李，谁能肯定那十八
　　　　子不是应在他身上？

自　成　（如梦初醒）啊！对啊！李岩也姓李！

金　星　天无二日，国无二君！您能容大顺王朝二李并存吗？

自　成　好一个天无二日国无二君！谁敢觊觎朕的江山，谁敢图
　　　　谋朕的皇位，朕叫他死无葬身之地！

　　　　［切光。

　　　　［鼓声隐隐，透着肃杀，透着悲凉……
　　　　［追光。
　　　　［老福头拿白纸竹棍上。

小顺子　（追上）老福头，干什么？做风筝呀？

老福头　做个招魂幡。

小顺子　招魂幡？谁死了？

老福头　小李！

小顺子　哪个小李？

老福头　李岩！

小顺子　胡说！他还活着咧！

老福头　反正他离死不远了！

小顺子　怎么讲？

老福头　这个时候，他还找老李要支精兵打回河南，这、这、

这……

小顺子　什么意思？

老福头　这河南是小李故乡，根基深厚，老百姓很是拥戴他，平日里他们只知有南阳李公子，不知有大顺李闯王！

小顺子　是啊！小李绝顶聪明，战功卓著，老李怎容忍他功高盖主呀？尤其现在打了败仗，小李还不识时务去要兵马，这不是自寻死路啊！

老福头　是啊！李自成深信"十八子"主"神器"，当然不能容忍大顺"二李"并存！可怜个小李啊！

小顺子　唉！可惜个小李啊！走，我也去做个招魂幡！（下）

第六场　屈戮

〔李岩行营。

〔李岩焦虑不安地徘徊。

李　岩　（唱）风摇铁马，吹角连营，

魂惊夜半郁难伸。

血海经年拼性命，

盼挣来金瓯一片庆升平，

岂曾料功败垂成灾灭顶，

江山沦陷，四面楚歌声。

怒剑鸣鞘，怎堪神州遭践踏，

血脉偾张，难忍大顺一旦崩。

请旨收复河南境，

止不住的昂扬斗志，我李岩要助皇上把天擎。

[宋献策上。

李　岩　（急迫地说）宋先生，皇上可曾准旨？

献　策　（沮丧地摇头）……他执意取道西安，去占那帝王古都，哪来兵马给你收复河南！

李　岩　（勃然作色）荒谬！内忧外患，国土沦亡，就是占了西安，他能做几天太平皇帝？没有一块根据地，没有了百姓支持，我们只能永远当流寇……（昏晕欲倒）

献　策　（慌忙扶持）啊！我去叫军医来……

李　岩　不必了……宋先生，该要请个圣手神医来给皇上治一治病啊！

献　策　看你为大顺殚精竭虑，老朽真是爱莫能助啊！（沉默良久）制将军，局面如此，眼见复兴无望，与其坐以待毙，倒不如明哲保身，早作归隐之计！

李　岩　大业未成，壮怀未竟，值皇上危难之时，我怎能苟且逃生？

献　策　你可知皇上早就不信任你了？今日请旨讨兵，绝非明智之举，只怕要招来杀身之祸！

李　岩　啊！何以见得？

献　策　皇上把兵权皇位看得比性命还重，这时候向他讨兵，他会作何想？

李　岩　李岩一片忠心，皇天可鉴……

献　策　忠心？哼！罗汝才、袁时中对他还不忠吗？还不是被杀
　　　　了？制将军，旁观者清啊！

　　　　（唱）我知你胸罗万象有才情，

　　　　　　　　文韬武略大顺第一人。

　　　　　　　　你可知木秀于林风摧顶？

　　　　　　　　你可知才高招嫉是祸因？

　　　　　　　　兄弟啊！

　　　　　　　　举世皆醉岂容你独醒，

　　　　　　　　举世皆浊岂容你独清，

　　　　　　　　皇上他爱才忌才疑心重，

　　　　　　　　岂让你一品孤鹤立鸡群？

　　　　　　　　明哲保身你当求退隐，

　　　　　　　　以免得祸从天降目不瞑！

李　岩　先生言过其实了！想我李岩追随皇上多年，他虽未对我
　　　　优礼有加，却也未曾负我！目下用人之际，谅他也不至
　　　　于作阋墙之争而置我于死地！

献　策　（黯然长叹）唉！既如此，制将军前途珍重，老朽告辞了！

李　岩　先生欲去何方？

献　策　（吟）世事如棋局局空，万般俗念化烟尘，野鹤闲云飘然
　　　　去，萍踪寄水莫问寻，山人去也。

　　　　〔宋献策飘然而去。

　　　　〔李岩目送，怅然若失。

　　　　〔红娘子上，默视李岩。

李　岩　夫人，你？

红娘子　相公，方才的话，我都听见了！

李　岩　方才只是一番戏言，夫人休得多心！

红娘子　相公，你莫宽慰为妻，此时此境，皇上真若疑忌于你，你可不能坐以待毙！

李　岩　李岩生为大顺人，死为大顺鬼，只要一息尚存，绝不作抽身退步之想！

红娘子　哼！皇上真要不仁，我红娘子也就不义，我、我要杀了他……

李　岩　嘘！喋声！夫人，你可不能胡来……

　　　　［李侔气急败坏地上。

李　侔　大哥，小弟适才巡哨，发现行营尽被禁卫军团团围住，连我也出不去！

李　岩　啊！（颓然而坐）

红娘子　这、这怎么办？

李　侔　嫂嫂，这到底是怎么回事？

红娘子　闯王爷只怕是要下杀手了！

李　侔　啊！大哥，你还等死啊？后营有马，我们三人冲开一条血路回河南去！

李　岩　（喃喃地）我不信，我不信……

红娘子　相公……（跪下）

李　侔　大哥，再耽误就来不及了！（抽剑）

李　岩　你，你休得胡来！

李　伴　大哥！（跪下）走吧！

内　声　牛丞相到——

　　　　［红娘子闻声，急拉李伴入内。

　　　　［牛金星上，熊贵捧青龙剑随后。

李　岩　末将参见牛丞相。

金　星　罢了！李岩，听说你想造反？

李　岩　牛丞相，你的话，我不懂！

金　星　哈哈哈哈！你简直把皇上当草包，把我当傻子！这时候要拉一支精兵去河南，不明摆着想反叛皇上吗？

李　岩　河南富饶丰足，自古兵家必争之地，大顺欲图复兴，必先取河南做根据地……

金　星　不要说了！现在满朝上下谁不知你想造反当皇帝？此时此刻，还想抵赖吗？

李　岩　牛丞相，你以"莫须有"三个字，到底在皇上面前罗织了我多少罪名？

金　星　你，你胡说！

李　岩　你一介江湖术士，靠拍马阿谀，投机取巧当上大顺丞相，不就是忌我李岩名望，要拔去我这颗眼中钉吗？嘿嘿！只怕没有这么容易！皇上不是这么糊涂之人……

金　星　你以为我要杀你吗？请青龙剑！

李　岩　啊！臣，拜剑！

金　星　奉皇上圣谕，诛杀反贼李岩，念其曾为大顺立有功劳，免其凌迟之苦，特赐青龙剑自裁！李岩，还有何话可说？

李　岩　皇上真的要杀我？

金　星　刘汝才、袁时中都杀了，你算什么？

李　岩　我不信！我不信！我要见皇上！

金　星　见皇上？哈哈哈哈！皇上已经来了！

　　　　[随着牛金星的话，战鼓擂响。

　　　　[禁卫军各执金瓜斧钺仪仗上。

　　　　[李自成表情复杂上。

李　岩　（跪）陛下！

自　成　（哽咽）制将军，兄弟啊……

李　岩　（一字一句地）李岩勤劳王事，忠心效命，问心无愧，可
　　　　鉴苍天！皇上真的难以见容小臣，要做屠戮忠良之举？

自　成　这、这……

金　星　皇上圣明，杀的是反贼！午时已近，请圣上明正典刑！

自　成　哎呀呀！

　　　　（唱）手执青龙，鼻酸泪涌，

　　　　　　　李岩他本是朕的患难弟兄，

　　　　　　　武略文韬不输那周公瑾，

　　　　　　　运筹帷幄好似诸葛又重生。

　　　　　　　举大旗万马军中同拼命，

　　　　　　　出生入死，他是朕的有功臣。

　　　　　　　虽忌他恃才傲物狂心性，

　　　　　　　朕也曾吞声忍气每宽容。

　　　　　　　如今他图谋不轨忒阴狠，

倒叫朕纵之不能，杀不忍心，

难难难，举剑难砍有功臣。

金　星　皇上，午时已到，请明正典刑。

自　成　这、这……

金　星　十八子，主神器，皇上你顺应天时荣登大宝，难道能容忍我大顺二李并存么？

自　成　哦嚯嚯！十八子，主神器！十八子，主神器……

李　岩　皇上，你是非要杀李岩了？

自　成　（近乎疯狂地）谁叫你也姓李？杀！杀！杀！

李　岩　嘿嘿嘿嘿！哈哈哈哈！自起义以来，我李岩早将生死置之度外，遗憾的是今日死在自己人手中！皇上，大顺一连串的失败，不单是军事上的原因，毁灭大顺的就是我们自己！皇上啊！

　　　　（唱）蚁溃长堤当自省，

　　　　　　　您也是引火自焚身。

　　　　　　　您不该进了京城忘了百姓，

　　　　　　　您不该得了富贵改初衷，

　　　　　　　您不该整日沉湎帝王梦，

　　　　　　　你不该鼠目寸光醉太平。

　　　　　　　到如今千秋功业成灰烬，

　　　　　　　好叫我九泉之下目不瞑。

金　星　大胆李岩，大逆不道，毁谤君王，熊贵，青龙剑伺候！

　　　　[熊贵高举青龙剑。

[忽然，红娘子、李侔从后面冲出，迅雷不及掩耳，剑抵
自成前胸后背。

红娘子　李自成，你若杀李岩，我就先杀你！

李　岩　（大喝）住手！

[李岩上前，目注二人，表情十分复杂。

李　侔　大哥！

红娘子　相公！

李　岩　你们听着，宁可死我一千个赤胆忠心的李岩，也不能杀
他一个无情无义的大顺皇帝！留得他在，大顺才有希望，
百姓才有希望！

皇上啊！

（唱）我本是大明的一榜举人，

　　　　弃文习武也曾满怀报国心。

　　　　恨的是明廷腐败多弊政，

　　　　恨的是贪官污吏祸苍生。

　　　　因此上闯王旗下来效命，

　　　　立志要杀尽贪官扫灭大明，改天换地，

　　　　　　叫万民百姓享升平。

　　　　到如今壮志未酬身先殒，

　　　　难捺我仰天长啸对沧溟。

　　　　大丈夫豪气干云何惜命，

　　　　但有这丹心碧血证忠魂。

　　　　臣的闯王爷呀，

还望您力挽狂澜扶大顺，

还望您励精图治秉初衷。

还望您反躬自省远佞倖，

还望您厉兵秣马重振雄风驱除跶虏收复帝京，好叫

我李岩九泉含笑把目瞑。

［李岩轻轻摘下李侔、红娘子手中剑扔于地下。三人紧紧
相依，昂首向天。

［李自成缓缓举起手……

［战鼓、震撼人心……

［切光。

［追光。

［老福头、小顺子各持招魂幡，撒纸钱，口呼"魂兮归
来……"缓缓过场。

［剧终］

1994 年（甲申 350 周年）初稿

2016 年定稿

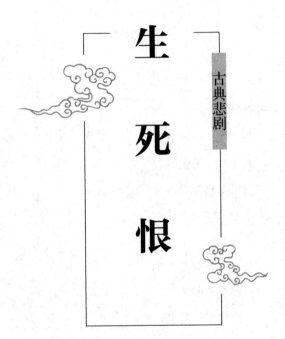

生死恨

古典悲剧

人　物：阎惜姣　宋　江　张文远　阎　婆　店　婆
　　　　唐牛儿　茶　客　阎　王　判　官　鬼　卒

第一场　阴告

［序曲。

［幕后合唱

> 挣不脱名缰利锁，
>
> 勘不破生死恩仇，
>
> 情场孽债几时休，
>
> 个中由，谁参透？

> 俏冤家虽死怨无休，
>
> 一腔戾气贯斗牛，
>
> 且看地府添新鬼，
>
> 风流状，告冥幽。

［幕启：森罗宝殿。

［一声凄厉的长呼：冤枉啦——

阎惜姣　（内唱）三魂缈缈，七魄悠悠——

［牛头马面押阎惜姣上。

阎惜姣　（接唱）小鬼押，夜叉勾，血染罗裙，泪淹珠袖，不忍睹
　　　　　　　　　幽冥地府凄风苦雨鬼哭神愁。

　　　　（白）三郎！狠心贼子宋三郎！

（唱）你为何这般狠与毒，

活生生害我一命休。

（白）三郎！我那痴心的张三郎呀！

（唱）你枉烧红烛空等候，

可知我命赴黄泉枷锁喉！

我有冤，我有恨，

我有怨，我有仇，

我有那还不清的相思债，

我有那诉不尽的哀与愁。

森罗殿上我要把冤诉，

不怕他阎王狠，判官恶，纵然是刀锯斧砍我

也不回头。

（长呼）冤枉啦——

　［三声破锣响，判官鬼卒拥阎王上殿。

阎　　王　五殿为王，冷心铁面掌阴曹！森罗宝殿，何人喊冤？

判　　官　待小判看来！哎呀呀！好一位漂亮的女娃儿！嘟！下跪
　　　　　女鬼，报上名来！

阎惜姣　阎氏惜姣。

判　　官　你有何冤？

阎惜姣　青春年少，被人冤杀！

判　　官　哟哟哟！杀这么个美人儿，怎么下得手哟！那杀你的恶
　　　　　人是谁？

阎惜姣　山东郓城宋江宋公明！

判　官　我说宋江宋公明，你、你也太狠心了！阎氏惜姣，你且
　　　　莫急，你有冤情，俺大王定会还你个公道！

阎惜姣　谢过！

判　官　不用谢，不用谢，如今漂亮的女娃儿到哪都好办事！启
　　　　奏大王，喊冤女鬼，阎氏惜姣，被人冤杀，实实可怜！

阎　王　胡说！阎氏惜姣，你之被杀，咎由自取，三桩大罪，可
　　　　曾知晓？

阎惜姣　冤女不知。

阎　王　身为女流，你不该花容月貌！

判　官　生得漂亮也有罪呀？难怪阎王奶奶是个丑八怪！

阎　王　既为人妇，你不该背夫谋奸！

判　官　那宋江老气横秋一根呆木头，这美人儿怎不红杏出墙
　　　　哪！

阎　王　妇道森严，你不该挟夫逼休！有此三桩大罪，你、你死
　　　　有余辜！

阎惜姣　大王只知其一，不知其二，冤枉呀！

判　官　我看也有点冤枉！

阎　王　什么冤枉？本王这厢金科玉律，铁版铜书，似你等淫娃
　　　　荡妇，铁案难翻！来呀！

鬼　卒　有！

阎　王　油锅侍候！

鬼　卒　喳！（高举惜姣于火焰熊熊的油锅之上）

阎惜姣　大王不公！大王不公呀！

阎　王　本王执掌阴曹，断剖善恶，铁面无私，六亲不认，何来
　　　　不公？

阎惜姣　你让那有罪之人活留人间逍遥自在，让我无罪弱女堕入
　　　　苦海永不超生，这便是大王不公！

阎　王　哇呀呀呀！气煞我也！

判　官　大王息怒！大王息怒！看这女鬼拒不领罪，莫非真有冤
　　　　情？莫如你老人家多审上一审，多问上一问，待审出个
　　　　破绽，问出个短长，也好叫她甘心服罪！

阎　王　嗯。阎氏惜姣，你说自己无罪，那谁是有罪之人？

阎惜姣　宋江宋公明乃是有罪之人！

阎　王　宋江人称山东及时雨，行侠仗义，济困扶危，功德无量，
　　　　万人颂仰。

阎惜姣　那宋江满口仁义，心藏祸机，实则是个欺世盗名的伪君
　　　　子！

阎　王　此话怎讲？

阎惜姣　他蓄谋渔色，骗我做妾，口蜜腹剑，害我性命！喂呀呀
　　　　呀……

阎　王　一派胡言，那宋江岂是这等小人！判官，速将宋江拘来
　　　　与女鬼对质！

判　官　启奏大王，宋江如今在水泊梁山坐头把交椅，煞气当头，
　　　　俺地府拘他不动！

阎　王　若无宋江对质，怎叫女鬼甘心领罪？

判　官　这个……大王，自古道清官难断家务事，纵然把那宋江

拘来对质，也是公说公有理，婆说理由长！依小判之见，莫如叫女鬼将自己身世在森罗宝殿当堂演白一番，那是非曲直嘛，到时自有分晓！

阎　王　有理！就叫这女鬼在森罗宝殿演上一出阎惜姣之死！

阎惜姣　大王，到时若断得我罪不当死，你得放我生魂返回阳间！

阎　王　你死都死了，生魂还回阳间干甚？

阎惜姣　我要到郓城去与我的张三郎相会！

阎　王　本王依允！

判　官　（拉惜姣至一边）阎氏惜姣，本判与你讲了不少好话，你该怎样谢我？

阎惜姣　这个……随判官爷爷指点！

判　官　本判近日死了老婆，一直没找到个合适的，到时你就给我做判官奶奶吧！

阎惜姣　断难从命！张三郎待我情深义重，我岂能有负于他！（拂袖而下）

判　官　哈哈哈哈！听着：牛头马面夜叉鬼卒各扮角色粉墨登场，森罗宝殿好戏开台哪——

　　　　〔切光。

　　　　〔追光中现阎王、判官身影。

阎　王　这正是：（念）无事生非写荒唐，

判　官　（念）鬼话连篇说荒唐。

阎　王　（念）戏台摆在森罗殿，

判　官　（念）粉墨从头演荒唐。

　　　　　　［追光收。

第二场　惊艳

　　　　　　［暗转。

　　　　　　［郓城县连升客店。

宋　江　（内唱）心急如焚，脚步慌忙——

　　　　（上）心急如焚，脚步慌忙，

　　　　　　　　晁盖他、他玩命劫了生辰纲。

　　　　　　　　隔墙有耳，泄了行藏，

　　　　　　　　官府点兵把网张。

　　　　　　　　念在八拜交情上，

　　　　　　　　通风报信，快躲快藏，我免株连，他免祸殃，挣得

　　　　　　　　那江湖豪杰把我美名扬。

　　　　（进店）店婆哪里？

店　婆　哟！原来是宋先生！清早来小店有何贵干？

宋　江　会客！

店　婆　不知会的何人？

宋　江　那位贩枣子的刘大官人可在？

店　婆　哦，赤发鬼刘唐！在，在。

宋　江　宋某有请！

店　婆　（对内）刘唐刘大官人，有客会！

刘　唐　（上）何人会我？

店　婆　是这位县衙押司宋公明宋先生。

刘　唐　原来是宋先生。

宋　江　店婆，煮茶！

店　婆　客官稍候！（下）

刘　唐　不知宋先生找我何事？

宋　江　哼！你们干的好事！

刘　唐　此话何意？

宋　江　欲要人不知，除非己莫为，你们一行七人劫了生辰纲，

　　　　犯下弥天大罪，如今官府点兵派将，要捉拿你们了！

刘　唐　哇呀呀！我劈了你！

宋　江　且慢！宋江并无歹意，因与晁大哥八拜之交，特冒死报

　　　　讯，你可速速知会晁大哥逃走！

刘　唐　原来如此！小弟鲁莽了！活命之恩，容当后报，告辞！

　　　　（急下）

宋　江　（揩汗）好险！

店　婆　（端茶上）呃，刘大官人呢？

宋　江　有要事离店。

店　婆　哎呀！他还没付店钱！

宋　江　店钱有我！

店　婆　这就好了！宋先生，请雅座品茶。待会儿，婆子叫个俊

　　　　妞给您唱曲儿解闷！

　　　　［店婆引宋江入内。

　　　　〔张文远上。

张文远　（唱）流年不利，落拓少年郎，

　　　　　　　　厕身公门混肚肠。

　　　　　　　　枉负我这副风流相——

　　　　（白）老天呀老天爷，

　　　　（唱）既生张文远，何有黑宋江?!

　　　　〔唐牛儿迎面上。

牛　儿　哟哈！张三爷有空出来，不在县衙当值呀？

张文远　乘宋江老儿不在，我便溜出来了！

牛　儿　好！该三爷您有艳福，昨日这连升客店来了卖唱女
　　　　子……

张文远　一个青楼艺伎，何足挂齿！

牛　儿　三爷您有所不知，这女娃儿弹得好琵琶，唱得好曲儿，
　　　　美若天仙，艳赛桃花，实实是个勾人魂灵儿的尤物啊！

张文远　哦？真如你所说？

牛　儿　骗你是个乌龟王八蛋！

张文远　既如此……（附耳低语）怎么样？

牛　儿　好！我唐牛儿就成全三爷你！进店。

　　　　〔二人进店，众茶客陆续上。

牛　儿　（拍桌）店婆子死了哇？

店　婆　（上）没死，没死！婆子这就煮茶来了。

牛　儿　昨日唱曲儿那女娃子呢？

店　婆　待我叫她出来！（对内）阎姑娘，你快出来吧，客人等你

唱曲子咧！

阎惜姣 （内应）来了！

牛　儿　听！嗓门儿画眉鸟叫一样！

〔阎惜姣身穿缟素，怀抱琵琶上，对众一福，款款落座。

〔众茶客惊其美色，目瞪口呆。

〔宋江踱出，猛见惜姣，失态。

张文远 （唱）摄魄勾魂，

　　　　　　莫非嫦娥离月殿，

宋　江 （唱）神摇目眩，

　　　　　　恰似玉女谪人间。

张文远 （唱）比梨花带雨娇滴滴，

　　　　　　添些儿艳，

宋　江 （唱）似海棠吐蕊嫩生生，

　　　　　　我见犹怜。（隐入内）

店　婆　各位客官，这位阎姑娘，山东清河人，只因不愿与财主

　　　　做妾，逃婚到我郓城。哪料父死母病，用尽银钱，举目

　　　　无亲，靠街头卖唱挣点儿钱来葬父医母。可怜啦！阎姑

　　　　娘，你打起精神唱吧，唱得好，客官们有赏！

茶　客　快唱快唱！唱得好，爷们有赏……

阎惜姣 （唱）轻启琵琶，把弦儿慢拨，

　　　　　　哀肠百结，有泪不成歌，

　　　　　　芳心揉碎，万种凄凉与谁说？

　　　　　　可怜见，红颜薄命苦蹉跎……

茶　客　哎呀！真是可怜呀……

　　　　唱得好！唱得好……

店　婆　苦人儿唱的苦调，善人儿做点善事，求各位积点阴德，

　　　　周济周济她！（伸出茶盘）您老人家行个方便，保你家兴

　　　　业旺，四季发财！

　　　　〔众茶客纷纷给钱，惜姣一一谢过。

　　　　〔店婆将茶盘伸向唐牛儿，牛儿将盘中银钱尽数抓起，塞

　　　　进腰包。

店　婆　唐大爷，这是何意？

牛　儿　（顺手掴了店婆一耳光）何意？放你娘的大臭屁！她不在

　　　　土地爷面前烧香也想发利市呀？这点钱嘛，算是孝敬大

　　　　爷我了！

阎惜姣　这位客官，你也太不讲理了！

牛　儿　讲理？你去打听打听，我唐牛儿什么时候讲过理？这块

　　　　地皮是我的，老鸹子飞过我也要抠它一个屁！（拉住阎惜

　　　　姣）乖乖，莫唱了，随大爷享福去！

阎惜姣　哎呀！你放手！放手……

张文远　（大喝）泼皮休得撒野！

牛　儿　哈！我道是雷公下界，原来是你小鬼现身！张三爷，莫

　　　　非想管闲事？

张文远　路不平有人铲，事不平有人管！你快快将银钱还与这位

　　　　大姐……

牛　儿　哟！你莫非看上她，想娶她做老婆？

张文远　胡说八道！还钱来！

牛　儿　哼！难道还怕你不成？

　　　　［两人交手，假戏真做，众茶客溜走。

牛　儿　（落败）哎哟！我还钱……

张文远　今后若再为难这位大姐，断不轻饶！

　　　　［牛儿窃笑下。

店　婆　哎呀多亏你呀！阎姑娘，这位义士乃是县衙文案张文远张三郎，快点谢过！

阎惜姣　多谢义士出面！

张文远　大姐家遭不幸，小可深表同情，你那医母葬父的钱，我全包了……（掏钱，佯惊）哎呀惭愧，今日身上没带银子，这可如何是好？也罢，大姐，还是你随我到寒舍去取银钱吧！

阎惜姣　到你家？这……

张文远　大姐，医母葬父要紧，随我去吧！（拉阎惜姣欲走）

宋　江　（出）且慢！

张文远　（一惊）啊！恩师在此，弟子有礼！

宋　江　文远，济州有趟公差不能耽搁，文书已签封案头，你速速去罢！

张文远　这个？我还答应送这位大姐银两……

宋　江　这位大姐之事，自有为师料理。你——去吧！

张文远　（无可奈何地）遵命！（一步三回头下）

店　婆　阎姑娘，这下你可有救了！这位宋先生，是位救苦救难的活菩萨哟!

宋　江　（掏出一锭银子）大姐呀!

　　　　（唱）赠你纹银二十两,

　　　　　　　医母葬父,你要节哀伤。

　　　　　　　若再少盘缠和银两,

　　　　　　　乌龙院找我宋三郎。

阎惜姣　先生恩德,小女子实难报偿……

宋　江　（唱）莫说恩德,休言报偿,

　　　　　　　济困扶危,但求姓字香,

　　　　　　　今后再莫来卖唱,

　　　　　　　女儿家,休把大雅伤。

　　　　　[唢呐牌子。店婆、惜姣扶阎婆出来面谢宋江。

　　　　　[宋江谦卑地扶阎婆入内。

宋　江　（退出内室）哎嗨呀! 可惜呀可惜!

　　　　（唱）小家碧玉,眸子最传情,

　　　　　　　可惜她玉容憔悴,牡丹少精神,

　　　　　　　慢说俺凡胎血肉体,

　　　　　　　便是那铁石人儿也动心。

　　　　　　　莫笑俺妄动风流念,

　　　　　　　舍宋江,谁惜惺惺? 谁慰卿卿?

店　婆　（见宋江神情,早度其心事）宋先生,你看阎姑娘长得如

　　　　何?

宋　江　寒家出美女,犹胜一枝花。

店　婆　既然宋先生中意，婆子就做点好事！

宋　江　哦？敢莫是要与我牵线拉媒？

店　婆　宋先生，婆子正想给你当月老咧！

　　　　（唱）你夫妻不睦子嗣贫，

　　　　　　　先生独居倍凄清，

　　　　　　　若是娶了阎氏女，

　　　　　　　生儿育女，乐享天伦。

宋　江　哎呀店妈妈笑话了！

　　　　（唱）俺宋江，读兵书，习枪棍，

　　　　　　　交的是豪杰，远的是女人。

　　　　　　　金屋藏娇，老夫纳少女，

　　　　　　　犹恐是江湖之上落骂名。

店　婆　（唱）先生清誉当要紧，

　　　　　　　怎忍见红颜薄命湮风尘，

　　　　　　　你若是成全落难女，

　　　　　　　舍身饲虎，江湖定要传美名。

宋　江　话虽如此，俺宋江还是不能依允！

店　婆　唉，你呀！

　　　　（唱）前怕虎狼后怕兵，

　　　　　　　推三阻四为何情？

　　　　　　　莫非怕你夫人翻醋罐？

　　　　　　　难道你心如木石不解风情？

宋　江　（唱）非是俺心如木石，

非是俺不解风情，

也不怕发妻翻醋罐——

店　婆　你到底怕什么？

宋　江　（唱）我只怕，只怕大姐不允婚！

店　婆　哈哈哈哈！不允婚？她若跟了你，好比瞎子鸡婆掉进米箩，她会不允婚？

宋　江　店妈妈岂能不知？她就是不愿与人做小老婆才逃出来的，如今叫她与我做妾，她岂会依允？

阎　婆　这有何难？只要你我守口如瓶，她怎会知晓你已有夫人？待生米煮成熟饭……（附耳低语）怎么样？

宋　江　哈哈哈！店妈妈，这里有纹银十两相敬！待美事玉成，还有重谢！

　　　　［宋江、店婆二人大笑。

　　　　［切光。

　　　　［追光中现阎王、判官身影。

阎　王　（念）人不恋色，色自迷人。

判　官　（念）不怕他铜打肝肠铁打心。

阎　王　（念）好一个山东及时雨，

判　官　（念）猫不吃咸鱼假斯文。

　　　　［追光收。

第三场　劝婚

[连升店客房。

[惜姣伫立窗前，阎婆埋头补衲。

阎惜姣　（唱）春色恼人，听流莺轻啭，

　　　　　　　杏花荫里，看彩蝶缠绵。

　　　　　　　青春妙龄，归宿何见？

　　　　　　　觅阿郎，在谁边？

　　　　　　　怪煞人，几回回梦见张文远，

　　　　　　　拜天地，入洞房，交杯酒，并蒂莲。

　　　　　　　哎呀呀，

　　　　　　　萍水相逢只一面，

　　　　　　　却为何，魂也牵牵，梦也牵牵。

　　　　[店婆上。敲门，惜姣开门。

阎惜姣　　原来是店妈妈！

店　婆　　阎姑娘，你母亲身体好点了吗？

阎惜姣　　托店妈妈福，请了郎中服了药，这病也好了八成！

阎　婆　　店妈妈，快请坐。

店　婆　　看，气色好多了！阎妈妈，宋先生真是你母女的大恩人呀！

阎　婆　　是呀！菩萨保佑宋先生公侯万代，子孙满堂！

店　婆　　还子孙满堂？宋先生还没娶亲咧！

阎　婆　　哦？他人到中年还没娶亲？

店　婆　　没个中意的咧！宋先生修文习武，家道富豪，眼界高得很！唉！我们郓城的姑娘家，高的像冬瓜，矮的像南瓜，胖的像西瓜，瘦的像苦瓜，那不高不矮不胖不瘦的又像个葫芦瓜！宋先生顶天立地一枝花，总不能娶个冬瓜南瓜西瓜苦瓜葫芦瓜，那还不惹得天下英雄笑掉牙！

阎　婆　唉！谁家女儿能攀上宋先生这门亲，那可洪福齐天了！

店　婆　哎哟阎妈妈，依婆子看，只有你女儿有这份福气！

阎　婆　啊！你是说，宋先生能看上我女儿？

店　婆　阎姑娘这么水灵标致，宋先生怎会看不上？只怕他早已是千肯万肯了！

阎　婆　店妈妈，老身请你保媒牵线，如何？

店　婆　哈哈哈哈！这个月老，我当定了！

阎　婆　拜托！拜托！惜姣，你过来！

阎惜姣　母亲，我都听见了，我，我……

店　婆　你放心！有我做媒，你等着当夫人！

阎惜姣　店妈妈，我、我不愿结这门亲！

店　婆　你不愿？我没听错吧？哦，你是嫌他又老又矮又黑又胖吧？这有什么？自古男子无丑相，能图个终身有靠就行！

阎惜姣　宋先生家道富豪，交游广阔，我不信他尚未娶亲！

阎　婆　是啊！给他做小老婆，我女儿可不愿意！

店　婆　婆子我赌个恶咒，宋先生若已娶亲，下辈子我变猪变狗！这该信了吧！

阎惜姣　店妈妈请不要说了！我不愿！

店　婆　唉！你已老大不小了，放着这头好亲事不愿意，你到底要嫁个什么人？

阎惜姣　　店妈妈呀！

　　　　（唱）惜姣本是小家女，

　　　　　　　从无有攀龙附凤一片心。

　　　　　　　每知那豪门幽深多怨妇，

　　　　　　　我好怕一朝失足入火坑。

　　　　　　　两情欢好方能结秦晋，

　　　　　　　我图个天长地久白头吟。

　　　　　　　夫婿若是不如意，

　　　　　　　我死不瞑目，生不安神。

店　婆　　哟！听你的意思，是我硬要把你朝火坑里推呀！实话告
　　　　诉你，宋先生待你们恩重如山，就凭这报恩，你也该嫁
　　　　给他！

阎惜姣　　店妈妈，小女子热孝在身，难言婚嫁！

店　婆　　哟嗬！这么说，你还是个孝女哪！我问你，知恩不报，
　　　　你算哪门子孝女？你父亲死在店里没钱收尸，是用谁的
　　　　钱买的棺材呀？你母亲病在床上半死不活，是用谁的钱
　　　　请的郎中呀？你娘女住我客店，是用谁的钱还的店钱
　　　　呀？都是大仁大义的宋先生！如今我给你保媒，请你去
　　　　给宋先生做夫人，你左不应承，右不答应，你是什么皇
　　　　亲国戚呀？你是什么金枝玉叶呀？你一个闺阁女子抛头
　　　　露面，卖唱度日，即算不为自己后路着想，你也该为你
　　　　这五痨七伤半死不活的母亲着想！我好意为你保媒，反

遭你说三道四，我图你赏钱呀？我图你谢礼呀？啊？不说不气，越讲越气！好！你们的事我不管了，我这小店也不留你千金小姐，你们给我搬出去！马上搬出去！

阎　婆　店妈妈息火，全是小女不懂事。惜姣，我的儿呀！

（唱）我儿休得太任性，

　　　　不是老娘不通情，

　　　　你我滞留这郓城县，

　　　　断了出路，举目无亲。

　　　　儿呀儿，

　　　　世间疼娘莫过女，

　　　　天下疼女是娘心。

　　　　你无三兄少四弟，

　　　　今后日子靠何人？

　　　　望你顺了娘亲意，

　　　　将就结了这门亲，

　　　　只要我儿身有靠，

　　　　娘死九泉把目瞑。

阎惜姣　（扑进母怀）母亲……

阎　婆　我的儿啊！

　　　　［切光。

　　　　［追光中，现阎王、判官身影。

阎　王　这正是：（念）慈母心，虔婆舌，

　　　　　　　　　　硬凑合生死孽缘。

判　官　（念）好一似鸟入金丝笼，

　　　　　　　　杜鹃啼血，愁锁乌龙院。

　　　　〔追光收。

第四场　反目

　　　　〔乌龙院。

　　　　〔宋江提鸟笼上。

宋　江　哈哈哈哈！

　　　　（唱）金屋藏娇，卿卿可人，

　　　　　　　乌龙院里春意浓，

　　　　　　　日怀三分醉，

　　　　　　　夜伴十分春，

　　　　　　　英雄豪气化柔情，

　　　　　　　美煞俺宋公明。

　　　　　　　却为何，惜姣忒无心，

　　　　　　　眉锁春愁，目含秋怨少笑容。

　　　　　　　休计较，倍小心，

　　　　　　　凡事儿顺她七八分。

　　　　　　　野市买来金丝雀，

　　　　　　　讨她欢心，供她散心。

阎　婆　（上）宋先生回来了！

宋　江　回来了！

阎　婆　得知先生大婚，庄上差人送来贺帖。

宋　江　（一惊）贺帖在哪里？

阎　婆　在惜姣手中。

宋　江　知道了！哦，妈妈请便。

　　　　　［阎婆下。

宋　江　哎呀！大事不好！

　　　　（唱）瞒天过海，偷娶小星，

　　　　　　　　黄面婆怎么得讯音？

　　　　　　　　何人泄露春消息？

　　　　　　　　送来贺帖，所为何情？

　　　　　　　　贱婆不打紧，

　　　　　　　　但虑小新人，

　　　　　　　　若知身为妾，

　　　　　　　　顷刻起祸因。

　　　　　　　　没奈何，上楼瞧究竟——

　　　　（登楼）我这儿，声儿细细，步儿轻轻，硬着头皮，拾级而
　　　　　　　　登，哎呀呀，堪笑我英雄汉子，浑似那鼠偷小人。

　　　　（叩门）贤妻开门，贤妻开门！

　　　　　［惜姣上，开门，肃然端坐。

宋　江　（小心地）贤妻——

阎惜姣　宋先生。

宋　江　呃，要叫官人。

阎惜姣　不敢。

宋　江　你看，我给你带来了什么？

阎惜姣　（正眼不瞧地）宋先生，我问你句话！

宋　江　请问。

阎惜姣　你我成亲，可有名分？

宋　江　三媒六礼，结发夫妻！

阎惜姣　不知你宋家可有三亲？

宋　江　上有高堂，下有兄弟，姑舅姨表，亲族繁荣。

阎惜姣　不知你宋先生可有四友？

宋　江　三江豪杰，四海英雄，皆是宋某莫逆之交。

阎惜姣　既有三亲，又多四友，你我大婚之日，为何不领我这儿
　　　　媳去向公婆大礼参拜？又为何不见你江湖朋友致贺婚
　　　　仪？

宋　江　这……宋某为人俭朴，不喜奢侈招摇，故而未发喜帖！

阎惜姣　难道儿媳拜见公婆也是奢侈招摇？

宋　江　这个？哎呀贤妻……

阎惜姣　哈哈哈哈！贤妻！宋先生，你那亲亲爱爱的贤妻在宋家
　　　　庄！

宋　江　啊！这、这从何讲起？

阎惜姣　你还装什么糊涂？（示贺帖）

宋　江　（接过贺帖）宋三郎夫君亲启！哎呀！

阎惜姣　念呀！接着念呀！

宋　江　（晨读）闻夫君背盟纳妾，发妻无以为贺，谨备砒霜两
　　　　帖，一帖赠红粉新人，一帖留糟糠旧妇，有她无我，有

我无她，事无可奈，誓不两存！哎呀贱婆呀贱婆，你，你气死我了！

阎惜姣　宋先生，你还有何话可说？

宋　江　哎呀大姐呀！

（唱）非是俺着意来欺哄，

　　　还望你体恤我的心。

　　　实为你遭际堪怜悯，

　　　俺处心积虑救风尘，

　　　三媒六礼将你聘，

　　　锦衣玉食供你终生，

　　　大姐呀，

　　　就为妾侍也不要紧，

　　　大娘一死，你便是夫人。

阎惜姣　（唱）说什么不是你欺哄，

　　　巧言令色难相信，

　　　我成你掌中金丝雀，

　　　乌龙院似这囚我的金丝笼。

　　　大娘如今要我的命——

　　　也罢！

　　　现成毒药了残生。

宋　江　哎呀大姐，你可千万死不得呀！

（唱）不要气恼，休得高声，

　　　犹恐是隔墙有耳坏我名，

121

　　　　　　　千错万错宋江错，

　　　　　　　俺这里下礼赔情，下礼赔情。

阎惜姣　（唱）无须下礼，不要赔情。

　　　　　　　一纸休书，两断孽姻。

　　　　　　　只求你开笼放出金丝雀，

　　　　　　　生死无怨你宋公明。

宋　江　（唱）说什么开笼放雀断孽姻，

　　　　　　　你死是宋江鬼，生是宋江人。

　　　　　　　若写休书，江湖传笑柄，

　　　　　　　说我无义，说我无情，枉把我一世英名落骂名。

阎惜姣　（歇斯底里地）宋先生，你休了我吧！你休了我吧！

宋　江　叫我休你万万不能，我叫你死也要死在这乌龙院。

　　　　　[阎惜姣昏倒，宋江冷笑。

　　　　　[光渐收。

　　　　　[一束追光打在鸟笼上。现判官身影，拾起地上金丝鸟

　　　　　笼，叹息。

判　官　（念）拆不开的怨偶，

　　　　　　　斩不断的孽缘，

　　　　　　　玉笼锁雀奈何天，

　　　　　　　肠断处，有谁怜？

　　　　　[收光。

第五场　私盟

［景同前场。

［阎惜姣正在饲喂啁啾不息的笼鸟。

阎惜姣　鸟儿呀鸟儿，你好不幸，像我一样，关在笼里供人观赏，

供人解闷……听，树上那只鸟又叫了，它又来找你了。

我若不是想留你与我做伴，真想放你出去与它相会，让

你们海阔天空的飞呀，飞呀……

（唱）听鸟儿啁啾诉婉转，

　　　　谁知我比它更可怜，

　　　　它有爱侣频寻觅，

　　　　我的心上人儿在哪边？

　　　　也曾梦里寻他千百遍，

　　　　依旧是萍踪水远讯杳然。

　　　　醒来更添哀与怨，

　　　　栏杆拍遍，心事对谁言？

（对楼下）母亲，母亲！

阎　婆　（对楼上）儿啊，唤为娘作甚？

阎惜姣　你可有那个人……那个人的消息？

阎　婆　那个人？那个人是谁？哦，义士三郎！儿啊，你已婚嫁

了，还打听那个人做什么……（摇头叹息下）

阎惜姣　（喃喃地）是啊！我已是宋江的人了，还打听他干什

么……（掩面抽泣）

[张文远上。

张文远　（唱）自那日连升店里睹芳容，

朝思暮想，失魄丢魂。

黑宋江老牛吃嫩草，

世道不公天理又何存？

千娇百媚阎氏女，

与他做妾怎甘心？

趁宋江当值县衙公务紧，

到他家，见机行事，丢个石头试浅深。

[文远叩门。

阎　婆　（上）谁呀？

张文远　是我。

阎　婆　哦，宋先生回来了！（开门，愕然）啊，你是……

张文远　这位可是阎妈妈？小生张文远。

阎　婆　哎呀！原来是义士三郎！你不知道，小女时常念叨你
　　　　咧！

　　　　（对楼上）儿啊，快下楼来，三郎来了！

阎惜姣　（上，不耐烦地）什么三郎三郎？我叫他三公公三爷爷！

天天见面，难道还叫我下楼迎接不成？

阎　婆　儿啊，不是宋三郎，乃是张三郎！

阎惜姣　（喜出望外）啊！是张三郎！（整妆，急下楼，见文远，失
　　　　态地）哎呀三郎，你怎么才来呀？（话出口，自知失言）

张文远　（不动声色地）文远济州公干，昨日方回，闻大姐已作新

人，特登门致贺！

阎惜姣　你……（无言以对，背身饮泣）

阎　婆　义士三郎请坐，我为你们煮茶去！（下）

张文远　大姐——

阎惜姣　谁是你大姐？

张文远　哦，师娘！

阎惜姣　师娘，我是你什么师娘？你师娘在宋家庄，我是你恩师
　　　　的小老婆！

张文远　哎呀师娘，这话，可不能这样说呀！

　　　　（唱）恩师仁德，名播三江，

　　　　　　　千秋载誉，万世显扬，

　　　　　　　普天下谁人不敬仰，

　　　　　　　我为徒你为妾颜面有光。

阎惜姣　（爆发地）颜面有光？哈哈哈哈！我是鼎鼎大名山东及时
　　　　雨宋江的小老婆当然颜面有光！这乌龙院有吃有穿，我
　　　　一介贫女登楼作玉人当然颜面有光！可你知道吗？我只
　　　　不过是关在金丝笼里供他消遣的一只小鸟！我整日面对
　　　　的是他那张沽名钓誉的嘴脸，我整日提心吊胆大娘会吵
　　　　上门来要我的命……

张文远　阿姣，你受苦了！

阎惜姣　（一震）你、你叫我什么？

张文远　我叫你——阿姣。

阎惜姣　大胆！（一记耳光）我是你——师娘，这阿姣岂是你叫的？

张文远　哈哈哈哈！打得好！打得好！打死你这个有眼无珠自作
　　　　多情的小子！你空洒一掬同情泪，你枉抛万千爱慕情，
　　　　你怎么就看不出，人家嬉笑怒骂不过是使点少奶奶性子，
　　　　闲得无聊拿你开心呀……（低头拭泪）

阎惜姣　（面有愧色）三郎，我、我打痛你了吗？

　　　　［阎婆端茶上。

阎惜姣　（接过茶）三郎，请用香茶。

　　　　［惜姣奉茶，文远接茶，四目传情，不能自己。

　　　　［阎婆见情，轻咳一声，惊醒二人。

阎惜姣　母亲，你去给义士三郎煮点心吧！

　　　　［阎婆无言，下。

张文远　阿姣，想死我了！（欲搂抱）

阎惜姣　（推拒）三郎呀！

　　　　（唱）自难忘挺身仗义先生神品，

　　　　　　　多谢你幽居苦闷看顾之情。

　　　　　　　你不该神龙见首不见尾，

　　　　　　　这笼中小鸟已有主人。

张文远　（唱）你难道忍叫我相思成病？

　　　　　　　你难道死守妆楼误青春？

阎惜姣　（唱）事到如今计无可用，

张文远　（唱）愿与你携手共剪金丝笼。

阎惜姣　（唱）惜姣今生托付你，

张文远　（唱）天荒地老永结同心。

阎惜姣 （激动地）三郎，阿姣就是死，也要得到宋江一纸休书！

张文远 阿姣！（轻拥阎惜姣入怀）

　　　　［切光。

　　　　［追光中，判官跌跌撞撞地上。

判　官 哎哟哟！这对冤孽来真的了也！

　　　　（念）一个是落花有意，

　　　　　　　一个是流水多情，

　　　　　　　满园春色关不住，

　　　　　　　红杏出墙怪何人？

　　　　［追光收。

第六场　下书

　　　　［连升客店。

　　　　［张文远正在店内品茶。

　　　　［宋江上。文远见宋江来，趋避入内。

宋　江 唉！

　　　　（唱）暮鸦聒耳，日影西斜，

　　　　　　　满腹烦闷出县衙。

　　　　　　　英雄气短，我成了沿街叫化，

　　　　　　　今宵归何处？何处是我家？

　　　　　　　仰天叹，

　　　　　　　暗嗟讶，

千金买笑，偏买个风流笑话，

曲意逢迎，换来的剩饭冷茶。

乌龙院供着个玉面罗刹，

说什么金屋藏娇艳福堪夸，

气上心来，我戟指将她骂——

阎惜姣啊小贱人

——叫我休你，除非铁树开花！

刘　唐　（迎面上）宋先生，可找到你了！

宋　江　（惊）哎呀！是刘……且随我来！

　　　　〔宋江急拉刘唐进店。

店　婆　哟！宋先生，刘大官人，二位……

宋　江　但借一处说话，店妈妈请便。

　　　　〔店婆下。

宋　江　刘唐兄弟，你好大的胆子，竟敢闯到这龙潭虎穴来！

　　　　（唱）你等造反，无法无天，

　　　　　　　官府行文缉捕严。

　　　　　　　闯郓城，忒弄险，

　　　　　　　叫宋江心惊胆战，冷汗连连！

刘　唐　（唱）俺刘唐只知报恩不知有险，

　　　　　　　感先生临危报讯义薄云天。

　　　　　　　晁头领赠金十锭谢书一柬，

　　　　　　　邀先生上山落草聚义林泉。

宋　江　嘘！噤声！噤声！

（唱）说什么落草聚义，

　　　递天造反，九族株连。

　　　黄金谢书不敢受，

　　　区区宋某，怕受牵连。

刘　唐　（唱）俺梁山剪贪官、除污吏，

　　　　替天行道，怕什么九族株连？

　　　　黄金谢书你得受，

　　　　叫刘唐不辱使命，回山有颜。

宋　江　也罢！

　　　（唱）黄金留一锭，

　　　　谢书笼袖边。

　　　　不敢相留刘兄弟，

　　　　趁月色，速速回山莫迟延。

刘　唐　就此拜别先生，小弟回山复命去也！

　　　〔刘唐急下。

　　　〔宋江揩汗，四顾无人，从袖中拿出黄金谢书，仔细收入

　　　贴身招文袋中。

宋　江　待我进去喝酒压惊。店妈妈备酒！

　　　〔宋江入内。

　　　〔张文远从一旁闪出，冷笑。

　　　〔切光。

第七场 逼休

[紧接前场。

[乌龙院。

阎惜姣　（唱）月满冰轮，碧空无染，

　　　　　　　对月思人，惆怅无边，

　　　　　　　倚门望，小巷深深人不见，

　　　　　　　天无眼，直叫月圆人不圆。

　　　　　　　恨宋江执意不把休书写，

　　　　　　　我纵是横吵竖闹也枉然。

　　　　　　　斩恶缘，何处寻利剪？

　　　　　　　问明月，明月无言挂中天。

张文远　（悄然上）阿姣。

阎惜姣　（欣喜地）三郎，你可来了！

张文远　露重风凉，你怎么站在院子里？

阎惜姣　我在等你嘛！三郎，快快进屋吧！

张文远　不进去了！阿姣，告诉你个喜讯，你朝思暮想要宋江一
　　　　纸休书，如今唾手可得！

阎惜姣　啊！此话怎讲？

张文远　你可知道那宋江的底细？

阎惜姣　我虽与他同床异梦，却也知道他是个满口仁义、暗耍心
　　　　机的伪君子！

张文远　哼！他、他私通匪类，勾结梁山，实则是个坐地分赃的

强盗头儿！

阎惜姣　啊！你——可有真凭实据？

张文远　这真凭实据吗，就在他贴身招文袋中！待我告诉你……
（附耳低语）你只要弄到那黄金谢书，不怕他不写休书！

阎惜姣　今夜，我定要得到他一纸休书！

张文远　阿姣，诸事小心！我——得走了！
（唱）匆匆别去，依依难舍，

阎惜姣　（唱）静候佳音，拥被安眠。

今生托付三郎你，

待明宵，月圆人更圆。

［二人依依作别。

阎　婆　（上）儿啊，还不进屋歇息？

阎惜姣　不，我在等候三郎！

阎　婆　儿啊，你不要再和张三郎来往了，倘若被宋三郎知
晓……

阎惜姣　母亲，我不是等张三郎，是在等宋三郎！

阎　婆　等宋三郎？这就好了，他定在连升店饮酒，我去找他回
来！（高兴地下）

［惜姣进屋，登楼，置备酒菜。

［阎婆扶带有醉意的宋江上。

宋　江　（唱）踏月归来步踉跄，

紧把这招文袋儿拽身旁。

你女儿找我为哪样？

敢莫要逼写休书吵一场？

阎　婆　（唱）宋先生切莫胡乱想，

她请你回家叙衷肠。

夫妻本是同命鸟，

纵然啄嘴，口角生香。

宋　江　哦！原来你女儿有修好之意？

阎　婆　还望先生多多担待！

宋　江　哈哈哈哈！待我与她相见！

　　　　〔二人进屋，阎婆下。

宋　江　大姐在哪里？大姐在哪里？

阎惜姣　三郎，我在楼上。

宋　江　大姐，我上楼来了！（登楼入室）

阎惜姣　三郎，万福！

宋　江　大姐少礼！

阎惜姣　三郎，我这厢备得有酒。

宋　江　与大姐同饮。

阎惜姣　这厢备得有菜。

宋　江　与大姐同吃。

阎惜姣　来，待我与你脱下外衣。

宋　江　有劳了！

阎惜姣　我为你取下这袋子。

宋　江　啊！这个——不消！

阎惜姣　哪有背着袋子饮酒的？

宋　江　背着也无妨！

阎惜姣　三郎，你饮酒呀！

宋　江　这么说，你不吵了？

阎惜姣　不吵了！

宋　江　不闹了？

阎惜姣　不闹了！

宋　江　那休书——也不要了？

阎惜姣　休书么——也不要了！

宋　江　不吵了，不闹了，休书也不要了！哈哈哈哈！今晚我要

　　　　喝个尽兴方休！

　　　　（饮酒）好酒！大姐，你也喝呀！

阎惜姣　惜姣陪饮。

　　　　[一声更鼓。

宋　江　（唱）谯楼鼓，起初更，

　　　　　　　宋公明坐楼饮酒伴佳人。

　　　　　　　喜上心来添豪兴，

　　　　　　　我好似赵匡胤坐在桃花宫。

阎惜姣　（唱）谯楼鼓，起初更，

　　　　　　　阎惜姣坐楼饮酒伴恶人。

　　　　　　　恨上心来将他骂，

　　　　　　　骂他个强盗头假作正经。

宋　江　大姐，你在看什么？

阎惜姣　我、我怕你喝醉了！

宋　江　呃！俺宋江湖海之量，这三杯两盏又怎能醉得了我！

阎惜姣　既如此，还请开怀畅饮！

宋　江　大姐陪饮！

[二更鼓响。

阎惜姣　（唱）谯楼鼓，响二更，

看宋江自斟自饮酒兴浓，

只盼他烈酒穿肠醉不醒，

我拿赃取证遂愿心。

火上加油把酒敬——

来，再喝了这杯！

——三郎你好艳福美酒伴佳人。

宋　江　我喝！我喝！哈哈哈哈！

（唱）谯楼鼓，响二更，

看娇娘脸泛桃花送多情。

似这等国色天香终生伴，

不枉我修文习武大半生。

人逢乐事堪痛饮——

大姐，你过来！

——喝一个交杯酒你我结同心。

阎惜姣　我陪三郎喝！

宋　江　哈哈哈哈！

[三更鼓响。

宋江、阎惜姣　（同唱）

听谯楼鼓打三更尽，

闺楼内春意阵阵烛影摇红，
闺楼内寒意阵阵烛影朦胧。

我宋江酒意醺醺脚步不稳，
看宋江酒意醺醺脚步不稳，

看惜姣频频劝酒着意殷勤，
我惜姣频频劝酒假意殷勤。
明月泻窗，五心不定——

宋　江　（接唱）大姐呀良宵一刻值千金。

扶我上床，准备就寝——

阎惜姣　啊！不！不！

宋　江　嗯！不？

阎惜姣　（接唱）三郎呀我还要敬你酒三盅。

宋　江　哦？你还要敬我三、三盅酒？

阎惜姣　三郎呀！

（唱）一盅酒敬你多福多寿，

二盅酒敬你万世留名，

三盅酒敬你、敬你……

宋　江　这三盅酒敬我什么？

阎惜姣　（接唱）三盅酒敬你早得麒麟子。

宋　江　（唱）一句话说得我好欢欣。

　　　　　〔宋江取下招文袋，掀髯痛饮，大醉。

　　　　　〔惜姣轻唤宋江不醒，从招文袋中搜检出黄金谢书。

阎惜姣　啊！这果然是他私通梁山的证据！

　　　　　〔惜姣将黄金谢书收进招文袋，藏匿。

　　　　　〔四更鼓响。

阎惜姣　（唱）心如鹿撞，冷汗湿衣，

　　　　　　　　但见他醉卧无声息。

　　　　　　　　宋三郎呀，

　　　　　　　　休怪我如此对待你，

　　　　　　　　桩桩件件你所逼。

　　　　　　　　如今把你赃证取，

　　　　　　　　你不写休书万不依。

　　　　　　　　困倦上来且歇息——

　　　　　〔惜姣伏案假寐。

　　　　　〔五更鼓响。

宋　江　（唱）噩梦缠身汗淋漓。

　　　　哎呀！我怎么睡在这里？哦，是了，昨晚的酒，喝得好

　　　　痛快呀！天交五鼓，我还得去县衙当值！

　　　　　〔宋江下楼，出门，猛然记起招文袋。

宋　江　哎呀！我那招、招文袋哪里去了？

　　　　　〔宋江进屋，上楼，仔细寻找不见，回想昨晚喝酒经过。

宋　江　哦，这招文袋定是她好心收起来了！大姐醒来！大姐醒

来！大姐醒来！

阎惜姣　天还没亮，唤我什么事呀？

宋　江　你——可见我那招文袋？

阎惜姣　就是你那时刻背在身上的讨米袋吗？

宋　江　呃，不是讨米袋，乃是招文袋！

阎惜姣　招魂袋？宋先生，你要招谁的魂呀？

宋　江　不是招魂袋，乃是放公文的招、文、袋！

阎惜姣　哦，招文袋！里面有什么好东西呀？

宋　江　没有什么好东西。是了，里面有一锭金子，乃是送与大
　　　　姐买花戴的！

阎惜姣　拿来呀！

宋　江　拿什么来？

阎惜姣　金子呀？

宋　江　唉！如今连袋子都不见了！

阎惜姣　哦！敢莫是来了盗贼？

宋　江　不会的！大姐，这袋子是你收起来了！

阎惜姣　你为何说这袋子是我收起来了？

宋　江　就大姐有这份好心！

阎惜姣　对！袋子是我收起来了！

宋　江　太好了！还给我吧！

阎惜姣　一个破袋子，干脆送给我装针线吧！

宋　江　好！袋子给你，金子也给你，我要的是里面那封信。

阎惜姣　信？那信紧要吗？

宋　江　紧要！不，家常便信，并不紧要！

阎惜姣　既不紧要，就留给我剪花样吧！

宋　江　这、这可使不得！

阎惜姣　（冷笑）宋先生，别兜圈子了！那封信，是不是梁山头领
　　　　晁盖写给你的？

宋　江　嘘！轻声！轻声！

阎惜姣　这么说，吃公门饭的宋押司原来是个梁山强盗！

宋　江　这、这、我跳到黄河也洗不清啊！

阎惜姣　那梁山谢你十锭黄金，还有九锭呢？

宋　江　我只受他一锭，其余九锭退还了！大姐，此信干系宋某
　　　　身家性命，你还我书信，我去弄十锭黄金给你！

阎惜姣　我不要黄金！

宋　江　你要什么？

阎惜姣　我只要你一纸休书！

宋　江　大姐，你要什么都可以，这休书嘛——

阎惜姣　你写是不写？

宋　江　我若是不写呢？

阎惜姣　我便将你梁山书信公堂出首！

宋　江　罢！我——写！

阎惜姣　笔墨现成！

宋　江　唉！想俺宋江半辈子提刀弄笔，这休书却不会写！

阎惜姣　我念你写！

宋　江　你念我写！

阎惜姣　立休书人宋江……

宋　江　立休书人宋江！

阎惜姣　不该骗纳阎氏惜姣为妾……

宋　江　不该骗纳阎氏惜姣为妾！

阎惜姣　自愿将其休弃……

宋　江　自愿将其休弃！

阎惜姣　任其改嫁张文远！啊！不，任其改嫁张三李四。

宋　江　任其改嫁张文远！张文远！嘿嘿！

　　　　（唱）挟夫逼休，丧纲败伦，

　　　　　　　她原与张三有私情。

　　　　　　手提羊毫深深恨——

　　　　张文远啦我的好学生！

　　　　　　——不雪此恨枉为人。

　　　　休书已写，拿去！

阎惜姣　还差你一个手模指印！

宋　江　我就给你按上！（按手印）书信拿来！

阎惜姣　（接过休书）宋先生，急什么呀？实话告诉你，有了这休
　　　　书，我要改嫁你的学生张文远了！

宋　江　（咬牙切齿地）好！好！

阎惜姣　他若娶了我，日后你会把他怎么样？

宋　江　我要他……不怎么样！

阎惜姣　我若是嫁给了他，你会把我怎么样？

宋　江　我要把你……也不怎么样！

阎惜姣　你叫我怎么才能相信你？

宋　江　男子汉一言九鼎，宋江岂是失信之人？

阎惜姣　那好！我便相信你！

　　　　〔惜姣交还招文袋，打开鸟笼放飞小鸟。

宋　江　你把金丝雀儿放飞干甚？

阎惜姣　关在笼里这么久，它也该去找它的伴儿了！宋先生，告
　　　　辞！

宋　江　你要去哪里？

阎惜姣　既休了我，你管我去哪里呀？

宋　江　一日夫妻百日恩，你就如此恩断义绝，一走了之？

阎惜姣　还说什么恩义，有此休书，你留我不住！

宋　江　嘿嘿！你是走不得的！宋某天大秘密被你发现，我岂能
　　　　让你走出乌龙院！

阎惜姣　你、你想怎样？

宋　江　你生是宋江人，死是宋江鬼！我叫你死也要死在乌龙
　　　　院！

　　　　（抽出靴筒内尖刀紧逼惜姣）贼人哪里走！

阎惜姣　强盗杀人了！强盗杀人啦……

　　　　〔惜姣夺路逃奔，被宋江刺死。

　　　　〔宋江手握尖刀，双目发直，颤抖着倒退下。

　　　　〔光渐暗。

　　　　〔追光射惜姣倒地尸首。

　　　　〔阎王、判官上。

阎　王　死了？

判　官　死了！哎呀可怜可怜，你看她死不瞑目啊！

阎　王　阎氏惜姣，你为情而死，可歌可泣，可惜遇人不淑，死
　　　　有余辜，活该死上加死！为使你死而瞑目，特赦你生魂
　　　　返回郓城与张文远相会！（隐）

阎惜姣　三郎——（缓缓起身，圆场，渐隐）

第八场　索命

［张文远居室。

［一声凄厉的长呼"三郎——"由远而近。

［张文远衣冠不整，惊魂不定地上。

张文远　吓、吓煞我了！

　　　　（唱）声声呼唤，我怕答应，

　　　　　　　恨无地洞藏我身。

　　　　　　　拴窗，顶门，

　　　　　　　堵了狗洞猫窟窿。

　　　　　　　阿姣啊！

　　　　　　　你生前与我多恩爱，

　　　　　　　死后为何来吓人？

　　　　　　　我许你四十九个罗天醮，

　　　　　　　超度你含冤野鬼，负屈孤魂。

［呼声又起，文远跌坐，掩耳塞听。

阎惜姣 （内唱）阎君放赦，魂返郓城——

　　　　（上）声声呼，声声唤，呼遍了长街大院，唤遍了小巷胡同。

　　　　　　　三郎在何方？为何不答应？

　　　　（发现张文远，欣喜）

　　　　　　　这不是三郎是何人？

　　　　（走近文远，轻声）三郎。

张文远 啊！你、你从哪里进来的？打鬼！打鬼……

　　　　［张文远抄起凳子追打惜姣，惜姣如一缕轻烟，东飘西闪。

阎惜姣 三郎……

张文远 我不是三郎！这里没有什么三郎！

阎惜姣 不，你是三郎！三郎呀，阿姣寻遍郓城，好不容易才找
　　　　到你，你为何这般待我？

张文远 （颤抖）你、你到底是人还是鬼？

阎惜姣 我是你心爱的阿姣啊！

张文远 你不是被宋江杀死了吗？

阎惜姣 虽杀我身，难灭我魂，我又回来了！

张文远 你回来干什么？

阎惜姣 阿姣牵挂三郎！

张文远 你死都死了，还牵挂我什么？

阎惜姣 三郎呀！

　　　　（唱）恩来了，情不断，

　　　　　　　生死相牵，件件桩桩。

牵挂你三春昼暖可曾午憩，

牵挂你大暑炎天可曾纳凉，

牵挂你九秋霜降可添被褥，

牵挂你寒冬腊夜孤枕凄凉，

牵挂你瘦减一分胖增一两，

牵挂你茶余饭后为我哀伤。

一桩桩一件件牵挂于你，

三郎呀，

牵你挂你想你念你呼你唤你，你，你为何不开腔？

张文远　（假惺惺地）哎呀，我的阿姣呀！

（唱）谢阿姣，多牵挂，

我肝肠寸断浇滚油。

只缘宋江太狠毒，

横刀夺爱，拆我鸾凤俦。

如今是幽冥永隔阴阴路，

怎能够白首与共续风流？

我今一死随你去——

［张文远佯装碰壁，被惜姣拉住。

阎惜姣　三郎，你是死不得的！

（接唱）你一死难消万古愁。

只望你锦绣年华莫虚度，

晨昏苦读，三甲拔头筹。

只望你金榜题名把官做，

拿那宋江与我报冤仇。

倘有余钱，将我孤魂来超度。

不枉我生死相随，苦作春秋。

张文远　你不让我死，可你一人在阴间受苦，我好不忍心呀！

阎惜姣　三郎放心，阿姣朝夕陪伴于你，再也不走了！

张文远　你、你不走了？

阎惜姣　不走了？

张文远　哎呀！你我人鬼殊途，怎能朝夕相伴？你、你走吧！

阎惜姣　啊！你要我走？

张文远　走！你给我马上走！

阎惜姣　（半晌无言，良久，幽幽地）三郎，我就要你一句话——
　　　　你真的爱我吗？

张文远　我、我………

阎惜姣　（急掩文远嘴）不，你不要说了，你是真心爱我的！

张文远　倘若我不爱你呢？倘若我从来就没爱过你呢？

阎惜姣　你为何这般问？

张文远　嘿嘿！只不过随便问问！

阎惜姣　你若真不爱我，我即刻就走！

张文远　当真？

阎惜姣　不假！

张文远　那我就说！

阎惜姣　你说！

张文远　那我就讲！

阎惜姣　你讲！

张文远　嘿嘿！阎惜姣，我张文远何曾爱过你！我劝你休得在此自作多情，如此苦苦纠缠，叫我好气好恼！

阎惜姣　既如此，你为何在连升店为我解围？

张文远　这不过是我看中你美色，与唐牛儿作成圈套诱骗于你，可惜被宋江冲破好事！

阎惜姣　那你又为何上乌龙院来看我！

张文远　那宋江横刀夺爱，是我心中不忿，定要将你夺到手中遂我心愿！

阎惜姣　你为何要我谋取宋江书信，还说要与我结长久夫妻？

张文远　哈哈哈哈！想我张文远官场失意，怎甘心久居宋江名下？我要你谋他书信，他必杀你，他既杀你犯下大罪，那县衙押司职位非我莫属！这些，皆在我谋算之中。如今宋江已反上梁山，我张文远已升职为堂堂刀笔押司了！

阎惜姣　啊！天啦！

（唱）冤上加冤，喊天天不应，

　　　　我错、错把你豺狼当好人。

　　　　我曾为你生，为你死，为你瘦，为你病。

　　　　原来你心怀叵测，见色垂情，欺我弱女，你是宋江一样的大恶人！

　　　　可怜我死后还要死一次——

（白）张文远呀贼张三！

（接唱）我岂能饶过你这薄幸之人！

［惜姣追赶文远。文远惊惶逃窜。

［判官、夜叉鬼卒暗上，堵截文远。

［文远伏地求饶。

［夜叉托举惜姣，鬼卒锁住文远，造型。

判　官　这正是：无事生非写荒唐，

　　　　　　　　鬼话连篇说荒唐，

　　　　　　　　戏台摆在森罗殿，

　　　　　　　　粉墨从头演荒唐。

哈哈哈哈！

［光渐暗。

［剧终］

1998 年初稿

2001 年定稿

通俗喜剧

竹叶和她的雇工

时　间：现代

地　点：湘中农村

人　物：竹　叶　地　八　曾来福　满　芝　小　青　大　婶

　　　　四　爹　阳　雀　水　金　二牌友　洗衣妇三人

第一场　赌祸

　　［初夏。清晨。

　　［老虫坡上。山花烂漫，竹翠杉青。

竹　叶　（内唱）进山挖药清早起——

　　　　［竹叶肩背竹篓，手持小锄上。

　　　　（接唱）拨草牵藤过小溪。

　　　　　　　　迎晨风，踏清露，

　　　　　　　　片片朝霞驱雾气。

　　　　　　　　醒了青杉，醒了翠竹，

　　　　　　　　醒了那野兔与山鸡。

　　　　　　　　哎呀呀！

　　　　　　　　为治鸭病寻草药，

　　　　　　　　竹叶我，哪有闲心听鸟啼。

　　　　［竹叶寻草药，下。

　　　　［内声："挡住！挡住！""莫让他跑了！"

　　　　［曾来福从树林中慌慌张张跑上。

　　　　［地八与二牌友追上，围住来福。

地　八　（得意地）哈哈哈！跑到天上去？

曾来福　地八伢子，原来你们是三吃一，打伙来是我的钱！

地　八　嘿嘿！谁叫你赌钱不敬财神菩萨。

牌　友　（附和）是啊，谁叫你不敬财神菩萨。

曾来福　老子输得不甘心！

地　八　不甘心？你把五百块钱旧账还清，我们重开牌桌。拿钱来。

曾来福　要钱冇得，要命有一条！

地　八　想赖账？（向二牌友丢眼色）

牌　友　（动手搜身）他真的冇得钱！

地　八　好汉不欠嫖赌账，冇得钱就割耳朵！

　　　　（掏出小刀，威胁地）伙计们，抓稳点！

曾来福　你们搞真的呀？

地　八　（装模作样）老子几时搞过假的？

曾来福　我，我……

地　八　割！

曾来福　哎呀，割不得，我还冇讨堂客！

地　八　欠账不还，还想讨堂客？

曾来福　地八，我实在冇得钱，你限个期……

地　八　你想金蝉脱壳？

曾来福　笑话，我曾来福堂堂男子汉，就是卖家神当土地，也要还钱！

地　八　好！看你是牌桌上的新战友，限期三天，把钱送到老虫

149

坡来，分文不少。

曾来福　三天？

地　八　三天有钱，我们还是朋友；三天有钱，嘿嘿！莫怪我地
　　　　八不讲江湖义气，割你这只耳朵炒大蒜吃！走！

　　　　[地八与二牌友扬长而去。

曾来福　哎呀，不好！

　　　　（唱）不怪天地，不怨爷娘，

　　　　　　　只怪我冇给财神上高香。

　　　　　　　先只想牌桌上面能致富。

　　　　　　　没想到输了一个精打光。

　　　　　　　财神啊，财神啊，你告诉我，

　　　　　　　谁帮我三天还清阎王账？

四　爹　（内声）来福！来福！

曾来福　我舅舅来哒！（眉头一皱，计上心来）嘿！好主意！

四　爹　（喊上）来福！来福！

曾来福　（整衣，迎上）舅舅。

四　爹　来福，寻得我好苦哇。

曾来福　舅舅，寻我做什么？

四　爹　快立夏哒，你田里功夫不做，跑上山来干什么？

曾来福　舅舅，我正要给你老人家去道喜咧！

四　爹　我有什么喜？我只有气！

曾来福　你老人家要收外甥媳妇哒。

四　爹　什么？你找了对象？（审视来福）

曾来福　刘家湾的刘彩凤。

四　爹　你在讲梦话吧？你这个样子……

曾来福　舅舅，你有听过：清油炒韭菜，各人有所爱。舅舅，刘
　　　　彩凤蛮喜欢我咧。

四　爹　真的？

曾来福　当然是真的！后天我就去下聘礼，端阳节结婚！

四　爹　好！来福，快点作准备。

曾来福　舅舅，我还有一件难事……

四　爹　什么难事？

曾来福　我，我不好意思讲。

四　爹　爷亲叔大，娘亲舅大。你有难事，我帮你做主。

曾来福　刘家要五百块钱彩礼，讲好了三天兑现，如果误期，婚
　　　　事就会要挂筒。我想……我想……

四　爹　想借五百块钱？

曾来福　正是的！

四　爹　来福，算舅舅的！

曾来福　我要得急！

四　爹　回去就给你。

曾来福　（大喜）哎呀！我给你老人家磕头了。

　　　　［曾来福倒地磕头。

　　　　［竹叶从林中出来，见状止步。

四　爹　慢点。听说刘彩凤找对象，眼睛长在头顶上。她怎么会
　　　　看中你这个穷汉子？

曾来福　人家就看中我会养鸭，硬要找我搭伙求财！

四　爹　（渐生疑虑）来福，我问你：有介绍人吗？

曾来福　有，有啊！

四　爹　是哪个？

曾来福　是，是……

四　爹　快讲！

曾来福　是我隔壁屋里竹叶。

竹　叶　（将药篓一放，上前）哟！来福，我这介绍人怎么有看见过你的谢媒酒呀？

曾来福　（一惊，旁白）碰鬼！说曹操，曹操到！

四　爹　竹叶，你给来福……

竹　叶　四爹，莫听他捏白，我前世都没给他做过介绍！

曾来福　（跌足长叹）唉，我怎么不讲是自由恋爱啰！

四　爹　（脸沉下来）来福伢子，你讲！你是我五百块钱做什么？

曾来福　我……

四　爹　讲不得？讲不得就有鬼！

竹　叶　来福，你莫非又……

曾来福　（惊跳起来）有赌，我有赌钱！

四　爹　有赌钱，这几天你跑到哪里去了？你这个化生子呀，出世不久你父母双亡，我从细把你带大，哪晓得你……

竹　叶　来福，嫂子劝过你：十个赌钱九个输，从有听说哪个赌棍发了家。我看哪，凭你的技术，凭你的坯子，买群湖鸭喂哒，不变成个小财神——

四　爹　（抢白）把我四老倌的名字倒写起！

曾来福　哎哟哟！现饭炒三道狗都不闻。

竹　叶　不闻我也讲一句……

曾来福　你是我什么人？轮到你来教训我。

竹　叶　你！

四　爹　这家伙硬是不进油盐。竹叶，走！莫理这坨臭狗屎。（欲
　　　　走）

曾来福　舅舅，钱……

四　爹　钱？老子情愿带到棺材里去！

　　　　[四爹气咻咻地冲下。

竹　叶　哼！（瞪了来福一眼，复进树林）

曾来福　唉！（唱）舅舅反脸绝了情，

　　　　　　　　有钱不救落难人。

　　　　　　　　偷也不敢偷，抢也不敢抢，

　　　　　　　　借也借不到，乞也乞不成。

　　　　　　　　耳朵啊，我的耳朵，

　　　　　　　　只怕要为你写祭文！

　　　　（山边徘徊）不！我就不信活人会被尿胀死。

　　　　（寻思）其实，竹叶平日蛮关心我，我怎么不找她想办法
　　　　呢？（欲进树林，又停步）听说周瑜一步三计，诸葛亮三
　　　　步一计，我来福取掉帽子翻跟头，未必就想不出一个哄
　　　　死人子过街的好主意？（猛见石崖边伸出的树枝）有哒！
　　　　竹叶，你总不会见死不救吧！

153

[曾来福结绳树杈，头钻绳套，高声哭喊，假装上吊。

[竹叶闻声而上，见状大惊，慌忙扯下来福，边打边喊"打吊颈鬼"。曾来福挨了几个耳光，瘫倒在地。

[切光。大幕急闭。

第二场　立约

[竹叶家小院。

[幕启，大婶正在打扫院子。

小　青　（执小竹竿跑上）娭毑，娭毑，我放鸭子去！

大　婶　小青，你不去上学呀！

小　青　今天星期天。

大　婶　星期天？那你老老实实在家里做作业。

小　青　作业早就做完哒。娭毑，你听，鸭子饿得呱呱叫咧！妈妈挖药还有回……

大　婶　好，你去。哦，头一莫玩水哪！

小　青　晓得。（高兴地下）

大　婶　（唱）小人体谅大人难，

　　　　　　　又欢喜来又心酸。

　　　　　　　只因大明死得早，

　　　　　　　一家重担媳妇担。

　　　　　　　她田里插了杂交稻，

　　　　　　　山上种了高产棉，

年初买回鸭两百，

实指望今年柜里添钱人添欢。

叹只叹家中少劳力，

竹叶她一人难撑几条船。

忙了屋里又忙外，

媳妇劳累我疼心间。

（传来鸡叫声）呵嗬！还有放鸡。（下）

［来福纠缠着竹叶上。

曾来福　嫂子，你做点好事啰。

竹　叶　告诉我，五百块钱到底作什么用？

曾来福　……

竹　叶　不讲？不讲算哒！

曾来福　我讲，我讲！我……我打牌输掉五百块钱，三天不还，他们会割我的耳朵。

竹　叶　哎呀，你何解这样不听劝？

曾来福　我想发财。

竹　叶　发财？你看见有几个赌鬼发了财？耳朵割掉算了，反正是配相的。

曾来福　哎呀！嫂子……

竹　叶　告诉嫂子，为头的是哪个？我要到乡政府去告他！

曾来福　哎呀！我的娘老子吔，你检举，我也会要坐班房！

竹　叶　你也晓得怕呀？

曾来福　嫂子，求你开恩借我五百块咯！

竹　　叶　　借钱给你还赌账，我怕遭雷打！

曾来福　　不借钱，方才为何解救我？人死账脱身，我还是去死，去死！（坐在地上耍赖。）

竹　　叶　　（啼笑皆非）你要死，告诉我干什么？井里有水，壁上有绳，河里有盖盖……

曾来福　　你真的见死不救呀？

竹　　叶　　你呀，活不好，也死不了。

曾来福　　你真的这样狠心？！

竹　　叶　　（唱）莫怪竹叶太狠心，

　　　　　　　　　五尺男儿你少德行；

　　　　　　　　　有脸借钱还赌账，

　　　　　　　　　赶快滚出我院门。

曾来福　　（争气欲走，霎时泄气）嫂子，在我们村里，你不帮我，还有谁肯帮我？

　　　　　　（唱）嫂子贤惠早出名，

　　　　　　　　　观音面子菩萨心。

　　　　　　　　　大明当初在世日，

　　　　　　　　　不曾把我当外人。

　　　　　　　　　你好比我的亲嫂嫂，

　　　　　　　　　不！比我嫂嫂还要亲！

　　　　　　　　　嫂子啊——

　　　　　　　　　船要水来水要船，

　　　　　　　　　世间哪个不求人？

今日再帮我一次，

来世当牛马，报你情和恩。

竹　叶　是呀，世上哪个不求人?!

（旁唱）来福他牛高马大有把劲，

放鸭种田样样行。

近年来却往赌场钻，

想发财可惜入错门。

我家正少劳动力，

何不请他帮工赶鸭群。

怕只怕人言兴风浪，

（思忖再三）

竹叶我，纵有风险也该担承。

曾来福　嫂子，你到底借不借给我?

竹　叶　钱，借给你，得依我两个条件。

曾来福　我的佛菩萨吔，你快讲啰!

竹　叶　我问你，赌头是哪个?

曾来福　是地八。

竹　叶　借我五百块，帮我一年工，你愿不愿意?

曾来福　帮工?! 莫开玩笑，解放三十年了，你还想雇长工?

竹　叶　你若不用工来抵，万一没钱还，我孤儿寡母搬起石头去打天哪!

曾来福　好厉害的竹叶!

（唱）走遍天下难得觅，

　　　　　　　借钱要订卖身契。

竹　叶　（唱）推开窗户说亮话，

　　　　　　　摆出条件谈生意。

曾来福　（唱）一文钱逼死英雄汉，

　　　　　　　脱毛凤凰不如鸡，

　　　　　　　今日若是争硬气，

　　　　　　　会误三天还账期。

竹　叶　拿定主意了吗？

曾来福　帮工就帮工！就算我从娘肚子里迟出世一年。

竹　叶　说话算数？

曾来福　一言既出，驷马难追。拿钱来唦！

竹　叶　我还得和娘打个商量。（下）

　　　　　[阳雀、水金上。

阳　雀　哦？来福哥，你怎么会在这里？

曾来福　嘿嘿，我在这里歇歇气。

　　　　　[竹叶，大婶上。

阳　雀　姐姐，亲家娘！

竹　叶　阳雀，哟！还有水金，快坐。

阳　雀　姐姐，听说你田里工夫忙不赢，我把水金喊来哒……

水　金　帮姐姐几天忙咧。

竹　叶　哎哟！水金，阳雀还有过你家的门啰。

曾来福　（旁白）哎呀，五百块钱会过河咧！

　　　　　（赶紧地）水金哪！你竹叶姐已经请了我帮工——

阳雀、水金　（愕然）请你帮工？

曾来福　帮工一年，工钱五百。嫂子，点票子吵！

阳　雀　哎呀，姐姐！

　　　　（唱）姐姐你行事少思量，

　　　　　　　请人帮工要看对象。

　　　　　　　来福近年变了卦，

　　　　　　　手不摸牌心发痒。

　　　　　　　要是半途翻了脸，

　　　　　　　鸡飞蛋打你怎收场?!

水　金　竹叶姐！

　　　　（唱）人见他跑，鬼见他逃，

　　　　　　　猴子见他脱身毛。

　　　　　　　以后有事尽找我，

　　　　　　　田里工夫我一手包。

曾来福　（着急地）水金伢子，我来福什么时候得罪你过你，你讲么子坏话？

竹　叶　阳雀、水金，这些我早就想到哒。

阳　雀　亲家娘，你未必也同意把这五百块钱借给他呀？

大　婶　唉，来福，我的家境你也晓得，孤儿寡母哪来余钱剩米？四年前，大明在基建队摔死，上面发了这笔抚恤金，竹叶一直舍不得动用。如果你要应急，就拿去！

曾来福　大婶子，我……

大　婶　来福崽吧！

（唱）三十年前你吸过我的奶，

　　　三十年前你喊过我作娘。

　　　总盼你成人走正道，

　　　省得大婶我挂心肠。

　　　如今赌钱惹了祸，

　　　我急，我气，我恨，你做人行事太荒唐。

　　　竹叶借你抚恤金，

　　　来福呀，万万莫再上赌场。

曾来福　大婶子，嫂子！

（唱）听了你们话一席，

　　　恨我来福不争气。

　　　人身都是父母生，

　　　人心都是肉做的，

（插白）从今后，我不摸牌、不赌博、不偷懒、不调皮。

（接唱）说话如果不算数，

　　　你们制裁我服气。

竹　叶　制裁？怎么制裁？

曾来福　法律制裁！

竹　叶　还有，

曾来福　经济制裁！

竹　叶　口说无凭。

曾来福　立字为据！

竹　叶　好！来福，我就等哒你这句话！纸笔早就准备好哒。

曾来福　好，我写。

竹　叶　你念一遍。

曾来福　（念字据）一九八三年四月初八，曾来福借竹叶人民币五百元还赌账，帮工一年为抵。一年期到，工债两清。

竹　叶　慢点，还得加上两句：帮工期间若不服安排，偷懒误事，以延长帮工时日处罚，今后若再赌钱，交公安机关处理。

曾来福　加上就加上！（写毕！欲交竹叶）

阳　雀　再盖个手印。

曾来福　（盖手印）嫂子，请你派工。

竹　叶　明天，你去放鸭。

曾来福　算我的。哦，你挖的这号草药治不好鸭病，我去挖药，包治好！

　　　　〔竹叶给钱与来福。

　　　　〔众人默然无语。

　　　　〔大幕徐徐闭。

第三场　执法

　　　　〔距前场几天后。

　　　　〔田头。石墈。

　　　　〔竹叶挑化肥上。

竹　叶　来福，你快点子走吵！

曾来福　（内应）我脚把子痛咧！（扛薅禾棍上）

    （唱）人背时，鬼扯脚，

       买粒花生是空壳。

       堂堂五尺男子汉，

       跟在女人后头梭。

竹　叶　（唱）几天来，来福做事蛮卖力。

曾来福　（唱）哪知我，腰酸背痛出粗气。

竹　叶　（唱）野马套笼头，

曾来福　（唱）烈牛穿了鼻。

竹　叶　（唱）不怕他浪荡难管束，

曾来福　（唱）她硬是要剥我的皮。

竹　叶　来福哥，到了。

曾来福　（一屁股坐下）哎哟哟，我要歇气。

竹　叶　嘛蝈跳三跳才歇一气咧！

曾来福　你不晓得，这几天跟你做事，累得我驼子不抻腰。一身骨头散了架，斗都斗不拢。

竹　叶　哈哈哈哈！还当不得我一个堂客们。

曾来福　我有做得惯咧，过去在生产队出工几多舒服啰。

竹　叶　看你，还舍不得那碗大锅饭。我下田撒化肥，你先歇下子气。（挑肥下）

曾来福　唉！

    （唱）昔日里七仙女下凡帮董永，

       今日子来福卖身遇阎罗。

       懒也没有躲，牌也不敢摸，

　　　　跑也跑不掉，奈又奈不何，

　　　　她一张字据制住我，

　　　　就像跌进阎王的滚油锅。

（来福坐下点烟）五百块钱，三百六十五天，只合得一块
多钱一天。凭我这号坯子，如今随便到哪里都能赚三块
五块钱一天。竹叶呀竹叶，你真厉害。

竹　叶　（上）哦？我蛮厉害？

曾来福　我，我是讲你做事比我厉害咧。

竹　叶　话不能这样讲。论技术，论劳力，我一个堂客们怎么比
得上你？哦，这坵田我撒了化肥，今天上午要薅完，我
好灌水。

曾来福　一上午？我薅不完。

竹　叶　要是我薅，还不要一上午。

曾来福　我讲哒你比我厉害哒！

竹　叶　来福哥，这几天哪——

　　　　（唱）早出工晚收工两头不见亮，

　　　　　　　做工夫汗爬水流你蛮好强。

曾来福　（唱）竹叶你不要高兴太早，

　　　　　　　我这是新开茅厕三天香。

竹　叶　（唱）油灯下你给小青补功课，

　　　　　　　天没亮你给鸭子灌药汤。

曾来福　（唱）你道我来福图什么？

　　　　　　　只图早日还清卖身账。

竹　叶　（唱）我家娘背后总夸你能干。

曾来福　（唱）哎呀呀，曾来福从来不爱喝米汤。

竹　叶　（递烟）来福，问你一件事。上次你讲刘彩凤看上你，是真的吗？

曾来福　（扑哧一笑）哪有这号事？那是乇我舅舅的。你想，人家那样漂亮，哪会看上我？只是有一回我帮她诊鸭，冇收她的钱，她煮了一碗甜酒冲蛋给我吃，放了好多白砂糖！

竹　叶　来福哥，你好好干！以后我去帮你牵了这根红线。

曾来福　你莫高子宽矮子的心，我讨她不起。

　　　　［隐隐传来雷声。

竹　叶　哎呀！天气会变卦哒。来福，你性急点！要不，大雨一来，田里的化肥会跑光。

曾来福　（满不在乎地）我这支烟还有抽完呢。

竹　叶　我到山上补棉花苗去。要是下大雨，请你把田汭口堵住。

曾来福　（不耐烦地）晓得啰！

　　　　［竹叶匆匆下。

曾来福　呸！一上午耪完这坵田，我上岸就要打吊针！（边抽烟边打主意）办法倒也有，我包哒田塍耪个圈圈，个把钟头足够哒。对，趁哒凉快好歇气！

　　　　［来福钻进塃洞，少顷，鼾声大作。

　　　　［乌云密布，大雨倾盆。

　　　　［云开雨散，彩虹一道。

竹　叶　（内唱）趁雨上山补苗忙——

　　　　　（上）披云裹雨湿衣裳。

　　　　　　　心牵田里薅禾汉,

　　　　　　　急急忙忙送姜汤。（猛见睡觉的来福,气极）

　　　　　　　啊!见此情,气得我两眼冒金花,

　　　　　　　恨不得揍他几耳光。

　　　　　　　他躲进洞内睡大觉,

　　　　　　　田里化肥都跑光。

四　爹　（喊上）竹叶!竹叶!

竹　叶　四爹,找我有什么事?

四　爹　搭帮你雇来福帮工,如今他勤快多哒。今天,我上街买
　　　　了些菜,请你到我家吃中饭。

竹　叶　四爹,你老人家的中饭我只怕冇得资格吃。

四　爹　何解呀?

竹　叶　（朝田里一指）你看!

四　爹　（不解地）你田里禾苗长势蛮不错嘛!

竹　叶　还不错?这坵田今天撒了半包氮氨,哪晓得来福伢子躲
　　　　进田塝洞里睡大觉。方才那场大雨,只怕把化肥冲到汪
　　　　洋大海去哒!

四　爹　啊!他人呢?

竹　叶　（指塝洞）在那里。

四　爹　（怒气冲冲踢来福）起来!

曾来福　（睡眼惺忪地坐起）哎呀!哪个冇得良心的屙了我一裤脚

　　　　　　的尿？哦！舅舅！

四　爹　（气恼地）莫喊我！

曾来福　不喊你就不喊你！竹叶嫂，你还有上山补棉苗？

四　爹　你抬起脑壳看看是什么时辰了？

曾来福　哦嚄！太阳就当顶了？嘿嘿！方才薅禾薅累哒，歇了刻
　　　　　把钟气。

四　爹　刻把钟？你哄鬼！唉，可惜半包氮氨！

曾来福　（一惊）下大雨了？哎呀，拐哒场！

四　爹　哼！这样贵的氮氨，你看何是搞？

曾来福　天要落雨，娘要嫁人，我又不是玉皇大帝龙王老子，有
　　　　　什么办法？

四　爹　你何解睡懒觉？

曾来福　劳逸结合。

四　爹　你，你气死我了！

　　　　　（唱）来福伢子太薄情，

　　　　　　　　不识好歹枉为人。

　　　　　　　　竹叶待你情不薄，

　　　　　　　　你辜负人家一片心。

曾来福　（唱）你在这里逞什么能？

　　　　　　　　竹叶面前充好人。

　　　　　　　　向你借钱你不肯，

　　　　　　　　害得我背时卖了身。

　　　　　　　　若是惹得我发脾气，

我会不认你舅大人。

四　爹　竹叶，你看看，你看看！

曾来福　看什么，这几年你几时还记得我是你外甥呀！

四　爹　老子从细把你带大，有得功劳有苦劳！

曾来福　三天一打，两天一骂，当然有苦劳。

竹　叶　（气极）曾来福！你……

曾来福　我何解？

竹　叶　当初你来我家帮工，是自愿立了字据的！

曾来福　你那是乘人之危。

四　爹　人家花五百块钱是帮你解围！

曾来福　（冷笑）五百块钱？竹叶嫂，推开窗子讲亮话，五百块钱要我忘命干一年，我不干哒！

四　爹　啊！你敢！

　　　　[四爹持薅禾棍追打来福，来福用桶子抵挡。四爹气极，把棍子一扔，坐地喘息。

竹　叶　不干哒，那也好。你把五百块钱还来。

曾来福　（一怔）还钱？

四　爹　你敢不还钱？

竹　叶　你带钱、我拿字据，到法院去，走！

曾来福　上法院？

竹　叶　上法院！

曾来福　走就走！我光棍一条，不怕你拿我剐皮！

竹　叶　放心，我不会拿你剐皮。不过，你要是有得钱赎回字据，

167

那我就得照字据行事。

四　爹　对，照字据行事。

竹　叶　字据上写得一清二白：一年期间若不服安排或偷懒误事，以延长帮工时日处罚，今天你糟蹋化肥五十斤，罚工五个！

四　爹　竹叶，拿本子写上。

竹　叶　（边写边记）还有！你睡了一上午懒，补不补工？

曾来福　……

竹　叶　不补，罚工一个。

曾来福　（外强中干地）你，你罚一百个吵！

四　爹　我的活祖宗吧，未必你真的要破罐子破摔啊？

曾来福　（没好气地）破摔又何是？

四　爹　地八伢子赌钱，已经被派出所拘留了咧！

曾来福　（一惊）啊！

四　爹　（低声）竹叶在乡政府为你担了保！要不然哪……

曾来福　（一震）啊！

四　爹　你要放清白点，莫落个地八伢子一样的下场啊！

曾来福　不不！地八伢子是屡教不改。竹叶嫂，我中午不休息，补上午的工。（急忙拿薅禾棍下）

四　爹　（暗笑，意味深长地）一行服一行，茄子服米汤。竹叶，吃中饭去！

竹　叶　四爹，饭留下以后再吃。

　　　　［竹叶拿薅禾棍下。

四　参　竹叶！竹叶！（追下）

　　　　〔幕急闭。

第四场　情惑

　　　　〔距前场两月后。

　　　　〔荷塘柳岸，碧水莲花。

曾来福　（衣冠楚楚，赶鸭子）呵哧！呵哧！

　　　　（唱）呵哧呵哧噫呀噫子呀，

　　　　　　　我放鸭子到荷塘，

　　　　　　　一五一十勤点数，

　　　　　　　若少一只会拐场。

　　　　　　　我帮工跑腿两个月，

　　　　　　　皈佛皈法度时光。

　　　　　　　呵哧呵哧呀噫呀噫子哟，

　　　　　　　皈佛皈法度时光。

　　　　〔来福赶鸭下。

　　　　〔水金阳雀撑小划子上。

水金、阳雀　（合唱）碧水蓝天映彩荷，

　　　　　　　杨柳依依燕啁啾。

　　　　　　　哥撑篙，妹撒草，

　　　　　　　涟漪深处见鱼游。

　　　　　　　喜看新莲并蒂开，

169

红花绿叶兆丰收。

秋后我（哥）成富裕户，

洞房花烛乐悠悠。

[水金、阳雀偎依荷旁。

[来福蹀上。见情如痴如醉，笑出声来。

[水金、阳雀见状，急忙撑船下。

曾来福　（目送二人远去，无限怅然）唉！

（唱）见此情，暗伤怀，

枉叫来福福不来。

从没韵过这风流味，

好像和尚长吃斋。

何日我走桃花运？

比翼双双把莲采！

[满芝及洗衣女甲、乙、丙端盆提桶嘻嘻哈哈上。

满　芝　（大惊小怪）哎呀咧！你们快来看！

众　妇　看什么？

满　芝　喋，看来福伢子。

众　妇　啧啧啧啧，曾来福真的抖起来了咧！

（合唱）好抖抻，好抖抻，

里里外外一身新；

电子手表网球鞋，

俨然像个鸭司令。

满　芝　（故意地）哎，来福，你几时赌钱发了财？

曾来福　（严肃地）莫造谣，我曾来福几个月没上过牌桌哒！

众　妇　那你这身崭崭新新的衣服是哪里来的？

曾来福　竹叶奖给我的！

众　妇　啊呀呀！

　　　　（唱）笑死人，笑死人

　　　　　　　年轻寡妇雇单身。

　　　　　　　还给长工做衣服，

　　　　　　　报上会要发新闻。

曾来福　呸！我是帮工，不是长工！

满　芝　大家看看，他像不像个大长工？

众　妇　像！像！像！

　甲　（韵白）竹叶指西，

　乙　（韵白）他不走东。

　丙　（韵白）竹叶打摆子。

　丁　（韵白）他就抽疯。

满　芝　（韵白）堂堂五尺男子汉，

众　妇　（韵白）甘为竹叶做长工。

曾来福　（气极）你们左一个长工，右一个长工，再讲，我就会骂你的娘！点火烧你们的屋！

满　芝　（挤眉弄眼）对！对！对！来福不是帮竹叶做长工，而是——

众　妇　是什么？

满　芝　是做新郎公！

171

众　妇　哈哈哈哈！

曾来福　（挥动赶鸭条）滚！滚！再乱讲，我来福的赶鸭条就会不

　　　　认人！

满　芝　（唱）不乱讲，是实情。

　　　　　　　身在桃园你不知春。

众　妇　（唱）白天帮工晚相伴，

　　　　　　　亲亲热热一家人。

曾来福　（唱）我向你们作个揖，

　　　　　　　口水也会淹死人！

　　　　［众妇团团围住来福，来福好不容易冲出重围。

　　　　［满芝与众妇耳语，众妇点头暗笑。

满　芝　算哒算哒。来福是个红花伢子，开不得这号玩笑。你们

　　　　快去洗衣服！

众　妇　哈哈哈哈！

　　　　［众妇提洗衣桶下。

满　芝　曾来福，你是真正不懂味还是装迷糊？

曾来福　你什么意思？

满　芝　宝崽啊，竹叶真爱上了你咧！

曾来福　她何解有表示过一点意思？

满　芝　哎哟！你这一身新衣服就是意思哟！又没看见送给我！

来　宝　这是她见我表现好，奖励给我的。

满　芝　哎哟！你怎么这么不开窍啰？实话告诉你；竹叶早就对

　　　　你有意，有晓得你这木脑壳不懂味。她只好找了我，要

我来牵这根红线，今天晚上你到她家里去，和她当面鼓
对面锣把婚事搞熨帖。到时候我来吃你们的喜酒。

曾来福　真的呀？

满　芝　崽是你！

曾来福　这号事她何解不亲口告诉我？

满　芝　女人家脸皮子薄吵！要得喃！做现成的爷。

曾来福　哎呀，我圈心跳到口里来哒！

满　芝　哎哟咧，你三十几岁的大男人还怕什么丑啰。胆子放大
　　　　点，脸皮子放厚点，反正你们男人的脸是菡头皮，剥掉
　　　　一层又有一层。呃！晚上一定要去喃。（下）

曾来福　（自言自语）只怕是真的？（目送满芝，仔细回味，捧腹
　　　　大笑。）

　　　　（唱）笑死人，笑死人，

　　　　　　　笑我聪明脑壳糊涂人。

　　　　　　　这不是做的浏阳梦，

　　　　　　　竹叶缠上我苦瓜藤。

　　　　　　　东边太阳西边雨，

　　　　　　　要说无晴（情）又有晴（情）。

　　［来福手拿赶鸭条，边歌边舞，走圆场。

　　　　（数板）竹叶她，挖空心思装扮我，

　　　　　　　　太阳帽子罩脑壳。

　　　　　　　　料子衣服笔挺挺，

　　　　　　　　白网球鞋蛮合脚。

173

　　　　　　　　虽说她平日把我训，

　　　　　　　　打是亲，骂是爱，

　　　　　　　　两公婆吵架是图快活。

　　　　　　　　她若不是早有意，

　　　　　　　　怎敢雇我单身哥？

　　　　　　　　只怪竹叶脸皮薄，

　　　　　　　　只怪我那平日太，太那个，

　　　　　　　　要不是满堂客来点破，

　　　　　　　　差点好事都错过。

　　　　　　　　今晚她约我去相会，

　　　　　　　　太阳咧——

　　　　　　　　你就早点往下落。

小　青　（喊上）来福叔！来福叔！

曾来福　小青，喊我干什么？

小　青　妈妈要我喊你早点回去吃晚饭。

曾来福　晚饭吃什么菜？

小　青　称了肉，杀了鸡。哦，还打了酒！

曾来福　还打了酒呀？

小　青　妈妈讲，今天是你生日。

曾来福　（屈指计算）哎呀！今天真的是我的生日！亏她还记得。

　　　　我的崽呀！

小　青　快点走吵，来福叔。

曾来福　慢点！小青，以后莫喊我来福叔。

小　青　喊你作什么？

曾来福　喊我作……嘿嘿，暂时还是叫来福叔算哒！小青，今天
　　　　晚上你早点睡，最好是吃过晚饭就去睡！

小　青　睡那么早做什么？我要做作业。

曾来福　我要和你妈……嘿！

小　青　你和我妈妈做什么？

曾来福　没什么，没什么，哈哈哈。小青，来福叔背你回去。

　　　　〔来福背小青，赶鸭下。

　　　　〔大幕徐徐闭。

第五场　夜闹

　　　　〔前场当晚。

　　　　〔小院。明月当空。

　　　　〔竹叶在油灯下补衣服。

竹　叶　（唱）露夜风凉人声静，

　　　　　　　　山塘阵阵闹蛙声。

　　　　　　　　灯下挥针把针问，

　　　　　　　　问一声，今夜为何扎手心？

　　　　　　　　针儿呀针儿你笑话我，

　　　　　　　　说出话来丑死人。

　　　　　　　　你说我寡妇春心动，

　　　　　　　　你说我竹叶在想、想、想男人！

哎呀呀!

不承认! 不承认! 我不承认!

若不承认呀——

又为何烧在脸来羞在心?

两个月来, 他朝夕伴我勤劳动,

早出晚归忙不赢;

三口之家添生气,

小院常闻笑语声。

我为何梦中常见他的影?

我为何整日牵着他的魂?

我为何忙里偷闲常对镜?

我为何巧手拈针也会扎手心。

难道这便是情和爱?

难道我竹叶真的在思春?

他像个影子飘来又飘去,

飘得我心儿惆怅睡不宁。

大　婶　(上)竹叶,你还不去睡觉呀?

竹　叶　我把这件衣服补一下。

大　婶　给来福补衣? 好! 好!

竹　叶　娘,你笑什么?

大　婶　你看到没有? 今天在吃晚饭的时候……

竹　叶　怎么?

大　婶　来福不吃菜,尽吃酒。我喊他吃菜,他一双筷子戳到桌

　　　　　子上去了。

竹　叶　哦？

大　婶　他一双眼睛，总是望着你。

竹　叶　望着我？

大　婶　人家对你有情意！

竹　叶　娘，你要说别人我还有点相信，要说他呀，哈哈哈哈！

大　婶　他何是哪？

竹　叶　他平日见了我，就像老鼠见了猫！

大　婶　只怕是越怕就是越想咧！唉，他三十几岁哒，也该成家了。

竹　叶　你老人家帮他介绍一个吵。

大　婶　竹叶，讲正经的，你自己的事何是搞？

竹　叶　看你，又催我嫁人。

大　婶　哎哟妹子吔，你还年轻，不能守了我这把老骨头过一世吵！

竹　叶　（动感情地）娘！

大　婶　再说啊，竹叶，自从你雇来福帮工，村里人闲话讲了几皮箩。要是你找了对象……

竹　叶　娘，莫怕，我就不信口水真能淹死人！

大　婶　话一千，道一万，你总归得找个男人……

竹　叶　娘啊！

　　　　　（唱）只怪竹叶命太苦，

　　　　　　　　年纪轻轻失丈夫。

娘的心思我知道，

竹叶怎不想配夫？

自从大明过世后，

曾门少了主心骨。

倘若我又抽身走，

娘啊我的娘——

儿怎忍你风烛残年再受苦？

儿怎忍你病褥熬煎少招扶？

儿怎忍小青她丧父又离母？

儿怎忍你婆孙无依隔代孤？

世界虽大儿的眼界小，

难得个后夫如前夫，

娘啊你莫催我快改嫁，

竹叶我只做你的好媳妇。

大　婶　竹叶，你舍不得小青舍不得我，我还真舍不得你咧。是
　　　　这样，竹叶，我给你招个上门郎。

竹　叶　上门郎？

大　婶　人现成的，曾来福！你看要得吗？

竹　叶　哎呀娘，你怎么又扯到他身上去了？

大　婶　呃，我是看着他长大的，人也还……

竹　叶　（微嗔地）娘，你也不想想，要是把他招上门，人家嘴巴
　　　　会讲烂！

大　婶　要是来福有这个意思，你就不要怕什么！

竹　叶　哎呀娘，你进去睡觉！（推大婶进屋）

大　婶　好，你的事我不管哒！哈哈哈！（下）

竹　叶　（自语）要是来福有这个意思？（沉默、摇头，暗笑，仍复坐下缝衣）

曾来福　（上）（唱）盼得太阳下山冈，

　　　　　　　　　盼得月亮照东窗。

　　　　　　　　　悄悄进了竹篱院，

　　　　　　　　　我学张生跳粉墙。

　　　　（白）哎呀！她真的在等我！

　　　　〔来福整衣敛神，站立良久，见竹叶没发现自己，便假咳一声。

竹　叶　（一惊）哦！来福，还没睡呀？

曾来福　这么大的月亮，何是睡得着啰？

竹　叶　坐吵。

曾来福　（规规矩矩坐下，良久，鼓足勇气）竹叶，我今晚想和你……（忽然气馁，改口）和你看月亮。月亮好圆啊！

竹　叶　今天是十五嘛。

曾来福　十五十六月亮圆。哎，竹叶，那月亮里头冷冷清清，嫦娥仙子也思凡啵？

竹　叶　她过惯哒咧。

曾来福　竹叶，你看那是织女星啵？唉！牛郎织女也真造孽，一年会一次面。我要是牛郎呀，七月七和织女一会面，就赖在那里不走。你怕王母娘娘真的拿哒我杀血啵！

竹　叶　（一笑）看你，心都操到天上去哒！

曾来福　竹叶，我今天听哒广播戏，真过瘾！我唱一段给你听：
　　　　（变调走样的黄梅戏腔）树上的鸟儿成双对，夫妻双双把
　　　　家还……

竹　叶　（早已笑弯了腰）来福，你今晚是喝多了一点酒哝？我给
　　　　你泡杯酽茶来。

曾来福　不要不要，有醉咧。今晚的酒吃得好舒服，神仙一样！
　　　　（旁白）怎么搞的呀？连有一点动静！

竹　叶　来福，你的衣服补好哒。

曾来福　竹叶，谢谢你！这真是天大地大不如你的恩情大，爹亲
　　　　娘亲不如你对我亲！

竹　叶　看你讲的。

曾来福　竹叶，村里人都把我嫌臭狗屎一样，你怎么会对我这样
　　　　好？

竹　叶　人家嫌你，无非是嫌你过去不务正业。我看你呀，并不
　　　　像人家讲的那样讨嫌。来福，说起来，我家过去还得过
　　　　你不少好处咧。

曾来福　那算什么！

竹　叶　（唱）十多年为邻居相扶相帮，

曾来福　（唱）你有求你有应不敢塌场。

竹　叶　（唱）曾记得三年前小青病倒，

曾来福　（唱）我背她送医院理所应当。

竹　叶　（唱）茅草房遭火灾烟弥火罩，

曾来福 （唱）村子里有灾难谁不帮忙?!

竹　叶 （唱）那一日下粪池救出猪崽,

曾来福 （唱）粪池里洗个澡小事一桩。

竹　叶 （唱）这些事我一直记在心上,

曾来福 （唱）我为你出点力不必过奖。

竹　叶 （咬断线头）来福,以后衣服破了都拿来补。

曾来福 （接过衣服）竹叶!

　　　　（唱）你待我恩如山难说难道,

　　　　　　　你待我情似海难写难描。

　　　　　　　从今后我为你做牛做马,

　　　　　　　从今后我为你两肋插刀,

　　　　　　　从今后我让你把福来享,

　　　　　　　穿料子、蹬高跟,也去抖时髦!

竹　叶 （旁唱）听他言心慌意乱暗吃惊,

曾来福 （旁唱）但见她眼角眉梢都是情。

竹　叶 （旁唱）仓促间叫竹叶怎么应付?

曾来福 （旁唱）良宵夜表表我赤胆忠心。

　　　　竹叶,我、我想和你把事情……

竹　叶 来福,有什么事明天再讲。

曾来福 不,今晚不搞熨帖,我会睡不着觉!

竹　叶 来福,天晚了,你回去吧!

曾来福 回去?你自己约我来,八字有一撇,就喊我回去?

竹　叶 （大惊）我什么时候约你来?

曾来福　你搭满堂客的口信，约我来……定亲。

竹　叶　（气极，随即镇定下来）来福，你怎么信她的，你快回
　　　　去。

曾来福　你真的要我回去？

竹　叶　……

曾来福　搞了半天，还是狗咬猪尿泡，一场空喜欢。

竹　叶　来福，你怎么这么容易受人家的骗？你怎么不想想……

曾来福　我想哒。我们应该结婚！

竹　叶　来福，你、你发酒疯，讲酒话！

曾来福　我、我发酒疯，讲酒话？！

　　　　（唱）一句话，伤我的心

　　　　　　　满腔热血化作冰，

　　　　　　　只道你对我有情意，

　　　　　　　谁知我枉自作多情！

竹　叶　（唱）你休记恨，气莫生，

　　　　　　　有话一时说不清。

　　　　　　　我从心里怜惜你，

　　　　　　　请你理解我的心。

曾来福　（唱）你从心里怜惜我，

　　　　　　　为何不能提结婚？

　　　　　　　我真心向你交了底，

　　　　　　　你一把铁锁锁了心。

竹　叶　（唱）我如墙头招风草，

寡妇门前是非纷。

若是与你谈婚事，

我怕旁人戳背心。

曾来福 （唱）如今已是新社会，

谁能阻止你嫁人？

分明没说真心话，

你原是敢作敢为人。

竹　叶 （唱）来福你逼我逼得狠，

逼我把话来点明。

竹叶心里有杆秤，

你在我秤上称一称。

曾来福 （唱）莫非我来福不够重？

山　竹 （唱）你心问口来口问心！

曾来福 （唱）心问口，口问心，

来福我也有百多斤。

自到你家来帮工，

手变快来脚变勤。

心痒也有上牌桌，

迷途知返做好人。

竹叶呀！

你单身，我单身，

正好建个新家庭。

你在家当个大老板，

我在外当个鸭司令。

大婶本是我的娘，

小青也当我亲生。

当着月亮发誓愿，

来福不做负心人。

竹　叶　来福！（激动地扑向来福……）

曾来福　竹叶！（期待地伸出双手）

　　　　［在临近来福的一霎时，竹叶冷静下来慢慢倒退、倒退……

曾来福　竹叶！

竹　叶　（背向来福）你——快回去！

曾来福　我——不回去！

竹　叶　你不回去？不回去我就要喊人了！

曾来福　你喊吧！喊人为我们做证明！（忘情地拉竹叶的手）

竹　叶　你！（顺手打了来福一个耳巴）

曾来福　啊！你，你……

竹　叶　（惊恐地）啊！

大　婶　（上）竹叶！竹叶！出什么事？

竹　叶　（慌乱的掩饰）冇么子。方才，方才来了一只野猫子咬鸡。

大　婶　（看看这个，又看看那个）野猫子赶走哒！

竹　叶　搭帮来福，把鸡，不，把野猫赶走哒！

大　婶　来福，这就搭帮你哒。呃，你扪哒脸做么子？

曾来福　好心冇得好报，被鸡啄了一嘴。（转身欲走）

竹　叶　（强自平静地）来福，明天早点来吃早饭。吃过饭，我们
　　　　一起到镇上买鸭崽。

曾来福　哼！（冲下）

　　　　[竹叶望着来福冲走，无力地倚在桌边上。

大　婶　（狐疑地）竹叶，来福他……呃！方才到底出了什么事？

竹　叶　……

大　婶　哎呀！你这是何解啦？（凑近，审视竹叶的脸色，摸摸竹
　　　　叶的额头，竹叶一动不动，好似失去知觉。）

大　婶　（惊惶地）哟，只怕是闭痧哒，我去拿十滴水来。

竹　叶　（猛然惊醒，扑进大婶怀抱，哭泣）娘，我打了他！我打
　　　　了他！我不该打他……

大　婶　打了他？（恍然明白，反而哈哈大笑）不打不相识，不打
　　　　不相亲啰！

　　　　[大幕急闭。

第六场　恩释

　　　　[翌日上午。

　　　　[堂屋。桌上摆了饭菜。

竹　叶　（心事沉沉）

　　　　（唱）漫漫长夜未能眠，

　　　　　　　深深愧疚责自身。

我为何违心办蠢事？

为何要伤他自尊心？

日上高冈饭菜冷，

几番呼唤不见人。

他定恨我无情女，

他定是赌气不上门。

（出门、高喊）来福——

曾来福　（磨磨蹭蹭上）

（唱）羊肉冇吃惹身骚，

脸上还在发火烧。

听到竹叶高声喊，

心灰意冷气难消！

竹　叶　来福，快来吃饭！

曾来福　（气鼓鼓坐下）头痛！

竹　叶　我有头痛粉……

曾来福　不吃！

竹　叶　我去下碗面……

曾来福　不吃！

竹　叶　嗬，你不吃药，不吃饭，还在生我的气呀？嫂子我有错，你也要为嫂子我想一想。你也晓得，我雇你帮工听的闲言杂语不少哒，你以为闲话好听呀？是的，我对你好，你知道我为什么对你好？你得为我，也为你自己争口气！哦，你今天既然不舒服，就休息一天，鸭崽我去买。

　　　　还有，娘和小青到水金家里去哒，麻烦你帮我看下屋。

　　　　[竹叶挑鸭笼下。

曾来福　哼，打我的耳巴又要止我的痛，你以为我是三岁细伢子。

　　　　跟她赌气，不跟肚子赌气，饭还是要吃。（吃饭）

地　八　（上，唱）可恨竹叶拆我的台，

　　　　　　害得我拘留又退财。

　　　　　　不雪此恨不算角——

　　　　（目送竹叶走远）嘿嘿！走了呀？

　　　　（接唱）地八我悄悄进屋来。

　　　　（进屋）嘿嘿，来福，吃饭呀。

曾来福　（没好气地）你，你有钱用哒是吧?!

地　八　看看老朋友嘛。

曾来福　不用你操心。你走！

地　八　来福，听说你快做上门郎了？

曾来福　我成了一条剐皮狼。

地　八　装什么蒜？我又不抢你的生意。什么时候吃你的喜酒？

曾来福　小心割嘴巴。

地　八　亏你一个男子汉，怕了一个堂客们。

曾来福　搭帮你，我那张卖身契捏在她手里！

地　八　搞五百块还给她吵。

曾来福　蚂蚁子打哈欠——好大的口气。到哪里去搞五百块钱？

地　八　我说你聪明一世，糊涂一时！（耳语）

曾来福　又去赌？那不行！那张字据上写得清清楚楚：若再赌钱

打牌，送公安机关。

地　八　认输了？

曾来福　老子几时认输过？你们三吃一！

地　八　你这芝麻大的胆子，这辈子莫想出头。来福，上次你输哒，这次我帮你赢回来。

曾来福　（有点动心）本钱呢？

地　八　她屋里有哟。你帮她放鸭赚了那么多钱。

曾来福　向她借？

地　八　借什么？你不会……（手势）

曾来福　偷？不行不行！偷扒抢劫我不干。

地　八　蠢宝吧，搞点钱到牌桌上去翻本，赢哒钱就赎出那张字据。

曾来福　要是又输了呢？

地　八　（拍胸脯）包你赢！我帮你在牌桌上做点手脚，今天下午到老虫坡去，把王三结巴的钱赢过来，兄弟我分文不要，够朋友吧。

曾来福　（牙一咬）好！天大的法老子犯最后一回！

地　八　这才算男子汉大丈夫！

曾来福　今天下午，你等我。

地　八　好！手下重点喃。（下）

　　　　〔来福四顾无人，进内室翻箱倒柜，找出一沓钞票。

曾来福　（欲走，犹豫）哎呀！我真的偷她的钱呀？偷她的钱太冇得良心哒！这……嗯！不如写张借条，等下发了财，

　　　　一百还她两百！

　　　　[来福写借条放桌上，进屋。

小　青　（提鱼进屋）妈妈，满姨送鱼来哒！妈妈呢？（撩开内室
　　　　门帘，发现来福慌慌张张数钱，急忙喊）满姨！满姨快
　　　　来呀，有人偷钱！

　　　　[阳雀、水金闻声飞快进屋。

　　　　[来福夺门而逃，被水金抓住。

水　金　好啊！原来是你！

阳　雀　你敢偷我姐姐的钱！

曾来福　我、我有偷钱！我有偷钱！

阳　雀　（从来福手中夺过钞票）有偷钱？这是什么？

曾来福　这是……这是……（急中生智）是小青她娘要我拿的。

阳　雀　他撒谎！小青，快去把你妈妈喊回来！

小　青　妈妈！妈妈！快回来——

满　芝　（跑上）小青！你家里出了什么事？（向外大呼）竹叶家
　　　　里出事哒——

　　　　[满芝进屋，悄悄问阳雀。

　　　　[四爹及洗衣妇女随上。

四　爹　什么事？什么事？

满　芝　你外甥伢子偷钱！

　　　　[竹叶匆匆上，闻声一惊，站住。

　　　　[众人议论纷纷。

四　爹　（跺脚）你这忘恩负义的畜生！

满　芝　来福伢子，竹叶哪点对你不起，吃怕你有吃得，穿怕你
　　　　有穿得，你黑哒良心！

　　　　[也有人幸灾乐祸。

　　　　[竹叶在一旁顿足、抹泪。

妇　甲　四老倌，你何是发落你的这个外甥伢子？

四　爹　捆起来，交村政府！

妇　乙　挂牌子游街！

妇　丙　我看哪，三句好话难当一顿棒槌！打！

　　　　[有人附和："对！不如打""打！"

四　爹　（急得团团转）各位乡亲，要打我来打！要罚我来罚！

　　　　[四爹顺手拿起扁担欲打来福。

　　　　[竹叶佯装平静地进屋，发现桌上一张借条。

竹　叶　（接过扁担）四爹，出什么事哒？

阳　雀　姐姐，钱！一百块，你点个数。

四　爹　竹叶，实在对不起你！

竹　叶　阳雀，到底出什么事?!

阳　雀　来福偷你的钱，还要撒谎，说是你要他来拿的。

　　　　[四爹举扁担又向来福打去。

竹　叶　四爹，住手！（夺过扁担，急进内室）

　　　　[小青扶大婶上。

小　青　娭毑，就是他！

大　婶　唉！你这个不争气的……

小　青　坏家伙！贼牯子！……

竹　叶　（自内房出）小青，住口！（对众人）哎呀，你们都搞错
　　　　　哒！

众　人　么子？我们都搞错哒？

竹　叶　来福有偷钱……

阳　雀　怎么有偷钱？钱还是从他手里……

小　青　妈妈，有搞错，是他偷钱……

竹　叶　小青！快莫乱讲！

小　青　我有乱讲！我看见他偷钱，躲在房里数票子……

竹　叶　（厉声）小青！

小　青　是我看见的。我一喊，他就跳起来……

竹　叶　（扬起巴掌）小青，还不住口？

小　青　妈妈，老师讲不要包庇坏人！

竹　叶　哪个是坏人！（狠狠打了小青一个耳巴）你细伢子晓得什
　　　　　么？你几时看见贼牯子偷钱还点数？他偷钱怎么不把钱
　　　　　都偷走？

大　婶　竹叶，这到底是一回什么事？

竹　叶　今天，我和来福一起到镇上去买鸭崽，走到半路才发觉
　　　　　带少了钱。他腿脚快，是我叫他回来拿一百块钱，房门
　　　　　钥匙还是我亲手交给他的。

众　人　啊！

满　芝　要他回来拿钱，你信得过他？

竹　叶　开门相见几个人，有什么信不过。他平日虽没给大家留
　　　　　个好印象，但从有偷过人家的东西。

四　爹　（与来福松绑）这还差不多。有些人啦，白天想看牛斗
　　　　架，夜里想看火烧天！（将绳子一摔，狠狠瞪了瞪了满芝
　　　　一眼。）

竹　叶　来福，你还站着干什么？把钱拿去，把鸭崽买回来吵！
　　　　〔来福接过钱，忘记带鸭笼跌跌撞撞下。
　　　　〔众人议论纷纷散去。
　　　　〔四爹欲言未语，下。
　　　　〔室内空气顿时凝重起来。小青仍伏在娭毑怀中抽泣。

竹　叶　（内疚地）小青……

阳　雀　姐姐！我问你，今天是不是包庇了曾来福？

竹　叶　是的，我今天是包庇了他。

阳　雀　你这是为什么？

竹　叶　就为这张借条。（拿出借条给阳雀）

阳　雀　哼，分明是偷钱，还敢立借条。姐姐，他偷了钱又是去
　　　　赌宝！

竹　叶　可能是这样。

阳　雀　那你为什么要轻轻放过他？
　　　　〔来福回来拿鸭笼，闻声站立，不敢进屋。

竹　叶　（自言自语）我为什么要放过他？我为什么不能放过他？
　　　　难道非得把他绳捆索绑送派出所才是办法吗？阳雀呀！
　　　　（唱）来福也有自尊心，

　　　　　　　他在人前还要做人。

　　　　　　一张借条虽然小，

他小小借条藏苦心。

他若冥顽无药救，

偷钱怎会留姓名？

网开一面留条路，

好让他金盆洗手重做人。

大　婶　再怎么样，你也不该错打小青呀？

竹　叶　（唱）小青呀，我的小青，

她是我竹叶的命根根。

从小懂事招人疼，

骂她也不曾起高声，

今日里事急乱方寸，

打在她身痛在我心。

娘啊娘，你莫怨竹叶心太狠，

不打小青，难解来福身上绳。

大　婶　小青，你原谅妈妈这一回！

小　青　（扑向妈妈怀里）妈妈！妈妈！

　　　　〔门外，来福愧悔至极，冲进门去，眼望竹叶，欲哭无
　　　　泪，欲诉无言，猛地拉住小青的手朝自己脸上打。

曾来福　小青，来福叔不是人！来福叔不是人！

竹　叶　来福……

　　　　〔来福冲进厨房。众人茫然。

　　　　〔来福拿菜刀从厨房出来。众人大惊。

曾来福　（一手拿刀，一手扭住自己一只耳朵）我曾来福要做个真

正的男人！（欲割耳朵）

竹　　叶　（扑上去抱住来福拿刀的手）来福……

曾来福　嫂子！（痛哭失声）

第七场　结账

［大年三十。

［堂屋。节日气氛，装饰一新。

［幕启。阳雀、水金、小青正在挂对联。

大　　婶　（上，唱）五谷丰登六畜旺，

　　　　　　　　　　村里村外人欢畅，

　　　　　　　　　　大年三十吃年饭，

　　　　　　　　　　合家团圆喜洋洋。

　　　　　　　　　　水金呃，

　　　　　　　　　　你上厨房献手艺；

　　　　　　　　　　阳雀呀，

　　　　　　　　　　你炒豆子多放糖。

小　　青　娭毑，我做什么呀？

大　　婶　（接唱）去煮甜酒冲鸡蛋，

　　　　　　　　　　不要忘记加老姜！

曾来福　（挑水上，唱）

　　　　　　　　　　远远近近鞭炮响，

　　　　　　　　　　来福回家检完场。

整旧灶、糊破墙，

架起炉锅又开张。

舅舅送来鱼和肉，

小青送来酒一缸。

怪就怪：举筷夹菜菜无味，

端杯喝酒酒不香。

想往年冷冷清清不觉苦，

到今天，孤灯相对心发慌。

大　婶　（高兴地）来福，快来吃团年饭哪！

曾来福　我自己准备哒。

大　婶　竹叶还有事找你。

曾来福　（期待地）哦！还有什么事?!

大　婶　竹叶要和你结账。

曾来福　（泄气地）结账?

大　婶　结了账，明年你好去奔自己的前程。

四　爹　（上）大婶子！恭喜发财！

大　婶　发财！发财！

四　爹　竹叶硬要我吃年饭，我只好厚起脸皮来了。

大　婶　来福，你陪舅舅坐。（进厨房）

曾来福　舅舅，有件事想和你打个商量。

四　爹　什么事哇?

曾来福　我想向你借点钱……

四　爹　（警觉地）借钱？你手又发痒哒?

195

曾来福　不是不是！方才大婶透了个口信给我，她说竹叶今天要
　　　　和我结账。

四　爹　结账？你一年工期还没满！

曾来福　她硬要结账我也没办法。

　　　　〔众人上菜。

竹　叶　（上）哎呀！难为大家久等了。

阳　雀　姐姐，你到哪里去了？

竹　叶　我到刘家湾去了一趟。

小　青　妈妈，我要压岁钱！

水　金　小青要压岁钱到我这里来。

阳　雀　满姨这里也有咧。

大　婶　娭毑早就准备哒。

四　爹　还是我婆婆子想得周到，早就给小青准备了红包封。要
　　　　不然，小青会不准我上桌。

　　　　〔众人纷纷给小青压岁钱。

　　　　〔来福身上无钱，窘迫间，竹叶悄悄塞给他一个红包封。

水　金　小青，这回就看你来福叔的了。

曾来福　小青，给。

水　金　小青，打开看几分钱？

小　青　哎呀，十块！

　　　　〔四爹惊讶地打量来福，疑惑地盯住竹叶。

竹　叶　（掩饰地）大家坐，大家坐！

　　　　〔众人就座，小青斟酒。

竹　叶　今天请大家吃年饭，一是图个热闹，二是为来福的事，请大家做个见证。

四　爹　竹叶，有什么事，你尽管讲。

竹　叶　来福立约在我家帮工一年，现在已做了八个月，我想提早和他结账。

四　爹　竹叶，为来福你劳神费了力。东家要结账，我有多话讲，要找你多少钱，做舅舅的担哒。

竹　叶　四爹，你老人家莫性急。我家孤儿寡母，过去是有名的困难户，今年搭帮来福帮工，有哒余钱剩米。

四　爹　我也有一句讲一句，这几个月，来福还是出了力。

竹　叶　我详详细细立了一本账，从来福进门起，我家纯收入有两千四百块。

　　　　［众人惊讶。

竹　叶　两千四百块钱，我和来福二一添作五分账。

四　爹　竹叶，你是开玩笑吧?!

竹　叶　不，这一千二百块是他劳动所得，扣除他当初借款，应得七百块。来福，这七百块钱存折你收下。

曾来福　（感动地）不，我要做满一年！

水　金　来福哥，收下哟。

曾来福　我不要，我不能要。

大　婶　来福崽吔，你就收下啰。

小　青　（将存折强塞来福手中）来福叔，你明年不在我家做事，我照样给你送茶水。你要是病了，我叫妈妈打荷包蛋给你吃。

曾来福 （热泪满眶）小青！

竹　叶 （拿出一套衣服）来福，这套衣服送给你。

曾来福 竹叶！

竹　叶 来福啊！

（唱）年纪你已三十零，

　　　来年莫再打单身。

　　　刘家湾里刘彩凤，

　　　年貌相当未许人。

　　　你若真心爱上她，

　　　嫂子为你去穿针。

　　　到那时，

　　　你带上存款买家具，

　　　你穿上新装去相亲……

曾来福 不！

（唱）我不娶那刘彩凤，

　　　我也不会去相亲。

　　　我难舍你一家和睦如春暖，

　　　我难舍聪明勤快的小青青，

　　　我难舍仁慈厚道的大婶子，

　　　更难舍竹叶你这活观音。

　　　这些钱寄在你的存折上，

　　　这衣服压在你的箱底层。

　　　　我的亲事你掌本，

　　　　曾来福要给你帮一辈子工。

　　　[竹叶闻言，心绪复杂，转身背立。

　　　[众人凝望竹叶。

竹　叶　（转身，一字一句地）好！来福，明年我打算和阳雀、水
　　　金合伙办个养鸭场，聘请你当技术员！

　　　[众人欢呼，举杯祝福。

曾来福　干杯！

众　人　干杯！

　　　[众人举杯。造型。

　　　[大幕徐徐闭。

　　　[剧终]

　　　　　　　　　　　　　　　　　1985 年演出本

199

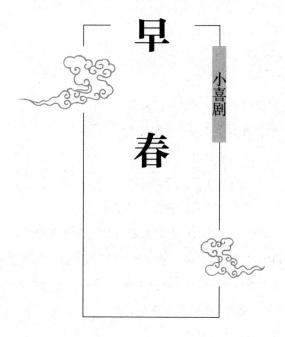

早春

小喜剧

时　间：年初

地　点：湖南农村

人　物：卜秀刚，男，三十岁

　　　　罗九香，女，二十八岁

　　　　何主任，男，五十多岁

[村外田头。卜秀刚扛把锄头上。

卜秀刚　（唱）昨日子还在外头忙打工，

　　　　　　　今天我抄起锄头又务农。

　　　　　　　责任田里玩点子新花样，

　　　　　　　我不种五谷种黄金，种黄金。

　　　　哎呀！有搞错吧？也就几年有回来，这是哪个偷偷在我

　　　　的田里种上哒花草苗木呀？（打手机）喂！何主任吧？我

　　　　是卜秀刚咧，哎哟，我的田被人偷哒，你快点来咯！

罗九香　（上，惊喜）哎呀！卜秀刚呀。

卜秀刚　罗九香！九妹子哟！

罗九香　你到广东发财去哒，什么时候回的呀？

卜秀刚　昨夜里十二点回来的！

罗九香　哎呀！到底是城里人哒！一大早就出来赏油菜花，你真

　　　　的浪漫咧！（四顾）呃，你的城里堂客呢？

卜秀刚　城里堂客？有带回，放在我岳母娘的肚子里哒！

罗九香　卜秀刚，那你当初吹的牛皮就破产了咧！

卜秀刚　何解？

罗九香 还记得那年子你去打工的时候对我夸的海口吗?(学舌)我卜秀刚这回出去打工一定要发财,发哒财就要带个城里堂客回!

卜秀刚 罗九香,你莫总是口里有得味吵!想当年我一片痴情,死皮赖脸地追求你,哪晓得你屋里爷娘嫌我穷,嫌我有本事,讲我文不像相公,武不像长工,气得我像只虾公!九妹子,我是怄足哒你屋里的气才出去打工的!

罗九香 你怄足哒气?你拍屁股走人,我呢?我……

卜秀刚 你何解?

罗九香 好好好,这些事一下扯不清,以后再讲好吧?

卜秀刚 随你!

罗九香 哎呀!看你这号派码,这回硬真正发大财回来哒呀!

卜秀刚 大财有发到,小钱还是赚哒一点!有哒这点小钱做本,我准备回来做点大事!

罗九香 么子?你又准备回来玩泥巴坨?

卜秀刚 在外头帮别个打工做崽,回来种自己的田我就是爷!

罗九香 哎哟我怕你是绊坏哒脑壳咧!

　　(唱)还是打工好,

　　　　　能赚松泛钱。

　　　　　当不上白领当蓝领,

　　　　　天天皮鞋子穿。

卜秀刚 (唱)风水轮流转,

　　　　　今年我这边。

战略转移到农村，

撑哒这坵田。

罗九香 （唱）你撑哒这坵田，

是光棍打秋千。

卜秀刚 （唱）对风屙尿我情愿。

与你不沾边。

罗九香 是，那是不沾边……

卜秀刚 问你咯，你晓得我这田里的东西是哪个种的吗？

罗九香 是我种的呀！

卜秀刚 是你？九妹子，你还蛮有经济头脑嘛！

罗九香 我看你把这良田抛荒实在可惜，于是……

卜秀刚 于是你就到我责任田里发财！好！蛮好！（挥锄欲挖）

罗九香 呃呃呃，你干什么？

卜秀刚 挖掉这些东西自己种药材！

罗九香 哎呀不行！这些苗木我下了大本钱……

卜秀刚 那我不管！我的田我做主！

罗九香 好咧！要挖掉这些花草苗木可以，你先赔偿我的经济损失，三万七！

卜秀刚 三万七？我怕你是想钱想疯哒咧！你偷我的田搞种植，把我田里的地气肥气都扯尽哒，你应该赔偿我的损失！赔咯！

罗九香 好！赔赔赔！赔你坐上头，请你啃骨头！

何主任 （上，旁白）你们看这对油盐坛子咯！其实咧，男的硬想死哒咯只女的，女的也等哒咯只男的，可到哒关键时候就合不上卯榫，总是搞成个马脸朝东、牛脸对西！嗯，耐又耐点烦，霸又霸点蛮，今日子我硬要好好地给他们和一和稀泥！

卜秀刚　哎呀！九妹子，那你的嘴巴子还蛮硬啦！挖！

罗九香　哎！不准挖！

卜秀刚　挖！

罗九香　卜秀刚，莫挖哪！再挖我会跟你拼命！（摆架式）

卜秀刚　拼命哪？（大喊）喂，你们快来看，有人非礼红花伢子呀！何主任，快来抓现场呀！

何主任　（跳出）喊冤哪？老子来哒！打呀！放肆打呀！打死个把归法院管，打得半死归公安局管！何是？不打了呀？那不打哒就轮到我村主任管一管！

罗九香　（佯哭）何主任，卜秀刚呷住我们女同志咧！

卜秀刚　何主任，你不晓得，这只梅超风非礼我红花伢子！你要是晚来一步，只怕我会失身咧！

何主任　哈哈哈哈！你怕我不晓得，你做梦都想失身！

卜秀刚　何主任，你要主持公道喃！

　　　　（唱）她偷我的地，

　　　　　　　种花赚米米。

　　　　　　　我要收回自己种，

　　　　　　　是不是有道理？

何主任　有道理！有道理！

罗九香　（唱）种他的抛荒地，

　　　　　　　花钱费了力。

　　　　　　　要赔我损失三万七，

　　　　　　　是不是有道理？

何主任　　有道理！有道理！卜秀刚，我问你！

　　　　（唱）种田当儿戏，

　　　　　　　抛荒四亩一。

　　　　　　　跑到南方去打工，

　　　　　　　你好没道理！

卜秀刚　　怎么没道理？这道理地球人都晓得！

　　　　（唱）过去种田苦，

　　　　　　　农民有出息。

　　　　　　　外出打工赚现米，

　　　　　　　我蓄得嫩白的。

罗九香　（唱）打工赚现米，

　　　　　　　你蓄得嫩白的，

　　　　　　　如今突然要种田，

　　　　　　　你又是什么理？

卜秀刚　（唱）惠农政策好，

　　　　　　　乡里变城里。

　　　　　　　大有作为在农村，

　　　　　　　这是硬道理！

何主任　（唱）你细时冇努力，

学问是一桶漆。

罗九香 （唱）敢下血本种药材，

只怕你亏不起。

卜秀刚 （唱）种药有红利，

赚钱靠科技。

这几年我冇混日子，

技术是实学的，实学的。

何主任 么子？你打工学哒技术回哒呀？

卜秀刚 那不是我吹牛皮！这几年我七十二行行行都干尽，学哒本事长了见识，还取回哒发财经咧！

罗九香 取回哒什么发财经？

卜秀刚 嘿嘿！喋！搭大棚，种药材！

何主任 有道理，有道理！（暗暗朝罗九香伸大拇指）

罗九香 何主任，你这也有道理，那也理不差，我看你这村主任还蛮会和稀泥！

何主任 当然会和稀泥哟！连稀泥都不会和，那我这村主任不白当了呀？严肃点！站好！

罗九香 一只芝麻大的官，

卜秀刚 摆只冬瓜大的架子。

何主任 你们听哒！

（唱）我和你心连心同住地球村，

低头不见抬头见，就像一家人。

再莫要针锋相对鼓眼睛，

能和的稀泥尽量和，家和万事兴。

卜秀刚　何主任，罗九香的稀泥那就和不得！

何主任　何解？

卜秀刚　她太厉害哒，偷种我的田还要我赔钱！

罗九香　何主任，对卜秀刚也要来真的，太狠哒，呷住我们女同志！

何主任　嗯！对他来真的！卜秀刚，当前土地金贵，你抛荒误种，按村规民约要罚款……（扳手指）一亩一千，一、二、三、四，罚款四千一！

卜秀刚　啊？罚四千一？何主任，那你这稀泥和得不公平！

何主任　何解？

卜秀刚　你重色轻友！

何主任　啊？你这化生子……

卜秀刚　不不不，你重女轻男！

何主任　不服气是吧？不服气老子还要重罚！

卜秀刚　啊！

何主任　但是，罗九香已经在卜秀刚田里种上苗木，也就是说这田不算抛荒，这四千一不罚哒！

卜秀刚　不罚哒？何主任，谢谢你！谢谢……

何主任　谢我做什么？要谢罗九香！

卜秀刚　是是是！罗九香，搭帮你偷种了我的田，谢谢啊！

何主任　但是，我听说卜秀刚要挖掉田里花木，有这回事吗？如果真有，那这田还算是抛荒！

卜秀刚　哎哟何主任，我怎么会真的挖咯？我是吓她的咧！

何主任　哦，你是吓她的哟！那你的药材种在哪里呢？未必种在肚脐眼里呀？

卜秀刚　这个我不急，我一个揖作到你老人家怀里！

何主任　罗九香，你的意思呢？

罗九香　我听主任的！

罗、卜　对！我们都听领导的！

何主任　你们都听我领导的啊？好！现在我宣布：这个，严肃点！你们两家田亩相当，土地可以互相兑料，罗九香继续在卜秀刚田里栽种花木，卜秀刚你到罗九香田里种药材！两个家庭，两个项目，共同致富，和谐双赢，怎么样呀？

罗九香　么子？让卜秀刚种我的田呀？

何主任　九妹子，你怕我不晓得，你那坵田就是留着等卜秀刚种的！

卜秀刚　何主任，你这稀泥和得好！

罗九香　看你一个村主任，稀泥硬和出哒国家级水平！

卜秀刚　对！国家级水平！

何主任　其实这稀泥呢，我还只和成哒一半！

罗、卜　还有一半呢？

何主任　喋！就是你们两个吵！一个呢，人在路上饿，一个呢，饭在甑里馊。我只要再和一下稀泥，这和谐社会和谐农村，只怕又会多出一个和谐家庭！

罗、卜   何主任，你真的管得宽咧！

何主任   那确实！

（唱）我上管天文和地理，

下管村民的生产生活屙屎放屁呷饭和穿衣。

哪个敢违反计生养崽太随意，

我还要管管他的小弟弟让他莫调皮。

［众大笑。

［剧终］

2009 年演出本

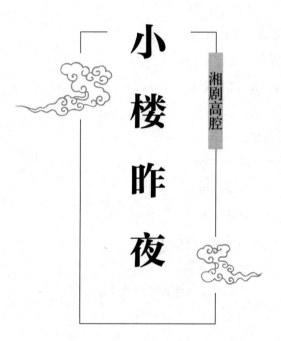

小楼昨夜

湘剧高腔

时　间：1965 年 5 月下旬的一个晚上

地　点：湖南省茶陵县委大院

人　物：大伯，六十多岁

　　　　细满，十四五岁

　　　　秀芝，三十七八岁

　　　　小刘，二十八岁

〔幕前合唱。

　　　　就是这栋楼

　　　　就是这间房

　　　　你看这窗口

　　　　还亮着暖心的灯光

　　　　啊，回来了

　　　　您回到了当年战斗过的地方

　　　　回来了

　　　　多想握住您的手

　　　　听您说国家大事

　　　　跟您聊里短家长

〔合唱中舞台升光。

〔大院清幽，鸣虫唧唧。透过老樟的婆娑枝叶，隐约可见

那栋红砖小楼和那窗口亮着的灯光。

〔大伯手提布袋，带着细满上。

大　伯　（悄声）细满，到了！

细　满　在哪？毛主席在哪里？

大　伯　看！那亮着灯的房间就是毛主席住的！

细　满　爷爷，你神了，连毛主席住哪间房你都清楚！

大　伯　嘿！县委食堂李师傅提供的消息绝对准确！

　　　　（唱）就是这栋楼

　　　　　　　就是这间房

　　　　　　　你看这窗口

　　　　　　　还亮着暖心的灯光

　　　　　　　啊，暖心的灯光

　　　　　　　让我热泪盈眶

　　　　　　　细满啊，不要弄出声响

　　　　　　　老人家还在为国事操忙

细　满　爷爷，我去看毛主席……

大　伯　不行！主席还在办公，不能打扰！

细　满　那我什么时候才能见到毛主席嘛？

大　伯　看把你急的！主席办完公要休息不是？休息时会到这院
　　　　子里来散步不是？那我们不就可以见到毛主席他老人家
　　　　了吗？来，坐下坐下！

细　满　坐下就坐下！

大　伯　（对着窗口，激动地）三十八年，都三十八年了啊！

　　　　（唱）三十八年时光

　　　　　　　说长也不长

　　　　　　　是您开天辟地

　　　　　　让共和国屹立东方

　　　　　　三十八年时光

　　　　　　不长也蛮长

　　　　　　我这当年的青皮后生

　　　　　　今已两鬓苍苍

　　　　　　回来了，主席

　　　　　　您回到了当年战斗过的地方

　　　　　　回来了，主席

　　　　　　多想握住您的手

　　　　　　听您说国家大事

　　　　　　跟您聊里短家长

细　满　爷爷，您真的见过毛主席吗？

大　伯　那还有假？大革命时期，爷爷是赤卫队员，抓过劣绅，

　　　　打过茶陵……

细　满　哎呀！这些你都讲过一千遍了！

大　伯　这是咱茶陵的革命史，你可不能忘了！

细　满　那我可没忘！（背书式）遵照毛主席"经营茶陵"的战略

　　　　思想，1927 年 11 月 18 日，中国第一个红色政权——茶

　　　　陵县工农兵政府宣告成立。1927 年 12 月 27 日，当叛徒

　　　　陈皓准备带工农革命军叛变投敌时，毛主席当机立断，

　　　　下井冈，来茶陵，活捉叛徒，粉碎了敌人的阴谋。爷爷，

　　　　我说得对吗？

大　伯　对！对！毛主席英明哪！当年若不是他在湖口挫败陈皓

一伙的叛变阴谋，只怕就没有了以后的井冈山革命根据地，也没有了以后的工农红军，咱中国革命会走更多弯路哩！

细　满　爷爷，毛主席真的要你跟他上井冈山去吃红米饭喝南瓜汤吗？

大　伯　是，是有这回事！（从布袋中拿出一个布包，层层揭开，是一根红领带）你看，这是什么？

细　满　不就一根红布条吗？瞧你总当宝贝藏着掖着的！

大　伯　这可真是宝贝！那还是公审叛徒陈皓之后的第二天，1927年12月28日，毛主席召集我们赤卫队员开会，动员我们参加工农革命军。他在人堆里一眼就看中了我，亲手给我系上这根红领带，对我说：你这个青皮后生，是一块当兵打仗的好坯子嘛，跟不跟我上井冈山吃红米饭喝南瓜汤啊……那天，当场就有两百多人报名参军，后来都跟毛主席上了井冈山……

细　满　我知道！胡庚生伯爷爷就是那次上井冈山的，现在都当将军了！对呀，爷爷，你怎么没跟毛主席上井冈山呀？

大　伯　唉！别提了……

细　满　哦，舍不得奶奶是吧？爷爷，你一个大男人，就这么点出息呀？

大　伯　不、不是……

细　满　那是？

大　伯　爷爷倒霉呀！就在第二天，我在战斗中受了伤。你看，如今这腿还……

细　满　哎呀！爷爷，这回你可亏大了！

大　伯　是呀！

（唱）我错过了红军长征二万五

细　满　（唱）错过了枪林弹雨立战功

大　伯　（唱）错过了革命到底成烈士

细　满　（唱）错过了威风凛凛当将军

大　伯　（唱）世上好事都错过

　　　　　　爷爷是只倒霉虫

　　　　　　幸亏我珍藏着这根红领带

　　　　　　三十八年

　　　　　　一刻也不离分

细　满　爷爷，我戴一下……

大　伯　这可不能随便戴！（收起领带）慢点！毛主席住在这里，

　　　　怎么没看见一个警卫？

细　满　是啊！连人影子都没见一个！

大　伯　不行！决不能让闲杂人靠近那栋楼！细满，今晚我们给

　　　　毛主席站岗！

细　满　好！我们给毛主席站岗！

　　　　[爷孙俩各站位置。

　　　　[秀芝提着饭篮欢快地上。

秀　芝　（唱）风儿轻，星儿亮

　　　　　　绿荫深处见灯光

就要见到毛主席

心情激动步儿忙

一碗红烧肉

仔鸡爆老姜

辣椒火焙鱼

清水寒菌汤

我替亲人还念想

三十八年时光

再长也不长

大　伯　什么人？站住！

秀　芝　哎，是、是我！

大　伯　戒严了，闲人止步！

秀　芝　戒严？哎呀！你不是老园背的胡大伯吗？

大　伯　你认识我？

秀　芝　你这参加过大革命的老赤卫队员谁不认识？你还给我们
学生上过革命传统教育课哩！

大　伯　哦！你是浆江中瑶学校的陈老师！

秀　芝　是是，我是陈秀芝！大伯，你们这是……

大　伯　（神秘地）毛主席来茶陵了，就住在这里！

细　满　我们在给毛主席当警卫，站岗！

秀　芝　你们在给毛主席站岗？太好了，我就是来看毛主席的！

细　满　（不屑地）你也来看毛主席？他又不认识你！

秀　芝　毛主席当然不认识我，（自豪地）可他老人家认识我舅

217

舅，他还吃过我外婆做的生日饭哩！

细　满　（惊呼）天哪！你没吹牛吧？

大　伯　（沉思）我问你，你说的是哪年的事？

秀　芝　1927年12月26日！

大　伯　1927年12月26日！靠谱！这事靠谱！

　　　　（唱）那一天，洣水云端现神龙

秀　芝　（唱）那一天，湖口天空挂彩虹

大　伯　（唱）那一天，云阳山上百鸟朝凤

秀　芝　（唱）那一天，毛主席神兵天降到茶陵

大　伯　（唱）下井冈，平叛乱，军情紧

　　　　　　他亲自排兵布阵看地形

秀　芝　（唱）毛主席湖口挽澜大智大勇

　　　　　　挽救了年幼的工农革命军

大　伯　听说，那天毛主席就住在洣水中瑶村陈韶家里！

秀　芝　是呀！陈韶那年22岁，是茶陵第一任县委书记！

大　伯　你怎么知道得这么清楚？

秀　芝　陈韶是我舅舅呀！

大　伯　难怪！哈哈哈哈！呃，听说那晚毛主席还亲自站了岗？

秀　芝　对！站的末班岗！哎，你们晓得毛主席哪天生日吗？

细　满　12月26日！全世界都晓得！

秀　芝　那天正好是12月26日，毛主席生日！

大　伯　老人家今年72岁，二七年，应该是34岁！

秀　芝　那天，我外公外婆还为毛主席庆寿了哩！

（唱）那时节，白色恐怖罩山乡

　　　　为主席庆寿不能太张扬

　　　　我外婆，神通广

　　　　没有上街去赶场

　　　　翻坛倒罐寻土菜

　　　　寻出些七荤八素派用场

　　　　关上灶屋门，只听砧板响

　　　　到傍黑

　　　　一桌子风味菜摆上禾场

　　　　一碗红烧肉

　　　　仔鸡煨老姜

　　　　辣椒火焙鱼

　　　　清水寒菌汤

　　　　主席吃得直叫爽

　　　　连夸我外婆是个好厨娘

大　伯　能给毛主席做餐生日饭，你外婆外公可真有福气啊！

秀　芝　是啊，他们为这事荣耀了一辈子！一直到去世，还念念
　　　　不忘地想再请毛主席吃餐饭！今天，毛主席来茶陵了，
　　　　我按照他们珍藏下来的菜单做了几个菜来送给主席吃，
　　　　也算是还我外公外婆三十八年的一个念想！（揭开饭篮）
　　　　你们看！

细　满　哇！好香！秀芝姑姑，我们也给毛主席带了炒板栗红薯
　　　　片子！

秀　芝　大伯，我们要怎样才能见到毛主席？

大　伯　（沉吟）主席还在办公，我们只有等机会……

　　　　〔小刘提着开水瓶上。

大　伯　（威严地）什么人？站住！

细　满　口令！

小　刘　口令？老乡，你们干什么？

大　伯　我们……同志，这里有首长办公，禁止通行！

小　刘　禁止通行？老乡，我是这里的……

大　伯　你是这里的？

小　刘　我姓刘，是县委的工作人员！

大　伯　哦！是县委小刘呀，一家人，我们是一家人，哈哈哈哈！

　　　　〔大伯欲与小刘握手，小刘闪避。

秀　芝　我说小刘同志，人家胡大伯这么大年纪，和你小青年握个手都不行吗？

小　刘　不行！现在我不能随便和别人握手！

大　伯　岂有此理！不能握你的手，你的手这么金贵呀？等下见了毛主席，老人家肯定会和我握手！

小　刘　什么？你们要见毛主席？

三　人　对！我们都是来见毛主席的！

小　刘　（沉吟）哦，你们来见毛主席，可是……

大　伯　别可是可是的，我先问你，你见到毛主席了吗？

小　刘　（骄傲地）我——当然见到了毛主席！

秀　芝　你见到了毛主席？快给我说说，你是怎么见到毛主席的？

小　刘　这是机密，可不能随便说出去！

秀　芝　小刘你就别卖关子了！咱们可不是外人，胡大伯老革命了，二七年就见过毛主席的！

小　刘　好！我给你们说！可要保密啊！早几天，就是5月21号下午，我正在值班，听人讲这常委楼住进了一位高级首长。当时我们都没想到，这位首长就是毛主席！

秀　芝　那当然，这是有保密规定的！

小　刘　整整一晚，这常委楼里灯火通明，来访客人川流不息，有各级领导，还有地方乡亲。到半夜，客人走了，房间里清静了很多，我听到有人用湘潭话大声读诗，我听清楚了这几句。（模仿主席口音）三十八年过去，弹指一挥间。还有：千里来寻故地，旧貌变新颜。

大　伯　后来呢？

小　刘　其实，当时我做梦也没想到这位高级首长就是毛主席。我提着这只开水瓶，习以为常地进房去给客人送开水。进到房里，我只看到一个高大魁梧的身影正看着窗外静静地抽烟。我没惊动他，悄悄给桌上茶杯续水。正在这时，只听到客人说：小同志，这么晚，辛苦你了！我一抬头，天哪！眼前是毛主席！是毛主席啊！我呆住了，我傻住了，手中的茶杯盖掉在了地板上。

大　伯　快说！后来呢？

小　刘　后来，毛主席握住我的手，他说：小同志，没烫着吧？

　　　　　这时候，我的手握在了毛主席的大手里，我太，我

　　　　　太……

秀　芝　你太幸福了！

小　刘　（唱）我在天上飘

　　　　　　　　我在梦中游

　　　　　　　　我见到了毛主席

　　　　　　　　他还握了我的手

　　　　　　　　主席的笑容啊，好慈祥

　　　　　　　　主席的大手啊，好温暖

　　　　　　　　我幸福得光傻笑

　　　　　　　　任眼泪哗哗地流

三　人　你别光傻笑，对主席说话呀！

小　刘　（唱）心中有好多歌

　　　　　　　　想对主席唱

　　　　　　　　心中有好多话

　　　　　　　　想对主席说

　　　　　　　　可当幸运降临时

　　　　　　　　我不会唱

　　　　　　　　我不会说

　　　　　　　　我笨成了一只呆头鹅

三　人　后来呢？

小　刘　后来，我不知道怎样回到值班室！

三　人　后来呢?

小　刘　后来,机关里都知道毛主席跟我握了手,于是,所有人
　　　　都争着和我握手,他们说,跟我握了手,就好像握到了
　　　　毛主席的手!

三　人　再后来呢?

小　刘　再后来?和你们一样,我们一夜没睡,含着热泪,远远
　　　　地看着这窗口,看着这窗口的灯光!我们脚步是轻轻的,
　　　　连呼吸都是轻轻的,我们生怕惊扰了灯光下工作的毛主
　　　　席!

大　伯　这一晚,毛主席他老人家没睡呀?

小　刘　(唱)小楼昨夜

　　　　　　　华灯溢彩映圆月

　　　　　　　小楼昨夜

　　　　　　　毛主席神采奕奕人未眠

　　　　　　　一壶洣江茶当酒

　　　　　　　几碟坛子菜就饭咽

　　　　　　　与老战友缅怀那逝去的烽火岁月

　　　　　　　和久违的乡亲们把臂家常笑开颜

　　　　　　　喜看春归故地

　　　　　　　旧貌变新颜

　　　　　　　说不尽湖湘感慨

　　　　　　　情牵意牵

　　　　　　　啊,小楼昨夜

华灯溢彩映圆月

小楼昨夜

毛主席神采奕奕人未眠

秀　芝　（急切地）小刘，求你了，求你带我们去见毛主席……

小　刘　你们来晚了，毛主席已经走了！

三　人　啊？毛主席已经走了？

小　刘　他昨天来的，在这里住了一晚，今天上午就上井冈山了！

秀　芝　啊！他老人家走了？

细　满　（哭音）爷爷！毛主席走了！秀芝姑姑，毛主席上井冈山
　　　　去了！

秀　芝　我们来迟了！（揩泪）我们来迟了……

大　伯　毛主席走了，他只在这里住了一晚就上井冈山了，他老
　　　　人家忙啊！忙啊……（抖索着手拿出工农革命军红领带，
　　　　系上，庄重地）毛主席，请接受三十八年前老赤卫队员
　　　　的敬礼！（敬礼）

小　刘　大伯！（伸出手）

　　　　〔大伯、秀芝和细满紧紧地握住小刘的手。

　　　　〔天幕上现毛主席在茶陵常委楼前那幅珍贵的合影照。

　　　　〔剧终〕

2016 年演出本

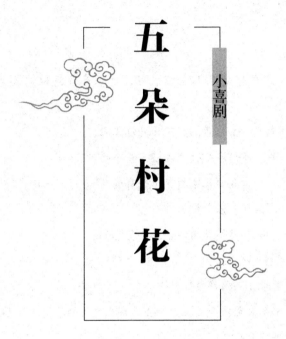

小喜剧

五朵村花

时　间：当代

地　点：牛角村村委会

人　物：何济公　金银花　南瓜花　栀子花　喇叭花　油菜花

　　　　　　[村委会。

何济公　（正在接电话）主任，好，我今天就找她们谈话！哈
　　　　哈……

　　　　（唱）村主任带领村民出外包工程，

　　　　　　　我何济公代理主任，是个临时工。

　　　　　　　拿哒那几朵村花脑壳有蛮痛——

　　　　（写公文，盖公章）哼！

　　　　（接唱）就不信治不服那些堂客们。

金银花　（上）何主任！

何济公　堂客你来得早呀！

金银花　今天何主任召集我们开会，哪个吃了豹子胆还敢迟到？

何济公　讲点别的咯！

金银花　问你咯，村里男人都在外包工程发财，你何解有一点反
　　　　应，硬是铁哒心在家呷我的软饭呀？

何济公　那是我的命好！喋！你是我们地区数一数二的湘绣高手，
　　　　随便绣一架花够我呷几年！

金银花　今天你召集我们五朵村花谈话，是要韵足当村主任的味
　　　　是吧？

何济公　还韵味？我一脑壳的砣咧！

金银花　何解？

何济公　何解？祸菀子还不是你们五朵村花！哦，不包括你金银花，是那四朵村花！

金银花　她们又何解？

何济公　何解？赌钱打牌、游手好闲，手艺荒废，人见人嫌。当年的村花，如今成哒闹药！

金银花　你准备何是搞？

何济公　今天我要行使职权，找她们集体谈话！

金银花　就凭你也能呸住那几只疯婆子？

何济公　（信心满满）看我的！不过，今天这个谈话你莫参加算哒。

金银花　何解？

何济公　你在这里我拉不下面子发不出虎威！

金银花　那好，我在里面听你的笑话！（下）

何济公　请！

　　　　[四朵村花嘻嘻哈哈地上，耳语。

众　花　何主任咧——我们来哒！

何济公　哦呀呀！南瓜花！栀子花！喇叭花！油菜花！哎呀！我又跌哒花园里哒！

南瓜花　何主任，听说你找我们？

何济公　是的呀！

南瓜花　我们呀，正要找你咧！

何济公　哦？你们也要找我？

众　花　是的咯！我们想你咧！

南瓜花　（唱）你是大树我是藤，我想缠你。

栀子花　（唱）你是茶叶我是水，我想泡你。

喇叭花　（唱）你是猪脚我是牙，我想啃你。

油菜花　（唱）你是老鼠我是猫，我想追你。

南瓜花　（唱）缠你。

栀子花　（唱）泡你。

喇叭花　（唱）啃你。

油菜花　（唱）追你。

众　花　（唱）看你呷得消不咯何主任你呀！

　　　　　衣呀衣支南瓜花，

　　　　　衣呀衣支油菜花，喇叭花，栀子花，

　　　　　花得儿，花得儿，花呀花呀衣吱呀衣哟，好一个金

　　　　　银花呀衣哟。

何济公　你想缠我？你想泡我？你想啃我？你想追我？还问我呷

　　　　得消不！对不起，我有金银花，冇得你们的份哒！

南瓜花　何主任，跟你讲正事咯！

　　　　（唱）崽伢子读书不认真，

　　　　　　　及格的冇一门。

　　　　　　　老公昨日搭口信，

　　　　　　　要我找你何济公。

栀子花　（唱）想酸怕辣冇得劲，

　　　　　　　只怕是有妊娠。

　　　　　　　老公昨日回电话，

　　　　　　　要我找你何济公。

喇叭花　（唱）麻将桌上总是输，

　　　　　　　钱包涝涝空。

　　　　　　　老公昨日发短信，

　　　　　　　要我找你何济公。

油菜花　（唱）丈夫打工出哒门，

　　　　　　　我睡觉想男人。

　　　　　　　老公昨日刷微信，

　　　　　　　要我找你何济公。

何济公　哦，你崽考试打零分，你一不小心有妊娠，你打牌不赢总是输，你夜里睡觉想男人。碰哒鬼！这号事怎么都找我咯？

众　花　你是我们的村主任嘭！

何济公　低调低调！我这村主任是代理的，临时工！

众　花　（一拥而上）我就找你！我就找你……

何济公　踩一脚！君子动口不动手！来咯来咯，问你们，最近在牌桌上手气如何呀？

众　花　唉！孔夫子搬家，尽书（输）！

何济公　尽输还去打？怕有蛮蠢不？

南瓜花　关你屁事？又不是输你的钱！

何济公　那就是输老公的钱咯？

喇叭花　老公有钱让我们输，你气吧急吧伤心吧流泪吧？

何济公　放心，我不气不急不伤心不流泪！南瓜花，上次你打牌
　　　　进哒派出所，还是我接你出来的！记得吗？

南瓜花　记得！下次我进去哒，还是要麻烦你来接我啊！

何济公　还下次呀？喇叭花，听说你为打牌的事，你男人跟你打
　　　　架？

喇叭花　冇得事，打是亲骂是爱！

何济公　只怕打多了会出怪怪！还有你栀子花、油菜花，把赌钱
　　　　打牌当饭呷，害得屋里人冇饭呷，何得了咯？你们何解
　　　　不干点正经事咯？

栀子花　什么正经事？

何济公　绣花呀！

栀子花　都什么年代哒，五湖四海一遍麻，还绣什么花咯？

油菜花　是的咯，绣花哪有打麻将好玩咯？

众　花　是的，是的……

何济公　唉！这哪里还是当年那些人见人爱的村花？简直、简直
　　　　是一坨豆腐渣！

　　　　（唱）想我牛角村千年湘绣有传统，

　　　　　　　一代代绣娘超凡技艺得传承。

　　　　　　　那些年你们五朵村花牌子硬得很，

　　　　　　　技压群芳获奖无数为我村长了脸面加了分。

　　　　　　　可如今你们猫尿洗脸不知腥，

　　　　　　　一个个不思进取玩世不恭只会在麻将桌上逞英雄。

　　　　　　　把村里公序良俗都带坏，

好叫我又气又恼又揪心。

南瓜花　姐妹们，他好像在开我们的批判会咧！

栀子花　嗯，他说我们猫尿洗脸不知腥！

喇叭花　他还说我们只会在麻将桌上逞英雄！

油菜花　他算老几？我老公都不管我要他来管我？

南瓜花　是可忍孰不可忍！

栀子花　何是搞？

喇叭花　脱他的裤！

众　花　对！脱他的裤！

　　　　[四花按倒何济公……

金银花　（出来）哈哈哈！你们四呷一呀？

南瓜花　哎呀！你就来得蛮及时啦！

金银花　我不来得及时，何济公只怕会失身咧！哈哈哈哈！

栀子花　你来得正好！你说说看我们五朵村花都是有头有脸的角
　　　　色，他有什么权力管我们？

金银花　那是的，虽说他是村主任，代理的！

众　花　对！临时工！

何济公　代理村主任，那也是村委会授了权的！

栀子花　我们玩老公的钱，谁也有权力管是不？

金银花　那是的！

喇叭花　我们享老公的福，谁也管不着是不？

金银花　那是的！

何济公　享老公的福，玩老公的钱，那都是他们辛辛苦苦赚的血汗钱!

金银花　血汗钱何是？这说明她老公爱她，要她享受生活！晓得

吗？绣花好辛苦咧!

众　花　那是，累得驼子不伸腰，眼睛都绣瞎!

何济公　堂客，你莫蹦出来拆老公的台好不？

金银花　我不过是替姐妹们说几句公道话。

（唱）想当年五朵村花个个是明星，

绣工精湛一品难求远近有名声。

姐妹们绝艺在身争奇斗艳，

绣花架上飞针走线挥洒青春。

众　花　听见吗？这是我们五朵村花的光辉历史!

金银花　（接唱）挥洒完青春该享点子福，

打点子小牌那是合理又合情。

众　花　对！到底是大姐大理解我们!

金银花　（接唱）怕就怕你们的老公把梦醒，

断你们财路，那就再难任性讲抖抻。

何济公　断她们财路？嘿！堂客的想法跟我不谋而合!

（对众花）看来你们是坐到麻将桌上死不下来是吧？好!

那我只好请你们的老公把你们拖下来！（拿出公文）现在

我宣布村委会决定：四朵村花不安分，四个老公有责任，

工程队除他们四个的名，免得让四个堂客有钱就任性!

听明白了吗？

南瓜花　么子？你要工程队开除我们老公？

金银花　是真的咧！红头文件，盖哒红巴巴！（暗伸大拇指）

喇叭花　何济公，开除我老公？你有得这个权力！

何济公　我是村主任！

油菜花　何济公，你真的断我们财路，不让我们玩哒是吧？

何济公　我是一片好心，省得你们有钱就任性！唉！社会上有坑
　　　　爷娘的崽女，如今牛角村出哒坑男人的堂客，你们这是
　　　　咎由自取！

南瓜花　唉！碰哒高手咧！

　　　　（唱）何济公这招有蛮阴，

　　　　　　　釜底抽薪将我的军。

栀子花　（唱）人人都说座山雕狠，

　　　　　　　他比座山雕还狠十分。

喇叭花　（唱）老公若是被除名，

　　　　　　　回来会要喊离婚。

油菜花　（唱）这件事后果太严重，

　　　　　　　何主任我的活爷啊——

众　花　（唱）——你指条出路行不行？

何济公　出路是有，就看你们听不听？

众　花　听！听！快讲！

何济公　送你们两个字，戒麻！

众　花　戒麻？

金银花　就是戒除麻将，不再赌博！

南瓜花　啊？要我戒麻呀，我情愿去当尼姑……

栀子花　（急捂南瓜花嘴）戒！戒！我们戒麻！

南瓜花　何主任，你叫我们不玩麻将，那我们玩什么？

栀子花　未必我们每天到你屋里去唱地花鼓呀？

众　花　要得！呷他的饭，睡他的床，每天到他屋里去唱地花鼓！走咯走咯……

何济公　（求援）堂客！堂客……

金银花　好哒，好哒，刚才他送你们两个字"戒麻"，我也送你们两个字！

众　花　什么字？

金银花　拿针！重操旧业，拿起绣花针！

众　花　么子？又要我们绣花呀？

何济公　对！请你们出山，再当绣娘！（暗伸大拇指）

南瓜花　如今绣花还能赚到钱呀？

何济公　能赚到钱！要不是靠我堂客绣花赚钱，我怎么敢当这个光出力不拿钱的代理村主任咯！

众　花　是也是的！

何济公　列位村花，湖南湘绣威震华夏，我们牛角村是有名的湘绣窝子，你们五朵村花更是大名鼎鼎的湘绣高手，是不是应该站出来为传承发展湘绣艺术再立新功呢？

南瓜花　我们只怕冇得那大的能力，搞不好赔钱贴本找罪受！

金银花　不会的！实不相瞒，这几年我一直在做外销业务，效益蛮不错的！

众　花　真的呀？

何济公　崽是你，不过，谈到传承发展，我们必须与时俱进，组织起来，形成规模，产销一条龙，这样才能做大做强！

金银花　何主任，好点子！

众　花　对！好点子！

何济公　你们都支持我？

众　花　支持！

何济公　好，说干就干！（写公文，盖公章）各位，现在我正式宣布决定：为传承保护湘绣艺术，振兴发展个体经济，今成立牛角村湘绣合作社，特聘请五朵村花担任技术顾问！哎，你们哭什么？

众　花　我、我们高兴！我们激动！

油菜花　能够重新拿起绣花针，为传承发展湘绣艺术出力，我们太高兴哒。

喇叭花　不过，开工就要有业务……

金银花　（示单）你们看！这是我在外贸部门接的出口订单！我拿出来作为湘绣合作社的第一单业务！

众　花　哎呀！太好哒！

何济公　你们好多年有绣花，那手艺？

金银花　何主任你放心咯！

　　　　（唱）其实都想绣，手艺从有丢，

　　　　　　　其实都是童子功，手艺入骨头。

众　花　（唱）多少回梦里挥针扎了手，

　　　　　　　多少次手揣丝线把泪流。

金银花　（唱）都说是千年湘绣千年情，

牛角村绣娘情更稠。

众　花　（唱）此时刻，心中重燃青春火，

看我姐妹再显身手绣风流。

何济公　好！好！哈哈哈哈！

南瓜花　慢点！（拿桌上文件）那辞退我老公的决定？

金银花　蠢宝，这是他的苦肉计，吓你们的！

南瓜花　（拿另一文件）这成立湘绣合作社的决定？

何济公　这当然是真的！

南瓜花　何主任，你为哒让我们戒麻拿针，一下搞出这么多文件，

你太有才哒！

何济公　有得才，我怎么敢代理村主任？

（唱）为让你朵朵村花花开第二春，

更为我中华国粹代代有传承，

我顶个脸盆敲得做鼓响，

今日子硬是将了你们的军。

我何济公本是代主任，

是个有得级别的临时工。

能让你们走下麻坛上绣坛，

哪怕是被你缠、被你泡、被你啃、被你追，

被缠、被泡、被啃、被追，追追追追追追追，就算

是被你们撺哒脱裤也甘心！

金银花　姐妹们！

众　花　有！

金银花　脱！

　　　　［众花一拥而上，何济公求饶。

众　花　哈哈哈哈！我们也是吓你的咧！

　　　　［众人大笑。

　　　　［剧终］

　　　　　　　　　　　　　　　　　　2016 年演出本

潘金莲之死

古典悲剧

人　物：潘金莲　武　大　武　松　西门庆　王　婆

　　　　牛　贵　王　氏　郓　哥　小　二

[序曲，幕启。

[无歌词伴唱：啊——

[舞台薄铺微光。

[二强人掳潘金莲上，欲行不轨……

[武松上。杀死强人，救下金莲。

[武松赠金莲鸳鸯玉玦，二人依依分别。

[金莲手捧玉玦遥望远去的救命恩人。

[伴唱

　　　　如烟的梦，血染的情。

　　　　英雄的宝刀姑娘的心。

　　　　红颜自古多薄命。

　　　　悠悠恨事重新评。

第一场　泼醋

[牛家厅堂。

潘金莲　（沉浸在回忆中，喃喃地）恩公，你在哪里？你在哪里

　　　　呀？

　　　　（唱）一别五年如噩梦，

　　　　　　　日夕思君不见君。

> 别后卖身为奴仆，
>
> 金莲犹似入牢笼。
>
> 员外纠缠安人狠，
>
> 含羞忍辱泪暗吞。
>
> 恩公啊，
>
> 你可知牡丹如今遭霜打？
>
> 你可知金莲沦落受欺凌？
>
> 盼恩公再从天降，
>
> 重援巨手，救我出火坑。

王　氏　（上）金莲！

潘金莲　（一惊）啊！安人。

王　氏　粉磨完了吗？

潘金莲　粉磨完了。

王　氏　花绣完了吗？

潘金莲　花绣完了。

王　氏　完了完了，完了你就在这里发痴呀！告诉你。老娘是买你来当丫头，不是请你来做小姐的！再去磨五斗麦子！回来！请员外出来。

潘金莲　是，有请员外！

牛　贵　（内声）金莲，是你叫我呀？（色眯眯地上）

王　氏　是老娘叫你！（对金莲）下去！

　　　　〔金莲下。

牛　贵　安人，老牛这厢有礼了。

王　氏　有礼？你有什么礼？今天我爹爹寿诞，你打算怎么办？

牛　贵　妻唱夫随，老牛自然和安人过府拜寿。

王　氏　算了算了！我一个人去，你看家！

牛　贵　正好！正好！

王　氏　正好？

牛　贵　我是说我今天正好脚痛，正好走不动，正好安人不叫我
　　　　去，我正好不去。（说痛就痛）哎哟哟哟！

王　氏　你脚这么痛，我若走了，谁服侍你呀？

牛　贵　（脱口而出）不是有金莲丫头吗？

王　氏　老鬼！

　　　　（唱）树木老了要空心。

　　　　　　　猴子老了要成精。

　　　　　　　看你老了少德行，

　　　　　　　是个老来不正经。

　　　　　　　看中金莲小狐狸，

　　　　　　　时常背我去调情。

　　　　　　　今天我若抽身走，

　　　　　　　留你在家难放心。

牛　贵　（唱）安人真正冤煞人，

　　　　　　　我早改过成好人。

　　　　　　　你只管放心拜寿去——

　　　　　　　你走后，我若动了金莲一根毫毛……

王　氏　怎么样？

牛　贵　（唱）剥我的皮来抽我的筋。

王　氏　这还差不多。我走了。

牛　贵　安人好走。备轿咧！（揖送）

王　氏　员外莫送，员外留步！（冷笑着下）

牛　贵　安人好走！安人好……好一个老乞婆！醋坛子！盐菜缸
　　　　啊！

　　　　（唱）牛贵生来欠时运，

　　　　　　　讨个老婆是醋精。

　　　　　　　眼看金莲好风韵，

　　　　　　　休想一刻得沾身。

　　　　　　　今日她回娘家去，

　　　　　　　我正好逍遥自在去寻春。

　　　　金莲！金莲！安人叫你咧！

潘金莲　（急上）安人！（四顾无人）

牛　贵　哈哈哈！金莲，是老牛叫你咧！

潘金莲　（惊慌）啊！员外！（欲走）

牛　贵　（拦住）莫走！莫走！金莲，我的好金莲啦！

　　　　（唱）安人今日去探亲，

　　　　　　　天使我俩遂愿心。

　　　　　　　牛郎苦把织女等，

　　　　　　　鹊桥春暖喜相逢。

潘金莲　（唱）员外切莫胡乱行，

　　　　　　　安人知晓罪非轻。

我挨鞭打事还小，

将你罚跪难为情。

牛　贵　金莲，不要怕，那个老乞婆已经走远了，不会回来。（扑
　　　　向金莲）

　　　　〔王氏上，悄悄进屋，手执棒槌立于牛贵身后。

潘金莲　（惊慌）员外，安人回来了！

牛　贵　（不相信地）回来了？哼！那老乞婆回来了才好咧！

　　　　（唱）乞婆回来不要紧，

　　　　　　　老牛翻脸不认人。

　　　　　　　砸了这个醋坛子，

　　　　　　　休了这个夜叉精。

　　　　　　　花花喜烛拜天地。

　　　　　　　扶你做我的大夫人。

　　　　〔王氏大恼，执棒槌猛敲牛贵一记。

牛　贵　哎哟！（回头）啊！安人，你，你还没有走？

王　氏　老娘等着看你的戏咧！

牛　贵　哎呀！老牛该死！老牛罪该万死！

王　氏　跪下！

牛　贵　早就跪下了！

王　氏　老鬼呀！

　　　　（唱）当着我甜言蜜语情义深，

　　　　　　　背着我狗舔猫食骨头轻。

　　　　　　　你忘了床前罚跪膝盖肿，

　　　　　你忘了咒天誓地剥皮还抽筋。

　　　　　来来来！

　　　　　给你棒槌砸了我这醋坛子，

　　　　　给你纸笔休了我这夜叉精，

　　　　　给你大红喜字龙凤烛，

　　　　　让你与她拜堂去成亲。

　　　　　你若还嫌我碍眼睛，

　　　　　　寻短见，我四两砒霜一根绳。

牛　贵　（叩头不止）哎呀！我的好安人哪！

　　　　（唱）你不是酸溜溜的醋坛子，

　　　　　　你是那香喷喷的状元红。

　　　　　　你不是吃人喝血的夜叉鬼，

　　　　　　你是那大慈大悲的观世音。

　　　　　　只因我对安人情深又义重，

　　　　　　时刻里错把丫头当夫人。

　　　　　　千怪万怪莫把我来怪，

　　　　　只怪她——（手指金莲）

潘金莲　怪我？

牛　贵　（唱）只怪她弄风情勾引我老实之人。

王　氏　过来。

潘金莲　安人。

王　氏　跪下！（执钗刺金莲）贱人啦！

　　　　（唱）好一个浪荡蹄子小贱种，

整日里装妖献媚惑男人。

打死你也不解恨。

老娘把你嫁出门。

牛　贵　哎呀安人，这丫头煮得饭好，烹得茶香，画出的鸟儿也
　　　　会叫，绣出的花儿喷喷香，还是不要嫁了。

王　氏　（横眉厉目）嫁！嫁了她，老娘再去买个丑丫头来！

牛　贵　啊！买个丑丫头啊？安人，你今天……

王　氏　你以为我真的回娘家去了？哼！我请媒婆去了！（对金
　　　　莲）下去！

　　　　［金莲下。

王　氏　这贱人在我身边横碍鼻子竖碍眼，老娘一刻也不得安宁，
　　　　这一回，我叫她死不了，活不成！呃，王婆怎么还不来
　　　　呀？

王　婆　（应声而上）来哒来哒！安人员外在上，婆子礼到。

王　氏　事情办好了吗？

王　婆　领了安人命，跑断脚后跟，婆子牵红线，事情已办成。
　　　　聘银在此，安人收下。

王　氏　既交聘银，明日便可发轿抬亲。金莲，上茶。

　　　　［金莲——上茶，王婆紧盯金莲。

王　婆　这就是金莲姑娘呀？

王　氏　怎么样？

王　婆　没说的！没说的！长得仙女一样！金莲姑娘。老身无儿
　　　　无女。你可愿做我的干女儿呀？

潘金莲　（跪）干娘。

王　婆　哎哟！我的儿快快起来。

牛　贵　王婆，那汉子是个甚等样人？

王　婆　员外，那汉子名叫武大，是个做烧饼生意的老实人。相
　　　　貌……相貌英俊，十分人才！

牛　贵　啊！那贩烧饼的比我牛员外的福气还好咧！唉！

　　　　〔伴唱：老色迷叹气连声。

王　氏　哈哈哈哈！

　　　　〔伴唱：醋坛子得意忘形。

王　婆　嘿嘿嘿嘿！

　　　　〔伴唱：老牙婆良心丧尽。

　　　　（潘金莲凝视手中玉玦。欲语无言，拭泪）

　　　　〔伴唱：金莲女欲语无言泪盈盈。

　　　　〔切光。

第二场　成亲

　　　　〔伴唱

　　　　　　　欲语无言泪盈盈，

　　　　　　　金莲心事谁知情？

　　　　　　　救命恩人不曾忘，

　　　　　　　只恨聚散两匆匆。

　　　　　　　心相许，情意通，

发愿伴君白头吟。

岂曾料五年一觉相思梦。

金莲无奈要嫁人，要嫁人。

[洞房。

潘金莲　（身穿吉服，盖头，少顷，揭开盖头，眼望手中玉玦，凄
　　　　惶地）呀！

　　　　（唱）将玉玦深藏，

　　　　　　　将心事深藏。

　　　　　　　好比是一场春梦，

　　　　　　　如今是梦醒见黄粱。

　　　　　　　往事不堪想，

　　　　　　　整云鬓，理红妆，做新娘。

　　　　　　　听前堂鼓乐闹，

　　　　　　　眼前怎不见新郎？

　　　　　　　愿他是七尺男子汉，

　　　　　　　愿他是英俊少年郎。

　　　　　　　若得他文武皆齐备，

　　　　　　　我焚香秉烛谢上苍。

　　　　　　　想见面，偏不见，

　　　　　　　恨不得悄悄去前堂。

　　　　　　　把我新郎相一相——

内　声　送新郎公入洞房啦！

潘金莲　（唱）我心如鹿撞好个慌。

武　大　（上，唱）武大交上好时运，

四十六岁娶房亲。

听说娘子长得俊，

前街后店当奇闻。

丑人自有丑人福，

我一个跟头捡块金。（进房）

娘子，我来陪伴于你。

潘金莲　多谢相公！

武　大　娘子，我倒杯茶你喝。

潘金莲　我不喝茶。

武　大　我斟杯酒你饮。

潘金莲　我不饮酒。

武　大　那，我干什么呢？

潘金莲　你给我把盖头揭下来呀！

武　大　揭盖头？你自己一伸手不就揭下来了吗？

潘金莲　我就要你揭嘛！

武　大　好！我揭，我揭就是！

　　　　〔武大揭盖头，身量太矮，够不着。

潘金莲　相公，你揭呀！

武　大　我在揭咧！

潘金莲　（悄悄揭开盖头一角）哎呀相公，你怎么这样客气，揭盖头还跪着干什么呀？

武　大　我……我……

潘金莲　相公，我闭上眼睛，你快揭吧！

武　大　好，我揭！（跳上椅子，揭下盖头）

潘金莲　（紧闭双眼，娇态可掬地）相公，揭下来了吗？

武　大　揭下来了！

潘金莲　（摸索）你在哪里呀？

武　大　（跟在金莲手底跑）我在这里。

潘金莲　（摸着武大的头）哎呀相公，你怎么还跪着？不要客气，
　　　　快起来吧！

武　大　我……我……我没跪！

潘金莲　没跪？难道你只有这么高？

武　大　我就只有这么高！

潘金莲　（一震，睁开眼睛）啊！你是谁？竟敢闯进洞房……相公
　　　　快来……

武　大　不要喊了，我就是娶你的武大。

潘金莲　你就是娶我的武大？哈哈哈！看你三分像人，七分像鬼，
　　　　竟敢来冒称我的相公！告诉你吧！干娘对我说过，武大
　　　　呀，相貌英俊，十分人才。

武　大　娘子，你说我三分像人，七分像鬼，这不正好是十分人
　　　　才吗？再说婚书在此，我这武大还能有假?！（展示婚书）

潘金莲　天啦！这难道是真的？这难道是真的？

　　　　（唱）他不满三尺侏儒样，

　　　　　　　丑陋不堪像猴王，

　　　　　　　哪里是七尺男儿汉？

　　　　　哪里是英俊少年郎？

　　　　昏昏沉沉朝外闯——

武　大　你要到哪里去？你要到哪里去？

潘金莲　（唱）我死了要比活着强。

武　大　不吉利！不吉利！你给我坐下！你要到哪里去？这里是你的家！

潘金莲　这里是我的家？

武　大　我就是你的丈夫！

潘金莲　你就是我的丈夫？

武　大　拜了堂的，名正言顺！

潘金莲　不！你站开！你让我走！

武　大　你不能走！你是我买来的！

潘金莲　我是你买来的？

武　大　为了你，我花了五十两银子，我的全部家产啦！

潘金莲　（喃喃地）我是他买来的，买来的……

武　大　你还走不走啊？不走了哇！（霎时倨傲起来）就是嘛！买来的驴子牵来的马，任我骑来任我打。你怎么能说走就走呢？自古道男为天，女为地，丈夫乃一家之主！你嫁鸡随鸡，嫁狗随狗，嫁给我就得随我！无规矩不成方圆，今天我得先给你立下家规，你要是不依呀，别怪我发脾气！你听着！

　　　　（唱）你的容貌生得好，

　　　　　　谨守闺阁保贞操。

> 侍奉丈夫勤妇道，
>
> 若使性子我不饶。
>
> 少擦胭脂少搽粉，
>
> 少插花朵少露娇。
>
> 见人不准脸带笑，
>
> 来客躲着莫出房。
>
> 我若出门上铁锁，
>
> 你紧关门户莫招摇。
>
> 生病不许请郎中，
>
> 捏捏掐掐受不了。
>
> 求神不准进寺庙，
>
> 我怕和尚把你瞧。
>
> 千规万法为你好，

（旁唱）我的老婆保得牢。

潘金莲 （悲从中来，掏出玉玦，低唤）你在哪里？你在哪里呀？

武　大 我在这里！（夺过玉玦）呃，这块东西蛮好看，待我去换几个大钱……

潘金莲 （失态地大叫）给我！

武　大 （一惊）给你就给你！（将玉玦一扔）

潘金莲 你！（拾起玉玦，捧在胸前）

武　大 好了好了！今晚洞房花烛，我们老公老婆喝杯如意酒。

　　　 〔武大斟酒与金莲，金莲拒绝，武大自饮毕，强拉金莲进内房。

[伴唱

> 先道小鸟出樊笼,
>
> 谁知镣铐又锁身。
>
> 满腹柔情谁与共?
>
> 一腔悲苦有谁怜?

第三场　重逢

[烧饼铺,金莲在做烧饼。

[伴唱

> 无限委屈,无限酸辛,
>
> 欲哭无泪,欲语无声。
>
> 梦魂中一点牵念,
>
> 杜鹃啼时最是伤心。
>
> 打点精神,凑合太平,
>
> 无限心事夕阳中。

武　大　（上）我老婆做事倒蛮利索,就是寡言少语,从没见过她有过一点笑脸。呃! 只要她听我话,再不嫌我丑,她就是变个哑巴也要得!

[金莲盆中照影。

武　大　老婆,你在看什么?（端过水盆）哦! 你在照你自己的影子呀?

潘金莲　当家的,家里怎么连块镜子都没有呀?

武　大　镜子？（生气地）老婆，你要镜子干什么？你要打扮？打
　　　　扮了给谁看呀？给别人看？划不来！给我看！我不看！
　　　　告诉你，我小户人家养不起公主夫人，不要打扮得妖里
　　　　妖气。只要你谨守家规，听老公的话，以后包你有好日
　　　　子过！好好好！等下我到街上给你买两文钱香油梳头发。
　　　　哎呀！那边来了个年轻汉子！老婆，你快进去！哎哟！
　　　　快进去，不喊你不准出来！（推金莲进内）

郓　哥　（上）大叔！

武　大　郓哥，原来是你？吓了我一大跳！

郓　哥　大叔，走，看老虎去！

武　大　（畏惧地）啊！看老虎？

郓　哥　大叔不要怕，是只死老虎。

武　大　死老虎？哪里来的？

郓　哥　大叔，

　　　　（唱）景阳冈老虎常伤人，

　　　　　　　昨夜里碰了对头星。

　　　　　　　三拳两脚一哨棒，

　　　　　　　活老虎成了死大虫。

武　大　（咋舌）是被人活活打死的呀？

郓　哥　（唱）打虎英雄好荣耀，

　　　　　　　跨马游街挂花红。

　　　　　　　若问壮士名和姓，

　　　　　　　清河人氏叫武松。

武　大　什么什么？叫什么名字？

郓　哥　清河县人，名叫武松。

武　大　武松？多大年纪？

郓　哥　看样子三十岁还不到。

武　大　哎呀郓哥，我有个失散多年的同胞兄弟也叫武松，莫非
　　　　这位打虎壮士是我兄弟？

郓　哥　快去看看！

武　大　快走！（挑担出门）郓哥，慢点！（放下担子，锁门）

郓　哥　大叔，大婶在家你锁门干什么？

武　大　你细伢子晓得什么？快走！快走！

　　　　[二人兴冲冲下。

潘金莲　（上，唱）天生丽质难自弃，

　　　　　　　顾影自怜好伤心。

　　　　　　　武大不准我梳饰，

　　　　　　　我纵梳饰悦何人？

　　　　　　　本当凑合过日子，

　　　　　　　武大不把我当人。

　　　　　　　铁锁锁门心欲碎，

　　　　　　　金莲二次入牢笼。

　　　　　　　如此时日难忍禁，

　　　　　　　对玦犹自念恩公。

　　　　　　　只恨今生无缘分——

武松、武大　（上，合唱）亲兄弟离散多年喜相逢。

武　松　（唱）一路来诉离情鼻酸泪涌，

　　　　　　　　怎忍见大哥你鬓白三分。

武　大　（唱）喜二弟打死了白额老虎，

　　　　　　　　县太爷赏识你把官来封。

武　松　（唱）恕小弟久违了手足情分，

　　　　　　　　从今后共患难再不离分。

武　大　这边厢便是我烧饼铺面，

武　松　烦大哥先引见嫂嫂新人。

武　大　（开锁进门）老婆，快来见过二弟。

潘金莲　见过二叔。

武　松　（大礼）武松拜见嫂嫂。

潘金莲　二叔少礼。

武　大　老婆，二弟他为民除害，在景阳冈赤手空拳打死一只老
　　　　虎，如今被县太爷提拔为步兵都头了。哈哈哈！（乐颠颠
　　　　地下）

潘金莲　恭喜二叔！

武　松　嫂嫂同喜！

　　　　〔二人对视，彼此一惊。

武松、潘金莲　（合唱）

　　　　　嫂嫂她姿容秀美

　　　　　　　　　　　恁年轻，

　　　　　二叔他器宇轩昂

　　　　　这面容好熟悉暗吃一惊。

六年前虎口曾经 救难女，
被人救，

莫非是眼面前 嫂嫂新人？
打虎英雄？

潘金莲　（唱）观举止，

武　松　（唱）看身形，

潘金莲　（唱）瞧面貌，

武　松　（唱）听口音。

潘金莲、武松　（合唱）

眼前一刻并非梦，

他
她 是我朝思夕念人。

欲相认，

且慢行，

叔嫂之礼，

其隔如城。

　　殷殷勤勤
我　小小心心 持大礼。

强压心事不出唇。

潘金莲　啊！二叔请坐。

武　松　有座！

潘金莲　二叔，你为民除害，在景阳冈赤手空拳打死一只老虎，
真是令人钦佩。

武　松　嫂嫂过奖了!

潘金莲　二叔,为何不见弟嫂同来?

武　松　小弟我浪迹天涯,尚未配婚。

潘金莲　(心中一动)尚未……呵,二叔,你初来阳谷,人地生
　　　　疏,不知寓居何处?

武　松　暂时寄居县衙。

潘金莲　哎呀二叔,住县衙干什么?你看这里房子宽敞,还是把
　　　　行李搬过来和我们同住吧。

武　松　怎敢打扰兄嫂。

武　大　(上)你们叔嫂在这里说些什么呀?

潘金莲　我叫二叔把行李搬过来和我们同住,二叔不依。

武　大　老婆说得有理!二弟,我先前不是跟你说了吗?你一个
　　　　单身汉子,就只一点浆洗工夫,你嫂子她正闲得发慌,
　　　　让她做点事没关系,还是搬过来吧!

潘金莲　二叔,就这么办吧!

武　松　如此,多谢兄嫂!

武　大　好了好了!二弟,我已备下酒菜为你接风,我们后面饮
　　　　酒去。

武　松　兄嫂请!

武　大　二弟请!

　　　　〔武氏兄弟携手而进。

潘金莲　是他!是他呀!

　　　　(唱)六年前战乱父母亡,

流寇掠我欲行强。

天外飞来英雄汉。

钢刀溅血斩强梁。

临行赠我鸳鸯玦。

他避祸天涯走匆忙。

想不到今日重相会——

〔伴唱：——莫非是命中该有他？

〔切光。

第四场 调叔

〔伴唱

该说的难对他说，

该讲的难对他讲。

天涯有路条条窄，

窄处相逢更堪伤。

恨不重逢未嫁时，

心儿忐忑难主张。

往日恩啊今日恋，

情丝万缕绕柔肠。

〔武松卧室。

潘金莲 （唱）风狂雪猛，天野茫茫，

手捧玉玦，五内彷徨。

恩公啦,

你来我身边已数月,

无言少语,朝出暮归,躲躲闪闪我费思量。

你为何不认当年落难女?

可知我为你相思断了肠?

恨不重逢未嫁时,

这叔嫂之礼隔高墙。

(踌躇再三,下定决心)

潘金莲 (唱)眼看他押差远行要离别,

    我怎能再咽苦水再噤言?

    我要把锁身镣铐自己剪,

    我要对二郎一吐肺腑言。

    不怕他千夫指来万夫践。

    纵一死也得魂飞自由天。

    生炉煮酒盼与他相见——

武　松 (上,唱)大雪飞飏三九天。

    押差帝京,孤帆水远,

    离兄别嫂,意惹情牵。

    休笑我烈性汉子伤离别,

    这满腔心事难对人言难对人言。

    怎能忘啊——

    当年救弱女,

    情生患难间。

虽无山海誓，

却也两心连。

临行赠她鸳鸯珙，

万千情在不言间。

六载分离鸿断影，

哪曾料一旦相逢绝了缘。

恨不重逢未嫁时，

救嫂万难把情牵。

我只得谨小慎微守方寸，

无言少语，朝出暮归，躲躲闪闪避人嫌。

辞行归家，遥见门舍，

我怎么心重如铅？心重如铅。

（叩门）大哥！嫂嫂！

潘金莲　来了！来了！（整容、开门）哎呀！外面好大的雪呀！
　　　　（拂雪）

武　松　嫂嫂，大哥呢？

潘金莲　他？他贩饼去了。

武　松　这么冷的天，他去贩什么饼啊？哦，嫂嫂，小弟押差进
　　　　京，明日登程，特来向兄嫂辞行。

潘金莲　哎呀！这么冷的天，二叔一定要走吗？

武　松　拿了公家俸，万事不由人哪！

潘金莲　这……二叔，我已在你房中生炉温酒，正好为二叔饯行。

武　松　多谢嫂嫂！待我去把大哥找回……

潘金莲　不用了，他等下就会回的，我们边喝边等吧！二叔请！

武　松　嫂嫂请！

　　　　［叔嫂进房。

潘金莲　（斟酒）"劝君更进一杯酒，西出阳关无故人。"二叔请！

武　松　请！（一饮而尽）好酒！

潘金莲　好酒再来一杯！请！

武　松　请！

潘金莲　二叔呀！

　　　　（唱）我这厢满斟一杯再敬上，

　　　　　　　愿二叔寿山福海乐无疆。

　　　　　　　异日里英雄发迹高官享，

　　　　　　　金莲我攀龙附凤要沾光。

武　松　（唱）武二我性粗豪心直口爽，

　　　　　　　不贪官不恋禄任侠好强。

　　　　　　　愿兄嫂琴瑟和妇随夫唱，

　　　　　　　武氏门有幸运记你贤良。

潘金莲　（唱）而立年未成家你孤身流浪，

　　　　　　　心疼你我每常茶饭不香。

武　松　（唱）恩与情武松记领心头上，

　　　　　　　将天比地，我把嫂嫂当亲娘。

潘金莲　（闻言颇感失望，凄苦地）亲娘！二叔，你真把我当亲
　　　　娘？

武　松　古训有云：长兄当父，长嫂当母，兄嫂恩爱，如鱼得水，

武二我为弟为子，执礼事亲。

潘金莲　好一个兄嫂恩爱。如鱼得水！二叔，我与你大哥……好有一比！

武　松　好比什么？

潘金莲　这檐下——

武　松　——冰帘倒挂。

潘金莲　这盆中——

武　松　——炭火熊熊。

潘金莲　我与你大哥——（一字一句）冰炭不同炉！

武　松　啊！嫂嫂你……

潘金莲　二叔，我与你嘛，也有一比！

武　松　比什么？

潘金莲　这院中——

武　松　——梅花弄影。

潘金莲　这天上——

武　松　——大雪纷飞。

潘金莲　我与二叔你嘛——梅雪争春色！

武　松　梅雪争春色，冰炭不同炉！啊！嫂嫂！

　　　　（唱）莫非你弦外有音存他想？

潘金莲　（唱）弦内音弦外意任你推详。

　　　　　　　这杯酒再敬与打虎勇将——

武　松　——不胜酒我已是醉意洋洋。

潘金莲　（唱）谁不知武二叔豪情海量，

　　　　十八碗无醉意打虎过冈。

　　　　潘金莲素把你英雄敬仰——

武　松　也罢！（唱）饮此杯速离这是非之房。

　　　　（接酒一饮而尽）告辞！

潘金莲　二叔，你就要走？

武　松　公务在身，不便久陪！

潘金莲　你……你走吧！你走吧！（饮酒不止）

武　松　嫂嫂，你不要喝醉了！

潘金莲　（苦笑）难得今天这一醉呀！（狂饮）

武　松　（夺壶）嫂嫂，你不要再喝了！

潘金莲　我不喝了！我不喝了！我听你的话，不喝了。（一个踉
　　　　跄）

武　松　（关切地）嫂嫂！

潘金莲　嫂嫂！嫂嫂！你不要叫我嫂嫂！你叫我一声金莲吧！
　　　　啊？

武　松　哎呀嫂嫂！你真的喝醉了！

潘金莲　我没醉！我没有醉！几个月来，你一直是叫我嫂嫂，你
　　　　难道真的没有认出我？真的没有认出我吗？

武　松　啊！我……我……

潘金莲　不！你早认出我了！一见面，你就认出我来了！就因为
　　　　我是你嫂嫂，你不认我，你不敢认我！二郎，你不认我，
　　　　你，可认识这个？（手捧玉玦，缓缓跪下）

武　松　啊！鸳鸯玉玦！（接过玉玦，木立）

潘金莲　（唱）曾记否？

　　　　　　六年前，

　　　　　　金莲落贼手，

　　　　　　蒙君解倒悬。

武　松　（唱）援刀救弱女，

　　　　　　情生患难间。

潘金莲　（唱）虽无山海誓，

　　　　　　却也两心连。

武松、潘金莲　（合唱）

　　　　　　临别赠^她／_我鸳鸯玦，

　　　　　　万千情在不言间。

武　松　（唱）六载分离难相见，

潘金莲　（唱）天涯漂泊梦魂牵。

武松、潘金莲　（合唱）恨不相逢未嫁时，

　　　（合唱）我要把情关世锁一刀剪。

　　　　　　怎甘心有情儿女绝良缘？

潘金莲　二郎！（热情地期盼）

武　松　金莲！（情不自禁，欲与相拥，猛止）

　　　　（唱）咫尺天涯，举步维艰，

　　　　［伴唱：咫尺天涯，举步维艰。

武　松　（唱）捧玉玦，手儿颤。

　　　　　　情难禁，意难舍。

　　　　　　　　　　265

此情何堪？痛在心尖，

[伴唱：此情何堪？痛在心尖。

武　松　（唱）昔日良缘，

今日孽缘，

叔嫂怎能图苟且？

奈何苍天不赐缘！

豪情抖擞，斩情丝，绝情缘。

方显我冷心铁面武二爷！

潘金莲　二郎！（依然是深情的企盼）

武　松　（将玉玦朝金莲一扔）嫂嫂！

（唱）昔日我曾把你救，

抱打不平无所求。

玉玦送你作盘缠，

有何情意有何图？

今日相逢叔嫂论，

何必再把往事勾。

遵纲守礼你应知足，

养儿育女你老来无忧！

潘金莲　（惊呆，痛苦地）好一个养儿育女，好一个守礼遵纲！二
　　　　郎，你只知其一，不知其二啊！

（唱）你叫我遵纲守礼应知足，

你叫我养儿育女老无忧。

你可知撮合夫妻难长久？

你可知武大待我似幽囚？

你可知我满怀悲苦无人诉？

你可知我终日伴个呆木头？

你可知我想你盼你六年久？

你可知我一腔痴梦酿心头？

你可知为你相思我娥眉瘦？

你可知手捧玉玦我泪常流？

二郎啊！

金莲已把情怀诉。

你带我远走高飞，天涯海角，双飞双宿效鸳俦。

武　松　（唱）说什么为我相思你娥眉瘦？

说什么带你私奔效鸳俦？

你可知武松不是无义辈？

你可知我从无非分在心头？

你可知嫁鸡随鸡嫁狗要随狗？

你可知纲常伦理不能丢？

想我幼年丧父母，

兄长待我恩义稠。

我尊你长嫂为亲母，

我敬你长嫂在心头。

你今背夫谋私就，

天地不容武松羞。

劝你收起痴妄想，

劝你重把妇德修。

安分守己过日月，

夫唱妇随无后忧。

嫂嫂呀，

倘若家门出丑祸，

我叫你尝尝铁拳头。

潘金莲　二叔，你听我说！你听我说！

武　松　嫂嫂！兄长憨钝，你当曲尽妇道，小弟走后，诸事望你
　　　　好自为之。武二告辞！

　　　　〔武松下。

　　　　〔金莲追出门外，遥望武松，木立。

　　　　〔伴唱：眼睁睁走了他无情汉。

　　　　　　　　凄惶惶冷了我女儿肠。

　　　　〔西门庆上，见金莲，以肘碰之。

　　　　〔金莲一惊，进屋，关门。西门庆不舍，从门缝追瞧。

王　婆　（上）哟！西门庆大官人正人君子，怎么趴在这里瞧人家
　　　　的门缝儿呀？

西门庆　原来是干娘，方才进去的那位美人，是谁家小娘子呀？

王　婆　怎么？你又看上她了？她可是有夫之妇！告诉你，她是
　　　　烧饼老儿武大的娘子，老身的干女儿——潘金莲！

西门庆　干女儿？我——可是你的干儿子哟！

　　　　〔西门庆掏出一锭大银与王婆，王婆眉开眼笑，与西门庆
　　　　密语下。

［切光。

［伴唱

黄的金

白的银，

人欲横行，

机关算尽太聪明；

天也昏，

地也暝，

开昏地暝。

情天孽海恶浪凶。

第五场　裁衣

［王婆家。

［王婆在摆置酒盏，西门庆上，叩门，王婆开门，二人进
屋。

［西门庆掏药包与王婆，王婆将药倾酒壶中，见金莲远远
而来，王婆急推西门庆匿内室。

潘金莲　（上，唱）王婆求我裁衣裙，

深锁愁眉出房门。

雪霁云凝寒风凛，

临安路断少人行。

二郎押差去多日，

不知何日是归程。

千般怨，万般恨，

纵然怨恨也牵心。

九曲回肠情难禁，

盼君归，心曲从头诉一轮。

王　婆　哎哟！这么冷的天气劳动你这金枝玉叶来给我裁衣，真
　　　　是过意不去哟！快快进屋！（进屋）哎呀，金莲，你为何
　　　　闷闷不乐呀？

潘金莲　我……干娘，你要裁的衣料呢？

王　婆　这不是嘛！杭城贡品，专供那皇宫里的人穿的咧！

潘金莲　这么好的衣料，你是怎么买到的？

王　婆　这是我干儿子花大价钱买来孝敬我的。

潘金莲　你还有个干儿子？

王　婆　干娘虽无亲生，干儿干女倒有你们一双。

潘金莲　你的干儿子是谁呀？

王　婆　是西门庆呀！

潘金莲　西门庆？他是个什么人？

王　婆　你来阳谷城这么久了，怎么连西门庆都不知道呀？

潘金莲　武大平日不准我出门户，故而不知。

王　婆　这西门庆呀，是我们阳谷城的这个——大英雄！

潘金莲　大英雄？

王　婆　妹子吔！

　　　　（唱）你那干兄西门庆，

　　　　　　　家财富甲阳谷城。

　　　　　　　风流倜傥人英俊，

　　　　　　　人称粉面花郎君。

潘金莲　还不就是个花花公子吗？

王　婆　那就不是的喃！

　　　（唱）他有一身好武艺，

　　　　　　　花拳绣腿万人惊。

　　　　　　　打遍阳谷无敌手，

　　　　　　　擂台上面夺头名。

潘金莲　（唱）干娘说话欠思忖，

　　　　　　　天下英雄算武松。

　　　　　　　仗义疏财扶危困，

　　　　　　　除奸剪恶侠义风。

　　　　　　　空拳打死白额虎，

　　　　　　　为民除害万人钦。

　　　　　　　县城小小西门庆，

　　　　　　　算得什么大英雄。

王　婆　（哎呀！我才夸了那西门庆一句，就好像伤了她的心一

　　　　　样，抬出个武松来压我，莫非是这小贱人看上了武松？）

　　　　　我说金莲哪，那武松是你什么人？

潘金莲　他不是我二叔吗？

王　婆　原来是你二叔哟！看你夸得他那样，我还以为他是你夫

　　　　　君咧！

潘金莲　（一震）啊！

王　婆　唉！只怪你命不好，当初你出嫁的时候武松还没有来阳
　　　　谷城，要是那时武松来了阳谷城，干娘我……

潘金莲　（心烦意乱地）干娘，你不要说了！我求求你。不要再说
　　　　了。

王　婆　好好！我不说了！我不说了！（哎呀！这小贱人果真看上
　　　　了武松！哼！老娘文的不行，看我来武的！）

潘金莲　（收拾衣料）干娘，我把衣料带回家……

王　婆　呃！那不行！我还准备了酒菜咧！今天我们娘儿俩要痛
　　　　痛快快地喝几杯！

潘金莲　不了，等下武大就要回来。

王　婆　（推金莲）坐呀！坐哟！（斟酒）金莲，我知道你有心事，
　　　　有愁闷，有道是三杯通大道，一醉解千愁，来，喝了这
　　　　杯。

潘金莲　这一醉，真能解千愁吗？

王　婆　是啊是啊！儿啊，喝吧！

潘金莲　（唱）对酒盅，不忍看。

　　　　　　　　憔悴影，寸断肠。

　　　　　　　　秀目添清怨。

　　　　　　　　眉间点点是嗟伤。

　　　　　　　　借酒浇愁求不醒——

　　　　（饮酒，只觉头昏目眩，立足不稳）

　　　　——天旋地转，幽魂千里追二郎。

二郎！二郎！你等一等！等一等！

　　　[王婆击掌引西门庆上。

西门庆　嫂嫂！嫂嫂！武松这厢有礼了！

潘金莲　啊！二郎，你来了！你终于来了！

　　　（唱）眼儿俊，眉儿清，

　　　　　　温情脉脉唤美人，

　　　　　　莫非是我昏花眼？

　　　　　　莫非是我梦中行？

　　　　　　冤家呀！

　　　　　　玉玦鸳鸯双交颈，

　　　　　　金莲还你女儿身。

　　　[西门庆接过玉玦，抱起金莲，进内房。

郓　哥　（上）王婆欠我五十文钱，找她要账去。嗯，青天白日关
　　　　门闭户，莫非想赖账不成？待我撞门！（撞门而入）啊！
　　　　（掩面外奔）

王　婆　（上）你猴崽子，竟敢撞门而入呀？走，跟老娘见官去！

郓　哥　见官就见官，没你的好事！

西门庆　（上，抓起郓哥一扔）出去若有半句胡言，看我取你小
　　　　命！

郓　哥　（赔笑）大官人，我今天什么都没看到，我今天没到这里
　　　　来。

西门庆　滚！

　　　[郓哥连滚带爬下。

潘金莲　（上）啊！你，你是谁？

西门庆　我乃西门庆是也！

潘金莲　我这是……我这是……啊！你站开些！

西门庆　小娘子，美人啊！

　　　　（唱）我爱你美嫦娥花容月貌，

　　　　　　　我为你害相思魄散魂销。

　　　　　　　喜今日干兄妹鹊桥欢好，

　　　　（出示玉玦）鸳鸯玦我这厢珍重收藏。

潘金莲　哎呀我的玉玦！还我的玉玦！还我……

王　婆　金莲，鸳鸯玉玦你已亲手送给了干哥哥，怎好再要回去
　　　　呢？

西门庆　是呀干妹，这鸳鸯玉玦乃是你亲手所赠，怎能还给你
　　　　呢？

潘金莲　啊！我明白了，原来你们二人串通一气，图谋于我！

王　婆　金莲，怎能说是图谋你呢？干娘我看你可怜。才牵线搭
　　　　桥配你个如意郎君。那武松千好万好，怎敌得西门大官
　　　　人一好？他待你情深意重咧！

西门庆　是呀干妹，我可是待你情深意重呀！来来来！你我同饮
　　　　了这杯定情酒！

潘金莲　（木然地接过酒盅，低声）定情酒，定情酒……（哭泣）
　　　　武松！二郎！我恨你，我恨你！（狂笑着对西门庆）哈
　　　　哈哈哈！你为什么不是武松？你为什么不是武松？不！
　　　　不！你是武松，你是打虎英雄武二郎！二郎，来呀！你

过来！你过来！二郎，你我同饮了这杯定情酒！（一饮而尽）二郎！二郎！

西门庆　（搂住金莲）哈哈哈哈！

　　　　［切光。

　　　　［伴唱

　　　　　　　天也倾，

　　　　　　　地也翻，

　　　　　　　情爱的船儿折了帆。

　　　　　　　娇花弱蕊，

　　　　　　　怎禁这蝶乱蜂狂？

　　　　　　　千古恨，杯酒间。

　　　　　　　错把西门当二郎，

　　　　　　　错把西门当二郎！

第六场　鸩夫

　　　　［烧饼铺。

武　大　（唱）时也难来运也难，

　　　　　　　老婆太俏尽麻烦。

　　　　　　　花香招来蜂蝶采，

　　　　　　　我怕浪子把墙翻。

　　　　　　　每日提心又吊胆，

　　　　　　　买卖无心度日难。

敬告世间丑君子，

莫娶漂亮女婵娟。

（挑担欲出门）

郓　哥　（上）哎呀大叔，你还去贩什么饼呀？

武　大　我不去贩饼，你给我钱呀？

郓　哥　你去贩饼，好比是外面捡芝麻，屋里丢西瓜。

武　大　什么意思？搞得我云里雾里。

郓　哥　大叔，我告诉你一件事，你不要发火。

武　大　什么事？我不发火。

郓　哥　（附耳）……

武　大　啊！你哄我？

郓　哥　我亲眼所见，哄你做什么？

武　大　（暴跳）嗨！

郓　哥　大叔，你讲了不发火的。

武　大　脑壳上戴绿帽子我还不发火？潘金莲，你给老子滚了出
　　　　来。

郓　哥　（打自己耳光）叫你多嘴……（金莲上）

武　大　好一个贱婆娘，我花五十两银子买你来做老婆，你倒好，
　　　　勾上了西……我要打死你！（执扁担将金莲打倒在地）

郓　哥　（拉住）大叔，不要打了！不要打了！

武　大　不要拉我！我要打死她，再去找西门庆算账！

郓　哥　大叔，你打也打了，骂了骂了，大婶她再也不会……噢，
　　　　我们贩饼去！

武　大　我不去！（揣起桌上的菜刀）去！郓哥，我们贩饼去！

　　　　［郓哥挑饼担，和武大下。

潘金莲　（唱）浑身疼痛昏沉沉，

　　　　　　　武大今日发雷霆。

　　　　　　　皮肉受苦犹可忍，

　　　　　　　金莲苦痛在心中。

　　　　　　　错把西门当二郎，

　　　　　　　他常执玉玦来逼凌。

　　　　　　　何颜再见武二郎，

　　　　　　　我已非清白女儿身，

　　　　　　　今遭毒打噩梦醒。

　　　　　　　再无脸面苟残生，

　　　　　　　白绫三尺图自尽——

　　　　啊！这死，这一死吗！

　　　　（唱）难舍我红颜未老正青春。

　　　　　　　春芳有讯，柳岸啼莺，

　　　　　　　怎忍见污淖白骨伴蛙鸣？

　　　　［伴唱：处处机关，条条陷阱。

　　　　　　　　生无活路，死不甘心，

　　　　　　　　啊！珠泪带血点点红。

西门庆　（上）干妹！

潘金莲　啊！你，你怎么又来了？

西门庆　干妹一人在家好不寂寞，我怎能不来呢？啊！你为何满脸泪痕？哎呀！我好心痛呀！

潘金莲　大官人，你，你可是真心爱我？

西门庆　哎呀呀！海枯石烂，永不变心，为了干妹，我西门庆赴
　　　　汤蹈火在所不辞！

潘金莲　那好，你——带我逃走吧！

西门庆　啊！逃走？逃到哪里去？

潘金莲　荒原大漠，海角天涯。

西门庆　哎呀干妹，这、这……我……

潘金莲　你、你怎么……

西门庆　干妹，我这万贯家财，千顷良田可带不走啊！

潘金莲　家产良田，身外之物，只要你我恩爱，纵然清贫，金莲
　　　　无怨。

西门庆　那清贫日子我可难耐，再说，家中还有五房妻妾……

潘金莲　哈哈哈哈！好一个赴汤蹈火在所不辞！我算把你们男人
　　　　看透了，大官人，你给我出去！

西门庆　哎呀干妹，休得发火，既保荣华富贵，又做长久夫妻，
　　　　我这厢倒有良策。

潘金莲　噢？

　　　　〔武大、郓哥暗上。

西门庆　破釜沉舟，除掉武大！

潘金莲　啊！

西门庆　砒霜在此，你……

潘金莲　不！不！我不杀人！我不能杀人！

西门庆　你当真不杀人?（出示玉玦）这鸳鸯玉玦是你亲手赠予我的，武松回来，你难逃一死!欲想活命先除武大!

潘金莲　天啦!你这禽兽!滚!滚哪!

　　　　［武大、郓哥破门而入。

　　　　［西门庆打倒郓哥，脚踩武大，欲下毒手。

潘金莲　西门庆，你不要做得太绝了!

西门庆　看在干妹面上，饶你一命!（抓起武大一扔，然后悻悻而去）

郓　哥　大叔!大叔!

潘金莲　大郎!

武　大　哎哟!

郓　哥　我，我给你买药去!（抚痛下）

潘金莲　大郎，你怎么样了?

武　大　哎哟，我只怕难活命了!我好悔!悔不该讨你这样漂亮的老婆!

潘金莲　（跪下）大郎，事已至此，金莲不求活命，要杀要打，金莲无怨。

武　大　我不杀你，也不打你。今天西门庆叫你下毒，你不依从，总算你还有点良心。我知道，我们两个本不般配，自你过门，我对你不好，我是——想保住你啊!保不住!保不住!我保不住你!事到如今，二弟快要回来，你有杀身之祸了!你走吧!走得远远的，让西门庆、武松都找不到你!你走吧!你走吧!哎哟!

潘金莲　大郎，我不能走。我不能丢下你啊！

王　婆　（急上，课子）小冤家惹下风流祸，

　　　　　　　武松回来我难脱壳。

　　　　　　　西门庆送来毒砒霜。

　　　　　　　武大不死都难活。

　　　　　（进门）哎呀金莲，大郎他……

潘金莲　（憎恶地）你来干什么？

王　婆　方才西门庆到我家说，他不小心误伤了大郎，如今正后
　　　　悔莫及咧！

潘金莲　哼！他是误伤？

王　婆　大郎的伤势怎么样？这里有包药，快快给他服下。

潘金莲　药？你哪来的药？

王　婆　我听说大郎受伤，立即跑到药王老店，买来这神效跌打
　　　　药丸，服下大郎的伤就会好。

潘金莲　不，郓哥已经买药去了。

王　婆　哎哟！谁晓得那毛孩子什么时候回来？

武　大　（辗转呻吟）哎哟！哎哟哟！

潘金莲　大郎！大郎！你忍一下，郓哥快来了……

王　婆　潘金莲，有药不用，难道要痛死大郎不成？人命关天
　　　　咧！

潘金莲　啊！那……那就试试！

　　　　〔王婆抓住金莲的手灌药。

王　婆　好了！这下好了！

武　大　（毒发）哎哟！

　　　　［王婆溜下。

潘金莲　大郎，你……你……啊！（猛省，惊呆）

郓　哥　（拿药上）大叔，药来了！

武　大　（挣扎着指金莲）你……你好狠！（死）

郓　哥　大叔！（手指金莲）啊！你……

　　　　［舞台灯暗，一束追光聚于金莲绝望的脸上。

　　　　［伴唱

　　　　　　谋杀亲夫罪深重，

　　　　　　跳到黄河洗不清。

　　　　　　谋杀亲夫罪深重，

　　　　　　跳到黄河洗不清。

第七场　审嫂

　　　　［灵堂。

武　松　（内唱）听街坊传噩耗如雷击顶——

　　　　（上）大哥！兄长！大哥啊！

　　　　（唱）千呼万唤，你再不开声。

　　　　　　小弟我襁褓之中丧父母，

　　　　　　你胜过父母疼武松。

　　　　　　小弟我自幼生成顽劣性，

　　　　　　你为我操尽一片心。

方洒罢兄弟重逢欢喜泪。

又迎来灵堂孝帷白森森。

兄长你一生懦弱唯谨慎。

却为何如此短命赴幽冥?

想我嫂嫂不贤,嫌憎丈夫,莫非兄长之死乃嫂嫂引祸?

嗯!嫂嫂哪里?嫂嫂哪里?

潘金莲　（内唱）灵堂上一声喊心慌意乱——（上）

唤出我潘金莲千古罪人。

贼男女毁我二十三年人生梦,

金莲拼却命残生。

利剪新磨我要亲手雪仇恨,

见二叔金刚怒目似凶神。

满腹冤情难吐诉,

浑身是口说不清。

怕只怕大仇未报身先殒,

我还得巧言应付图脱身。

见过二叔。

武　松　嫂嫂请坐。

潘金莲　有座。

武　松　嫂嫂,武二这厢有一言动问。

潘金莲　二叔请问。

武　松　兄长何病身亡?

潘金莲　心痛病身亡。

武　松　何日得病？何日身亡？

潘金莲　十五得病，当日身亡。

武　松　可曾请医？

潘金莲　医无良医。

武　松　可曾服药？

潘金莲　已经服药。

武　松　药抓何店？

潘金莲　药王老店。

武　松　何人喂药？

潘金莲　金莲喂药。

武　松　在场何人？

潘金莲　在场王婆。

武　松　我再问你，

潘金莲　二叔请问。

武　松　兄长归天，理当送入祖坟，为何孝未满七，便将遗体火
　　　　化？

潘金莲　夫君遗言，暴病身亡，难入祖坟，速速火化，免惊四邻。

武　松　哦？我再问你，兄长何病身亡？

潘金莲　心痛病身亡。

武　松　何日得病？何日身亡？

潘金莲　十五得病，即刻身亡！

武　松　啊哈是了！兄长死于心痛暴疾，十五得病，即刻身亡，
　　　　他能有遗言留下？

潘金莲　啊！

武　松　既然服药，服药即死，难道这药——是毒药不成?!

潘金莲　啊！

武　松　如此看来，我家兄长死得不明！我家兄长死得不白！

潘金莲　啊！（无限委屈，化成一句惨呼）大郎！

武　松　我看你平日风流浪荡，水性杨花，分明是你不守妇道，谋害亲夫，潘金莲，你好狠的心！

潘金莲　你说我风流浪荡，水性杨花？

武　松　厢房摆酒，戏我武松，身为嫂嫂，于理何容？

潘金莲　你还说我不守妇道，谋害亲夫？

武　松　你这头上便有证据！

潘金莲　头上便有证据？

武　松　为夫守孝，挂白披麻，为何你这发髻之上一点红？

潘金莲　（暴发地）武松，你，你不是人！你是神！你是一尊冷心铁面的神！你想一想，你想一想啊！想当年你我患难交情，神明可鉴。恨人事沧桑，你我重逢已成叔嫂，我手捧着你赠予我的鸳鸯玉块流了多少泪啊！我虽痛心，却没绝望，厢房摆酒，重温旧情，我实在是忘不了你对我的一片恩情，我仍企盼着你能提携我这弱女走出牢笼。可是，我错了！我把你这尊神错认成人了。二郎，你知道吗？你虽然对我铁面冷心，可我不恨你，我仍然爱你，仍然爱你。今日武大已死，你以为我是为他戴孝吗？不，我自知必死，我这是为我自己戴孝！还有这一点红，这一点红吗？二郎，这是我的梦，我的血，这是我潘金莲留给你打虎英雄的一点丹心！

武　松　（已为金莲言词所动，讷讷无言，半晌，低沉地）我大哥究竟为何而死？

潘金莲　你不必多问，武大是我谋杀，今天，就请你把我一刀杀了，去祭你大哥的亡灵吧！

武　松　武松虽然鲁莽，断不草菅人命，我定要将此事查个水落石出。倘若证据在手，潘金莲啦潘金莲，你项上的人头只怕是保不住了！你且下去。

　　　　〔金莲下。

武　松　大哥，今夜武松伴灵，你若有冤，望冤魂托梦，小弟与你报仇雪恨！

　　　　〔郓哥在屋外探头。

武　松　何人？请进！

郓　哥　二叔！（跪地大哭）大叔他死得好冤呀！

武　松　啊！我大哥何冤，快道其详！

　　　　〔郓哥叙述。

武　松　（唱）耳听郓哥诉冤情，

　　　　　　　　不由杀气涌上心。

　　　　　　　　若不手诛狗男女，

　　　　　　　　怎对大哥枉死魂？

　　　　　　　　手执钢刀找贱妇——

郓　哥　（唱）屋里屋外不见人！

武　松　潘金莲逃往哪里去了？

郓　哥　定是逃往西门庆之家。

武　松　待我武松寻仇去也！

　　　　[造型，切光。

　　　　[伴唱

　　　　　　寻仇，寻仇，

　　　　　　武二郎钢刀出鞘去寻仇。

　　　　　　功罪任评说，

　　　　　　个中委曲，把人心揪。

第八场　杀楼

　　　　[狮子楼。

西门庆　（上）哈哈哈哈！

　　　　（唱）西门庆胆包天豪强心性，

　　　　　　使王婆毒武大马到成功。

　　　　　　从今后花魁女供我受用，

　　　　　　持把柄不怕她不顺我心。

　　　　　　越想我心头越高兴，

　　　　　　特来这狮子楼豪饮酩酊。

　　　　小二哪里？

小　二　（应声而上）来咧！昨晚野猫叫不停，来了西门大官人！

　　　　大官人请进！（旁白）又是个吃白食的。

西门庆　楼上可有闲人？

小　二　清早鬼都不上门，狮子楼上无闲人。

西门庆　楼座全包，闲人不得登楼！

小　二　是！下面听着，楼座全包，闲人不得登楼。大官人随我
　　　　来。（上楼）大官人要些什么？

西门庆　好酒好菜只管上来。

小　二　是！下面听着，好酒好菜，只管上来。（下，端着酒菜
　　　　上）酒来菜到，大官人还要什么？

西门庆　下去！

小　二　是！好恶呀！（下）

潘金莲　（上，唱）寻遍了阳谷城三街六巷，

　　　　　　　　访得那西门庆在此逍遥。

　　　　　　　　揣利剪我待把狮子楼上，

　　　　　　　　索玉玦报仇冤一抵一偿。

小　二　小娘子哪里去？

潘金莲　有事登楼。

小　二　此楼已包。

潘金莲　何人所包？

小　二　西门大官人。

潘金莲　正要找他！

小　二　待我禀报！

潘金莲　我是他姑奶奶！（上楼）

小　二　姑奶奶请上楼！姑奶奶请上楼！哎哟！我怎么喊她姑奶

奶?（下）

潘金莲　哟！西门大官人，你好逍遥自在呀！

西门庆　（愕然）干妹，你怎么寻到这里来了？

潘金莲　我俩不是有缘分吗？

西门庆　对呀！有缘分！有缘分！缘分还不浅咧！

潘金莲　活，活在一块！

西门庆　活在一块，难分难解！

潘金莲　死，死在一堆！

西门庆　干妹，此话何意？

潘金莲　这么说，你还不知道！告诉你吧！武松回来啦！

西门庆　武松回来了，干我甚事？

潘金莲　你与王婆串通一气，赚我潘金莲，毒死武大郎。难道
　　　　这——不干你事吗？

西门庆　干妹，这里面不也有你一份吗？

潘金莲　是的！这里面有我一份，可我潘金莲虽生犹死，你西门
　　　　庆大官人不是还想活吗？

西门庆　我当然想活！我还要娶你为六夫人咧！

潘金莲　（正色）将鸳鸯玉玦还给我！

西门庆　（出示玉玦）你是要这个吗？哈哈哈！干妹，这不是你赠
　　　　给我的定情信物吗？怎能三番两次要回去呢？

潘金莲　你还不还？

西门庆　我——若是不还呢？

潘金莲　那我在武松面前把什么都招了出来！

西门庆　哈哈哈哈！想我西门庆，权势通天，金银铺地，小小武
　　　　松，其奈我何？干妹，有此玉玦在手，何愁你不做我的
　　　　六夫人?! 哈哈哈哈！

潘金莲　六夫人！哈哈哈！六夫人！官人，你来，我再送你一样
　　　　东西。

西门庆　什么好东西呀？

潘金莲　官人，你来呀！

西门庆　哦哦！来了！来了！（趋近金莲）

潘金莲　官人……（猛地执剪刺西门庆，西门庆夺剪，将金莲打
　　　　倒在地）

西门庆　看我收拾了你这小贱人！

武　松　（上）西门庆贼子！（飞身上楼）看刀！
　　　　　[西门庆招架武松，二人打得难分难解。

西门庆　武英雄，且慢动手！

武　松　死到临头，还有何话可说？

西门庆　（出示玉玦）你认识这个吗？

武　松　鸳鸯玉玦！

西门庆　潘金莲水性杨花，嫌憎武大丑陋，图谋我家六夫人地位，
　　　　赠我玉玦，毒死大郎，情愿委身于我。武英雄，你兄长
　　　　之死，与我何干？（将玉玦一扔）

潘金莲　（拾起玉玦）二叔……

武　松　哼！让你们死个明白！将王婆带上！
　　　　　[郓哥押王婆上楼。

王　婆　（跪地叩头）英雄饶命！英雄饶命！

武　松　王婆，将口供重述一遍！

西门庆　（暗示）嗯！

武　松　讲！

王　婆　西门庆看中潘金莲美貌，逼迫婆子牵线，因此勾搭成奸。
　　　　潘金莲西门庆二人合伙毒死武大，此事与婆子无关。英
　　　　雄饶命啦！

武　松　人证物证俱在，你们还有何话可说？

西门庆　难道我还怕你不成！

武　松　奸夫淫妇一个也难逃活命！看刀！

　　　　［武松恶斗西门庆，西门庆死于刀下。

潘金莲　哈哈哈！王婆，你也死吧！（执剪刺死王婆）

武　松　大胆贱人，竟敢杀人灭口！

潘金莲　杀人灭口？哈哈哈！杀人灭口？该死的难逃一死，不该
　　　　死的活着成神，成那无肝无肺冷心铁面的神。今天我能
　　　　拿着鸳鸯玉块死在你打虎英雄的宝刀下，也该九泉含笑
　　　　了！你还站着干什么呀？你杀呀！你杀呀！

武　松　你当我不杀你吗？我要剜你的心！

潘金莲　心！我这颗心，早就是你的了！给你！

　　　　［金莲猛扑刀刃，双手紧抱武松颈项而死。

　　　　［武松抱持死去的金莲，摘下金莲发鬓之上的那朵红花，
　　　　凝望……

〔伴唱

    如烟的梦，血染的情，

    英雄的宝刀姑娘的心。

    红颜自古多薄命，

    悠悠恨事重新评。

〔剧终〕

1987 年演出本

城市英雄

时　间：现代

地　点：某城市

人　物：石本科　易四七　白滔德　胡　蝶

　　　　郭进宝　收礼品者　群　众

（一）

　　　[公园。

　　　[晨光中，白滔德在舞剑。

　　　[收礼品者衣衫褴褛，手持土喇叭吆喝上：收礼品哪——

收礼品者　（见白滔德，搭讪）老总，今天……

白滔德　……

收礼品者　（吆喝）收礼品哟……有呷的用的穿的戴的，真的假

　　　　　的，好的歹的都可以换米米（票子）哪！收礼品啦！

　　　　　（下）

　　　[易四七端着掌中宝摄像机兴致勃勃上。

易四七　（对内喊）石本科呃，快来咯！

　　　[易四七返身拉石本科上。

石本科　慢点、慢点，

　　　　　（唱）你莫把我是咯样拖，

　　　　　　　　隔壁娭毑跌破哒后脑壳。

　　　　　　　　先到医院把 CT 片子取，

　　　　　　　再陪我亲爱的去拍拖。

易四七　（唱）你敢不陪我往公园里去，

　　　　　　　我跟你离，离、离哒你去找那个老太婆。

石本科　李娭毑七十多岁哒嘞，莫开这号玩笑！

易四七　逗你的绿豆宝哩。走，摄像去！摄完像你再去帮李娭毑

　　　　　　取 CT 片子。

石本科　（唱）堂客们的毛病真是多，

　　　　　　　借只摄像机来摆阔。

易四七　（唱）结婚纪念该不该录个像？

石本科　该，该！

易四七　（唱）既然应该那你就少啰唆。

石本科　好，我再不啰唆。

易四七　（架好机子，摆姿势）这个姿势好看吧？

石本科　这是什么鬼样子喏？

易四七　超级女声李宇春，也！

石本科　（苦笑）唉！

易四七　呃，蛮有情调的，你叹什么气喏？

石本科　（唱）俗话说光阴似箭真没错，

　　　　　　　一晃半辈子过了河。

　　　　　　　结婚时我信誓旦旦对你说：

　　　　　　　你是我的太阳、我的玫瑰我的歌。

　　　　　　　我要一辈子宠着你过，

　　　　　　　给你幸福，给你美满，给你一个安乐窝。

> 十多年过去我给过你什么？
>
> 只见你眼角的皱纹天天多。
>
> 早知今日当初何必把大话说，
>
> 摄像机摄下我满脸的尴尬莫奈何。

易四七 哪个叫你姓石咯？一坨石头，一辈子都转不活！

石本科 我，我……转不活呀？

易四七 一只工程科副科长当哒上十年，只晓得天天关在办公室帮别个画房子，你就不晓得到别个的房子里去转一转。

石本科 转？怎么转嘛？

易四七 有样看样，没样看世上！

石本科 世上，世上是个什么样子？

易四七 蠢宝！不说别个，就只看看你们的顶头上司白滔德，白老总，人家说他是喝酒基本靠送，抽烟基本靠贡，工资基本不用，老婆基本不动。

石本科 噢，你是说要我给他送烟、送酒、送红包，我自己都没有咧！呃，有，有你这个漂亮堂客！可怜的，就这一个堂客，送给他我舍不得咧！

易四七 你个坏家伙，我打死你，打死你！

石本科 （忽然发现远处来人）哎哎，莫吵莫吵，那边来哒人！

易四七 哦，说曹操，曹操到，白滔德来哒！哎呀！还带哒个小蜜咧！

石本科 莫乱讲！那是我们公司报社的记者！

易四七 记者？喷喷喷喷！如今妹子真的放得开，走路都往领导

　　　　身上挨!

石本科　嘘! 领导的事看到要装作没看到, 快走! 走……

易四七　不, 我就要看, 我喜欢看!

石本科　我的个娘老子也, 走喏……

　　　　[石本科将易四七拖下, 隐于假山石之后。

　　　　[胡蝶纠缠着身穿晨练服的白滔德上。

胡　蝶　白哥, 这个记者, 我, 我不当哒。

白滔德　何解? 好不容易让你进哒报社, 怎么又要跳槽?

胡　蝶　(发嗲地)不, 我要给你当秘书……

白滔德　给我当秘书? 哎哟! 你怕是饭店里呷点菜呀?

胡　蝶　白哥, 你要不答应, 嘻嘻! 以后我就不准你……

白滔德　(警惕地左右一瞄)好好好, 这事下午再说!

胡　蝶　OK! 老地方见。(飞吻, 下)

白滔德　唉, (摇头)同志们哪, 你若是想一天不安宁就请客吃
　　　　饭, 若是想一年不安宁就装修房子, 你若是想一辈子不
　　　　安宁呀, 那就找个情人。经验教训, 教训呀!

　　　　[白滔德气定神闲地舞剑。

郭进宝　(打手机, 上)放心放心, 只要找到白滔德, 我就不信项
　　　　目拿不到手! (重拨号)喂, 喂喂! (发现白滔德)哎哟,
　　　　白老总, 我的个爷, 总算找到你老人家哒!

白滔德　哦。(仍在舞剑)

　　　　[易四七暗中摄像。

郭进宝　是我郭进宝咧! 白总, 那个项目?

白滔德　……

郭进宝　听说那项目你又想给别个做，没有那回事吧？

白滔德　……

郭进宝　（有些不耐烦）白总，你不能一根骨头哄一十二只狗呀！

白滔德　……

郭进宝　你要晓得我是杀猪的出身啦……

白滔德　嗯？

郭进宝　白总，我香也烧哒，头也磕哒，郭进宝我算对得住你
　　　　哒！

　　　　（唱）我两个多次合作交情不浅，

　　　　　　　你不能过河拆桥又烧船。

　　　　　　　洗脚洗澡洗脱哒你几层皮，

　　　　　　　呷伟哥泡洋妞让你做过活神仙。

　　　　　　　放个屁你还飘着我的茅台气，

　　　　　　　牌桌上你搓掉我好多血汗钱。

　　　　　　　这一次三十万打进哒你账面，

　　　　　　　只等你痛痛快快把合同签。

　　　　[白闭目凝神仍不言语。

郭进宝　再加五万怎么样？六万，要得不？八万！好咧，我放血，
　　　　放血！十万！（将十万元银行卡塞进白滔德的口袋）

白滔德　（收起剑势）郭老板，我不是请你杀猪啊。这是市里的重
　　　　点工程，若是搞成一包豆腐渣，那就莫怪我翻脸不认人
　　　　喃！

郭进宝　那是，那是，拜拜！（旁白）老子杀猪的，今天被猪杀哒！（下）

　　　　〔白滔德欲下，发现正蹑足想溜走的石本科夫妇。

白滔德　噢，石本科，你们也在这里！（惊）哦？还带哒摄像机呀！

石本科　（有点慌张）不，不是拍、拍你。今天是我和堂客的结婚纪念日，她硬要到公园里来留个什么青春的尾巴。

白滔德　哦！好，蛮浪漫嘛！拍得怎样？

石本科　哎，不好、不好，这号高科技不晓得玩……

易四七　（将录像带藏好）不好意思，从没摄过像。刚才打开机子一看，没装录像带，你看烦躁不？（递机子）

白滔德　哈……（检查摄像机）你们真是外行，机子怎么能不装录像带呢？笑话！

易四七　是的喏，两个死外行！

白滔德　好，你们玩，你们玩！（下）

石本科　白总好走，好走。

易四七　哈哈哈哈！

石本科　你笑什么？

　　　　〔易四七从衣袋里拿出录像带；白滔德复上，在暗处窥视。

易四七　瞎眼狗碰哒屎，运气来哒！（举起录像带）看，你的正科级有哒！房子有哒，你想要的职称、工资、奖金都有哒！

石本科　啊？

易四七　（得意地）这就是对付白滔德的核武器！

石本科　核武器？什么意思？

易四七　咯都搞不懂！你只要打个电话稍微暗示一下，就会吓得他屁滚尿流，帮你解决所有问题！

[白滔德惊慌失措地溜下。

石本科　敲诈勒索咧！哎哟！搞不得，搞不得……

易四七　你不要太老实哒！敲诈坏人又不犯法！宝气来哒，我还要举报他。

石本科　（忙捂住易的嘴）我的个娘老子呃！求求你，莫惹是非！

易四七　你呀！跌皮树叶子都怕打开脑壳。来，看看录得怎么样？（将带子装上机子）哎呀，出鬼哒，出鬼哒！何解什么都没录到？还是一盘空白带！

石本科　我看看！（检查机子）机子没问题呀！肯定你刚才慌急慌忙没打开开关！

易四七　哎哟！我硬是只猪！

石本科　没录到好，好！少呷咸鱼少口干。（欲下）

易四七　你到哪里去？

石本科　医院去！帮李娭驰去拿 CT 片子。（下）

易四七　（懊悔）唉！煮熟的鸭子飞走哒，我真正蠢咧！

[切光。

收礼品者　（上）收礼品哟！有高档烟酒、名贵字画、金银首饰、

补药伟哥都可以换港币啦！（下）

（二）

[路口。

[胡蝶花枝招展地上。

胡　蝶　（唱）无才无艺就有一张脸，

也只得拿着青春卖现钱。

舞厅里傍上哒白滔德，

他让我当记者、坐轿车、喝洋酒，

我野麻雀总算飞上了天。

哪晓得，采编的新闻像垃圾，

报社里个个把我嫌。

社老总朝我翻白眼，

可怜的哎，三年初中我都没读得圆（完）。

这鬼记者我真的玩不转，

就当个专职的小蜜二奶几清闲。

白滔德约我老地方见，

不达目的我就作死地把他缠。

郭进宝　（迎面上，怪笑）嘻嘻嘻嘻！胡蝶乖乖，快点过来，哥哥
想你哒！

胡　蝶　哎呀郭老板，我也好想你呢！现在我有个重要采访不能
陪你，等下再约啊。（欲走）

郭进宝　（变脸）站哒！老子寻你好久哒，跟我回去！

胡　蝶　跟你回去？我现在是堂堂记者，还能跟你去社会上鬼混吗？

郭进宝　三年来你呷我的穿我的玩我的用我的，把老子当银行，如今当上个什么破记者就翻脸不认人是吧？

胡　蝶　嘻嘻，你是不是还应该赔偿我三年的青春损失费呀？

郭进宝　哟嗬，你还倒打一耙！看样子，又靠上了一棵大树喏？

胡　蝶　那确实，背靠大树好乘凉嘛。拜拜！（欲下）

郭进宝　慢！胡记者，请问你那棵大树在哪里呀？我杀猪的眼下改行当木匠哒，老子要砍掉这棵大树，看你到哪里去乘凉！（猛地抽出一把尖刀）

胡　蝶　啊！救命啊——！

　　　　［胡蝶慌不择路，撞倒手拿 CT 片袋上场的石本科。

石本科　哎，哪个走路不带眼睛？噢，是胡记者。

胡　蝶　石科长，有人打——打劫。

石本科　打劫？快打 110！（拿出手机）

郭进宝　（厉声地）这是老子的家务事，哪个敢打 110？

石本科　（吓了一跳）家务事哟？（对胡）对不起，我走哒——

胡　蝶　（突然抱住石本科）石大哥，你不能走，不能走！

石本科　哎哎，兄弟，莫拿刀子，会出人命的哪……

郭进宝　臭婆娘，把你相好的交出来！

胡　蝶　（将石本科作掩护）要人没有，要命有、有两条！

石本科　两、两条？

胡　蝶　你一条，我一条呀！

石本科　你怎么把我扯进来？你……

胡　蝶　（出其不意地打石本科一耳光）你这个胆小鬼！

石本科　你打我？

胡　蝶　不打你？前天晚上你还对我说"胡蝶胡蝶我爱你，就像
　　　　老鼠爱大米！"

石本科　（气急）你、你……

　　　　[郭进宝也给石一耳光。

石本科　你，你也打我？

石本科　不打你？敢勾我的腿子捡我的篓子呀！

石本科　哎哟，我晓得勾什么腿子？莫听她乱讲。

郭进宝　（抓住胡蝶，对石本科凶狠地）噢，你喜欢的不就是这张
　　　　漂亮的脸蛋吗？好！我就当着你的面在她脸上横一刀，
　　　　竖一刀，眉心中间来一刀……

胡　蝶　石大哥，救我，救我！

石本科　他，他手里有刀咧！

郭进宝　来呀！有本事就来个英雄救美呀！一只胆小鬼还想在老
　　　　子面前赌狠！哈哈哈！窝囊废！胆小鬼！

石本科　什么？我是胆小鬼？（血往上涌）老子今天不要命哒！
　　　　（冲上去护住胡蝶。对郭进宝）要动刀子？来呀！先杀了
　　　　我，从我尸体上踩过去！

郭进宝　你！你找死呀？

石本科　找死？（急中生智，示 CT 片）哼！我正是要找死。你看

看这是什么？

郭进宝　什么狗屁？

石本科　脑癌！

郭进宝　脑癌？

石本科　嗯哼！脑癌！实话告诉你，我是一个只剩三个月阳寿的脑癌晚期，脑壳里的瘤子有一菜碗大。喋！看片子喏！

郭进宝　什么？你只能活三个月？

石本科　三个月！来呀，拿刀子往这里捅呀。

郭进宝　哎哎，慢点，看样子你真的是找死喏？

石本科　不错，迟死不如早死，早死不如就死，一命抵一命，有种的动手啊！（步步逼郭）动手呀……

郭进宝　莫急，莫急。杀了你，我挨枪子，你当烈士，这只臭婆娘还可以领一笔见义勇为奖金。你算盘打得蛮精呀！告诉你，想让我杀一个死到临头的癌症病人，老子还没有那么蠢！（悻悻地下）

石本科　（捡起地上的CT片子）CT呀CT，没有你差点出哒CC！

胡　蝶　（惊魂未定的目送郭进宝下，转身扶起瘫在地上的石本科）石科长，你没事吧？

石本科　（跳起来，没好气地）魂都吓跌哒还没事？碰哒你这个背时鬼！（气咻咻地下，返上）我还得把那个嘴巴子打回来！（给胡蝶一耳光）哼！（下）

胡　蝶　啊！（摸着发烧的脸，忍不住哭了起来）呜呜……

白滔德　（上，发现胡蝶）胡蝶！胡蝶，你这是……

胡　蝶　（扑向白滔德怀里）白哥！呜呜……

白滔德　（推开胡蝶，心虚地四顾）呃，这里不是地方！呃，你哭什么？

胡　蝶　刚才郭进宝逼我交出相好的，还要动刀子杀人！

白滔德　你招啦？

胡　蝶　我宁死不屈，没招！

白滔德　没招？他会轻易放过你？

胡　蝶　是一个过路的病人救哒我。

白滔德　过路的病人？

胡　蝶　一个只能活三个月的脑癌病人。

白滔德　只能活三个月的脑癌病人？叫什么名字？

胡　蝶　是你的部下，叫石本科。

白滔德　什么？石本科得了脑癌？

胡　蝶　那确实，我看了他照的片子，那只瘤子有菜碗大！

白滔德　真的只能活三个月了？

胡　蝶　是医院的最后诊断！

白滔德　人呢？

胡　蝶　刚走。

白滔德　快、快把他追回来！

胡　蝶　追他干什么？

白滔德　采访呀！

胡　蝶　采访？

白滔德 我们城市集团出了这么一个见义勇为的英雄，还是一个只能活三个月的癌症病人。这号爆炸新闻你都不晓得抓，亏你还是个记者。

胡　蝶 他这也称得上英雄？

白滔德 我的胡小姐也，你是记者，你说他是英雄他就是英雄！我们可以妙笔生花包装打造呀！

胡　蝶 那确实，好多明星都是这样打造出来的。石大哥！（追下）

白滔德 哈哈哈哈！

（唱）石本科录像跟了我的踪，

　　　　揞哒我的死穴作不得声。

　　　　庆幸他得了个晚期癌症，

　　　　这才是天不灭曹遂我的心。

　　　　软刀子杀人哪我把巧计定，

　　　　玩一盘猫捉老鼠，纸船明烛送瘟神。

胡　蝶 （推石本科上）石大哥，快走咯……

石本科 干什么干什么，未必你还想挨嘴巴子？

白滔德 （夸张地拥抱）本科，我们的英雄！

石本科 英雄？哪个是英雄？

白滔德 当然是你。

石本科 我？

胡　蝶 对！刚才你面对尖刀，大义凛然，勇敢地救了我，你就是见义勇为的英雄。

石本科　哎哟！什么见义勇为咯？那是狗急跳墙。

白滔德　看，我们的英雄多么机智勇敢！记者小姐，请你对英雄
　　　　来个现场采访。

胡　蝶　哎，石先生，当你看到一个柔弱少女被扯高气扬的……

白滔德　嗯嗯，是趾高气扬。

胡　蝶　啊，对，趾高气扬。被趾高气扬的持刀歹徒挟持，面对
　　　　寒光闪闪的杀猪刀，你不顾自己身患绝症，挺身而出，
　　　　请问你当时想到了什么？

石本科　我想什么？我想我今天只怕是起早哒……

白滔德　太谦虚，太朴实了。记者小姐，这个问题由我代替他回
　　　　答——

　　　　（唱）石英雄是我集团精心培养，

　　　　　　　造就他见义勇为侠义肝肠。

　　　　　　　该出手时就出手，

　　　　　　　关键时能堵枪眼，炸碉堡，甘当人肉盾牌视死如归

　　　　　　　勇斗豺狼，他是活着的董存瑞和黄继光。

胡　蝶　石先生，你明知自己只剩三个月的生命，是什么力量支
　　　　撑你舍生忘死战胜歹徒？

石本科　什么力量？什么力量都没有，我还没呷中饭……

白滔德　这个问题，还是由我代替他回答！

　　　　（唱）虽然是死神与他咫尺相望，

　　　　　　　一息尚存，仍是个顶天立地好儿郎。

　　　　　　　面对死亡，他冲天一笑，

笑声中，那歹徒手中的尖刀成了一根软香肠。

胡　蝶　哇噻！一个新闻即将爆炸，一个英雄已经诞生！

白滔德　马上发稿。

胡　蝶　哎！

白滔德　本科，英雄！

石本科　我、我真的是英雄？

胡　蝶　恭喜你啊石大哥，当哒英雄，升官发财住新房，连崽伢子考大学也能加分嘞。

石本科　啊……

白滔德　英雄！我们的英雄！（紧紧握住石本科双手）

石本科　（目瞪口呆，自言自语）太阳从西边出来哒！

　　　　［切光。

收礼品者　（换上西装，提着编织袋，拿着电喇叭，吆喝上）收礼品哟……有高档烟酒，名贵字画，金银首饰，补药伟哥都可换港币呀……（下）

（三）

　　　　［白滔德、胡蝶和群众打着"热烈欢迎城市英雄载誉归来"横幅、易四七捧着输液瓶、簇拥着身佩红花，坐着轮椅的石本科，敲锣打鼓，载歌载舞地上。

众　　　（唱）欢迎欢迎热烈欢迎，

· 308 ·

石本科　（唱）不小心我成了城市英雄。

　众　　（唱）大英雄呀大英雄。

石本科　（唱）大领导亲手颁金匾，

　　　　　　　二领导给我发奖金。

　　　　　　　恰似白日里做个南柯梦，

　　　　　　　又像驼背鲤鱼跳龙门。

　众　　（唱）跳龙门呀跳龙门。

石本科　（唱）口号声喊得我神魂颠倒，

　　　　　　　我飘飘荡荡……

　众　　（唱）飘飘荡荡……

石本科　（唱）晃晃悠悠，

　众　　（唱）晃晃悠悠，

石本科　（唱）我飘飘荡荡，晃晃悠悠梦里行。

　众　　（唱）梦呀梦里行。

白滔德　（呼）热烈欢迎城市英雄载誉归来！

　众　　（齐呼）热烈欢迎城市英雄载誉归来！

　领　　（呼）向英雄学习，向英雄致敬！

　众　　（齐呼）向英雄学习，向英雄致敬！

石本科　哎哎，各位各位，都是一个锅里呷饭的熟人，这样搞，
　　　　我蛮不好意思啦！

白滔德　呃，你是我们城市集团的光荣和骄傲嘛！

　众　　是啊。

白滔德　同志们，本科同志勇斗歹徒、舍身救人的壮举，使整个

社会为之轰动。他！当之无愧地荣获"城市英雄"光荣
称号。（众人鼓掌）我们城市集团有幸诞生了这么一位
英雄，公司声誉鹊起，产品供不应求，股票随之上升了
二十个百分点。公司决定，给全体员工发双份奖金，加
工资一级！（众人鼓掌）今天英雄载誉归来，我们向他表
示崇高的敬意！（众人鼓掌）好了，英雄重病在身，不堪
劳累，让我们护送他回家休息！

　　〔众人簇拥石本科下。

白滔德　胡蝶，马上发一组照片见报。

胡　蝶　晓得！（欲下）

白滔德　慢点，重点发我和英雄站在一起的照片。

胡　蝶　晓得，晓得，我的白哥也！

白滔德　哈哈哈哈！

　　　　（唱）指鹿为马显神通。

胡　蝶　（唱）生花妙笔造英雄。

白滔德　（唱）新闻是杆没准星的秤，

胡　蝶　（唱）添斤减两，全凭这掌秤人。

白滔德　（唱）后续报道你要跟得紧，

　　　　（同唱）加把劲吹出个超级男声。

　　　　〔两人大笑。

白滔德　我还要交给你个任务！

胡　蝶　只管讲。

白滔德　接下来，石本科将要参加很多报告会，你一定要全程陪

同，要像蚂蟥一样紧紧叮着他。

胡　蝶　叮着他干什么？

白滔德　他身患绝症，只能活到八月十六号。他生命的每一分钟，每一点细微末节都是大家关注的重要新闻。还有，他是你的救命恩人，在他生命的最后日子里，你！要给他送点温馨，送点秋波，送点情调，送点……

胡　蝶　要我当三陪，你舍得呀？

白滔德　严肃点，这是政治任务！这个英雄的底细你是清楚的，如果发现他有什么异常举动，马上向我报告。

胡　蝶　噢，卧底！

白滔德　怎么这样说话？他是我们公司的金字招牌，你要关注他有生之日的每一个细微末节，特别是他的遗嘱！

胡　蝶　遗嘱？

　　　　〔切光。

收礼品者　（拖着行李箱上）收礼品哟……（拆开一条收购的"大中华"，发现里面全是钞票，狂喜）啊！钞票！好大一坨钞票！这真是送礼越送越巧妙，香烟里面藏钞票，老子发财……（突停，掩口，又若无其事地）收礼品哟——（下）

（四）

[石本科家。

[厅堂。墙上挂着"城市英雄"金匾，桌上摆有硕大药酒瓶。

[易四七举着输液架，石本科提着蛇篓上。

易四七　（唱）当英雄的感觉真正好，

石本科　（唱）当活着的英雄感觉更奇妙。

易四七　（唱）想要的东西全来了，

石本科　（唱）没想到的便宜也占到。

易四七　（唱）鲜花掌声，荣誉钞票，

　　　　　　　前呼后拥，迎进送出，比那明星俏。

石本科　（唱）这真是，癞蛤蟆蜕皮不得了，

　　　　　　　一步登天，我成了国宝熊猫，熊猫国宝。

[两人大笑。

石本科　好是好，怕只怕三个月的时限一到，我没死，那不会出CC呀？

易四七　你不是天天在喝药酒，练瑜伽吗？这癌症嘛，哈哈哈哈！

石本科　对呀！三个月时限一到，又是一条爆炸性新闻：城市英雄以无穷的革命毅力战胜癌症，重获新生！

易四七　哎哟，我的石头，你怎么一下子变得这样聪明嗒。

石本科　这还不是搭帮你调教有方！

［胡蝶内喊："石大哥——"

易四七 喋喋喋！那个花蝴蝶又来哒！天天围着你骚，一看到她我就不舒服。

石本科 不是她写报道我怎么会当上英雄？你对人家要客气点！

易四七 客气？我不发脾气就算好的！（下）

［石本科头缠毛巾，躺到椅子上呻吟。胡蝶揣照相机引提水果的白滔德上。

胡　蝶 我们的石大英雄，老总看你来了！

石本科 不敢当，不敢当。请坐，请坐。

白滔德 本科，脑壳还痛吗？

石本科 （有气无力地）哎哟！痛，痛，除开头发不痛，全身上下哪里都痛咧！哎哟！

胡　蝶 石大哥，你的日子不多了，我很难过。想起八月十六号你就要永远离开我们，我的心里硬是像刀子在割一样。

白滔德 唉，这宇宙飞船都上了天，何解没有一种药诊你这号病？我们的医务工作者干什么去了？

石本科 不不，还有希望，我不会死。

白滔德 啊？你不会死？

石本科 你看，这瓶药酒专治脑癌！今天，我又花大价钱买来哒药引子！（指竹篓）

白滔德 我看看！（将手伸进竹篓，抓出一条蛇，吓得魂飞魄散）眼镜蛇！哎呀！

胡　蝶 （吓得尖叫，抱住白滔德）哎呀，白哥！

石本科　哈哈哈，不用怕，这条蛇被我"双规"哒！

白滔德　"双规"哒？

石本科　喋，嘴巴上贴哒胶布，七寸上系哒麻绳，不是被"双规"
　　　　了呀？

胡　蝶　噢噢，想不到，我们的英雄死到临头还这样幽默！

白滔德　本科，今天，我给你带来一个惊喜。

石本科　啊，又有惊喜呀？

白滔德　为了使英雄流血不流泪，我向上级领导报批，已经解决
　　　　了你的正科级职务！（亮批文。胡蝶拍照）

石本科　正科级！（眼睛发直）

白滔德　还有！集团公司奖励你新房一套。

石本科　新房！新房……（手脚发软）

胡　蝶　哎呀！英雄发病哒！快拨120……

石本科　不要，不……要紧！我是高兴，我是激动！谢谢白老
　　　　总！

白滔德　你是英雄，应该享受这样的待遇嘛！我还要去开会。胡
　　　　记者，你多陪一会儿！再见！（下）

石本科　再见！沙扬娜拉！古特拜！（忘形地）哈哈哈，哈哈
　　　　哈……

胡　蝶　石大哥，你的病……

石本科　哦，哎哟……（又躺到轮椅上）

胡　蝶　石大哥，你放松点，我来为你做做按摩！

石本科　不要不要。（半推半就，颇觉舒服）

胡　蝶　石大哥，你的遗嘱写好了吧？

石本科　遗嘱？

胡　蝶　对，我的英雄哥哥呃——

　　　　（唱）石英雄你的生命已不长，

　　　　　　　　最后的日子更辉煌。

　　　　　　　　遗嘱肯定像首诗一样，

　　　　　　　　催人奋进荡气回肠。

　　　　　　　　小妹我想做个独家专访，

　　　　　　　　哥哥你千万千万要帮忙。

　　　　　　　　只要你拿着遗嘱让我照个相，

　　　　　　　　上电视，登报纸，肯定是头版头条配黑框。

石本科　呸啾！人还没死，哪来的遗嘱？我没写！

胡　蝶　写！反正迟早都要写的。写完后，你捧着遗嘱，面带微笑，我捧着鲜花，扶着你的肩膀，来一个大特写！那几多的韵味咯！

石本科　啊，连造型都设计好了呀？

胡　蝶　喋，就是这样！（双手扶住石本科双肩造型）

易四七　（持扫帚上，见状）啊，你们干什么？

胡　蝶　没干什么，采访！

易四七　采访？我怕采魂哩！跟我出去！出去！（朝胡蝶扫地扬灰）

胡　蝶　你！嫂子也，客气点咯！（当着易四七的面，报复式地在石本科脸上啵了一嘴，下）

易四七 （惊呆）啊，你们还当着我的面打啵啊！

石本科 哎，不关我的事，不关我的事。

易四七 不关你的事？你的脸上还有口红印子咧！石本科啊！

　　　　 （唱）石本科你做事没良心，

　　　　　　　　嫌我是个下岗堂客们。

　　　　　　　　十五载穷夫妻我已认命，

　　　　　　　　每天供奉你如同活祖宗。

　　　　　　　　哪知你英雄救美忘了本，

　　　　　　　　找了个花蝴蝶做情人。

　　　　　　　　这真是画虎画皮难画骨，

　　　　　　　　知人知面不知心。（号啕大哭）

石本科 堂客，没那回事，你莫哭嗒！

易四七 （接唱）活在世上我还有什么味，

　　　　　　　　倒不如投河、吊颈、吃瓶鱼藤精。

　　　　［易四七欲夺门而出，石本科拦住，两人追、吵。

石本科 （爆发地）站哒！吵死！呷不得饱饭的堂客。你这不是成
　　　　 心让街坊邻居看我的笑话？你想把我这个假癌症吵成个
　　　　 真癌症是吧？

易四七 只要你敢跟那个狐狸精拉拉扯扯，我就要吵，要让左邻
　　　　 右舍都来看你的笑话！这金匾、奖金、新房我都不要，
　　　　 我只要人，要回我的男人！我问你，你还是不是叫石本
　　　　 科，还是不是我的男人？

石本科 你问我还是不是叫石本科？还是不是你的男人？唉！

（唱）这个世界真的难捉摸，

　　　自己都搞不清我还是不是石本科。

　　　几十年任劳任怨干工作，

　　　到头来原地踏步还是一个老副科，

　　　要钱没有钱，

　　　要窝没得个窝，

　　　别人瞧不起，

　　　堂客讲啰唆，

　　　原只想扎扎实实，勤勤恳恳创造自己的新生活，

　　　没料到越盘越差，盘成了花岗岩一坨。

　　　就因为信口开河一句谎，

　　　一句谎，让我瞎子鸡婆跌进米箩，

　　　窝囊废的祖坟开了坼，

　　　我成了他们的偶像，楷模，是他们口里的歌。

　　　唉，办实事的回报少，

　　　说假话的收获多。

　　　你说这是为什么？

　　　你说我还是不是你男人石本科？

易四七　唉！算哒，我也不怪你，你也不要想那么多哒！

（唱）如今社会上假货通行，

　　　造假的岂止你一人。

　　　"3·15"打假没有狠，

　　　越打越假，假出哒高水平。

假烟假酒假钞票，

假医假药假郎中。

满街贴的办假证，

呷肉都要提防瘦肉精。

连你这癌症也是假，

假癌症才换得个假英雄。

石本科　（唱）看来亲娘才没有假，

连爷老子都不一定真。

[敲门声。

易四七　听，有人来了。

石本科　不会是"3·15"真的来打我的假吧?

[易四七开门。

[门外进来一干部，手捧捐款箱。

来　人　这是城市英雄石本科同志的家吧?

石本科　你是?

来　人　我是市教育局的，您就是石英雄吧?

石本科　正是，请进，请坐。

来　人　不不，我今天送来各学校给你的捐款，数目不大只能表
　　　　达我们的一片心意，请收下。

石本科　谢谢，谢谢……

来　人　再见。（下）

易四七　（接过捐款箱数钱）哦，石头，你来看，都是些五角一毛
　　　　的票子。

石本科 啊!?（心情陡然沉重）堂客，这些钱肯定是那些学生伢妹子省下来的早餐钱，我们用哒，有点缺德不？

易四七 那是的！我们用这号钱会要遭雷打哟！

石本科 不能动，一分都不能动，我想把它捐到希望工程去！

易四七 要得，我也是这样想……

石本科 哎哟！……

易四七 你何解？

石本科 心跳，头昏，真的不舒服！

易四七 啊！

石本科 堂客，不会弄假成真吧。

易四七 你莫紧张。假的，你的癌症是假的！

石本科 真真假假，我……是玩不下去了。

　　　　[切光。

收礼品者 （在汽车喇叭声中，戴墨镜，穿唐装，举着写有"环球礼品回收公司"字样的幡旗上）收礼品哟——有金银珠宝，国宝文物，楼房别墅，进口汽车，除开腿子不收，其余大小吞呷哪——（下）

（五）

　　　　[白滔德的办公室。

白滔德 （练习朗诵悼词）沉痛悼念，我们的城市英雄石本科同志。不幸他英年早逝！……石本科呀石本科，明天就是八月十六日，总算等到了你的死期！（电话响，接听，脸色大变）喂！哪里……什么？……啊！检察院已经介入……（关机，气恼地）郭进宝，你真该死啊！

（唱）郭进宝真搞出豆渣工程，

　　　　垮了房子还压死哒人。

　　　　检察院已介入，

　　　　眼看要查案情，

　　　　姓郭的口风有蛮紧，

　　　　唯有那石本科揪我的心。

　　　　那本录像带能要我的命，

　　　　他若不死我怎安心！

胡　蝶　（高兴地上）白哥，发奖金，快给我发奖金！

白滔德　又发什么奖金？

胡　蝶　我有哒最新发现！

白滔德　啊？

胡　蝶　今天我到脑癌医院调查，根本就没有石本科的癌症记录！

白滔德　那天他不是拿了张 CT 片子吗？

胡　蝶　查清楚哒，那是他隔壁李娭毑的。

白滔德　这么说，石本科根本没得什么脑癌？

胡　蝶　根据我仔细观察，他一餐呷得几碗饭，一点不像个快要死的人。

白滔德　糟糕，我们一开始就被他当猴耍哒！

胡　蝶　那我还逼他写遗嘱吗？

白滔德　逼！作死地逼。谁都知道他是晚期癌症，只要遗嘱到手，

什么时候死，怎么死，就由不得他选择了。

胡　蝶　（胆怯地）那，那……逼出人命来哒，我就不负责哪！

白滔德　你不负责？（冷笑）哼，他这个城市英雄的报道是哪个写

出来的？

胡　蝶　这？

白滔德　他要不死，你怎么收拾这个乱摊子？

胡　蝶　这？

白滔德　还这什么？快去逼呀！

胡　蝶　哎，就去，就去！（出门）哼，神经病！（噘着嘴下）

白滔德　石本科，这回我算栽在你手里哒！

　　　　（唱）听胡蝶报实情如梦初醒，

　　　　　　　赶山汉被鹞子啄了眼睛。

　　　　　　　实指望你能够如期毙命，

　　　　　　　我便能消除隐患把祸根清。

　　　　　　　准备了讣告悼词还有祭品，

　　　　　　　你却是金枪不倒越活越精神。

　　　　　　　你比那泥鳅鳝鱼还要滑得很——

石本科　（烦恼地上）白总咧！

　　　　（接唱）花蝴蝶缠哒吵会要逼死人。

白滔德　哦，胡记者什么事吵你呀？

石本科　她时刻追哒我要遗嘱，这不是要逼死我？

白滔德　哈哈哈！本科，当哒三个月英雄，感觉如何啊？

石本科　感觉？唉！我还有什么感觉咯——

　　　　（唱）世人都想当英雄，

　　　　　　　当了英雄好出名。

　　　　　　　原以为当个英雄蛮过瘾，

　　　　　　　哪晓得，荤腥多了也腻心。

　　　　　　　报告会上炒现饭，

　　　　　　　上电视我王八敬神要作古正经。

　　　　　　　六月天里电灯烤，

　　　　　　　满身的痧痱子硬痒死人。

　　　　　　　花蝴蝶逼我早点闭眼睛，

　　　　　　　堂客呷醋吵哒跟我要离婚。

　　　　　　　老总咧，这英雄当得脑壳痛，

　　　　　　　你看我不当哒行不行？

白滔德　这么说，我捧你做英雄是害了你喽？

石本科　哪里哪里，听说英雄五百年才出一个，偏偏给了我，感
　　　　谢还来不及哩！白总，我一定要好好回报你……

白滔德　呃，我们兄弟一般亲，谈什么感谢？至于说到回报
　　　　嘛……我只要你还我一样东西！

石本科　什么东西？

白滔德　（一字一句地）三个月前，你在公园拍了一些不该拍的东
　　　　西，我就要那本录像带！

石本科　录像带？哎哟我的个爷，那回根本没录到！你也看哒，
　　　　机子没装带子咧！

白滔德　哦，真的没装带子？

石本科　没装！白总，我是老实人，不会骗你！

白滔德　我看你是老实鼻子空、眉毛里头躲臭虫！怎么？想把那
　　　　本带子带到阴曹地府，交给阎王爷？

石本科　交给阎王爷？

白滔德　明天就是八月十六，是你这位晚期脑癌见阎王爷的日
　　　　子！

石本科　（略思，笑）嘻嘻，告诉你一个好消息，我的脑癌症状神
　　　　奇消失，不会死哒！

白滔德　哦？不会死哒？

石本科　搭帮我练气功、呷药酒，那效果硬是——

白滔德　莫演戏哒！什么气功药酒？我去过脑科医院，你根本就
　　　　没得癌症！

石本科　啊！我、我……

白滔德　你一直在欺骗公司，欺骗领导，欺骗群众！

石本科　哎哟白总，我、我……

白滔德　这件事性质恶劣，后果不堪设想哟！

石本科　恶劣？

白滔德　我们公司以前效益不好，濒临倒闭。正是因为出了你这
　　　　位城市英雄，知名度才急剧上升！本科，你是我们城市
　　　　集团的金字招牌，你是全公司几千号员工救苦救难的活

菩萨啊！

石本科　哦！

白滔德　如果，你这个英雄是假的，是个诈骗犯的丑闻一曝光，你将千夫所指，身败名裂！

石本科　啊?!

白滔德　你的名字将永远被钉在历史的耻辱柱上！

石本科　啊？

白滔德　你的丑闻一旦曝光，我们公司将信誉大跌，产品滞销，最后只有一条路……

石本科　哪条路？

白滔德　破产倒闭！

石本科　有这么严重？

白滔德　还有比这更严重的！你若成了个诈骗犯，一定会被公司开除。你的非法所得，全部得没收！你将一无所有，到那时候，你的家庭、你的老婆、你的孩子，怎么办哪！

石本科　啊！（跌坐）不堪设想呀！

白滔德　唉，我的好兄弟，有句话，我、我真不忍心讲啊……

石本科　讲！只管讲，只管讲喏！

白滔德　我讲不出口呀！呜呜……（呜咽）

石本科　我明白哒！我晓得你要讲什么！我替你讲出来！

白滔德　不，不要讲了，你就是讲出来我也不忍心听啊！

石本科　当务之急，我只有按时去死，才能保住城市英雄这块金字招牌；才能保住城市集团红红火火；才能保住几千员工的既得利益，才能保住我家人的安宁！对不？

白滔德　兄弟！

石本科　领导！

白滔德　此时此刻，全市人民在看着你，全公司干部职工在等待你！

石本科　等待我，等待我死亡的消息！

白滔德　兄弟，千古艰难唯一死，真是难为你了。你死了，你是因公殉职，你是烈士！集团公司不会忘记你，我白滔德不会忘记你，人民不会忘记你！你的后事，你的家人我会妥善安排，我将为你戴孝守灵。呜呜……（泣不成声）

石本科　听你的，我，回去了……

白滔德　噢，你这就走？

石本科　我——走了！（神思恍惚地下）

白滔德　（吟）风萧萧兮易水寒，壮士一去不复还！兄弟，走好呀！（狞笑）嘿嘿嘿嘿！

　　　　［光徐徐收。

（六）

　　　　［石本科家。

　　　　［石本科脚步踉跄地上。

　　　　［他狂笑，大哭，呜咽。

　　　　［打击乐时而激越悲怆，时而低回婉转，表现出石本科倒

海翻江般的内心斗争。

[他缓缓掏出钥匙，颤抖的手怎么也插不进门上的锁孔，他只得呼叫。

石本科　堂客，堂客呀！

易四七　（急上）来哒，来哒！

[她开门，扶着心力交瘁的石本科坐下。

易四七　回来哒，哎哟！看你累成这样！以后那些应酬都推掉，莫去哒！来，呷饭！

石本科　……

易四七　噢，先洗个脸。

石本科　……

易四七　那，先喝杯茶？

石本科　拿酒来！

易四七　想呷酒？哎……好好。

[易四七拿酒、杯。

石本科　再拿一只杯子来。

易四七　还有哪个？

石本科　去喏！

易四七　好好。（添一酒杯）

石本科　坐哒，我们两公婆干上一杯。

易四七　你发哒癫呀，我又不会呷酒！

石本科　不会呷酒也呷一回。

易四七　只呷这一回？

石本科　好，这是第一回，也是最后一回。

易四七　以后就不呷哒？

石本科　以后？你想呷也……不呷哒！

　　　　〔两人举起杯。

石本科　来，干！

易四七　（喝酒，被呛）哎呀！

石本科　（怪笑）嘿嘿……

易四七　笑死。

石本科　（眼盯着易四七）笑……是笑死。

易四七　望哒我做什么？不认得呀？

石本科　这里有根白头发（伸手拔下易四七头上的白发）焗油，

　　　　你的头发要焗油哒！

易四七　焗油？要几十百把块钱哩。

石本科　我的堂客也！

　　　　（唱）不好意思呀——

　　　　　　　办公室抽屉里我藏哒六百五十二块私房钱，

　　　　　　　做面膜染头发你用得大半年。

　　　　　　　徐娘半老需要保养，

　　　　　　　要争取那第二青春风韵无边。

易四七　打鬼讲，你呷多哒猫尿。

石本科　（接唱）堂客呀，

　　　　　　　跟哒石本科你没享到福，

　　　　　　　白白浪费哒十多年。

> 从今后吃好点来穿好点，
>
> 星期天带着儿子逛逛公园。
>
> 闲来无事跳跳舞，
>
> 烦闷时，找个网友聊聊天。
>
> 哪怕是你去搞网恋，
>
> 我也会装聋作哑心甘情愿没有怨言。

易四七 哎呀，不对。你……

石本科 我……

易四七 你是讲酒话，还是……

石本科 我……（抓起酒瓶仰头猛灌）白滔德已经晓得我是个假癌症，他要我按时去死，堂客，明年的今天就是我的忌日，（吟）我欲乘风归去哟——

易四七 啊！（抓住石双手）你，你真的在安排后事！

石本科 倘若我的丑闻曝光，这会要连累公司倒闭，员工失业，还会要连累到你们呀……如今，我只有一死，才能保住这一切，堂客呀！

> （唱）我死后千万不要发讣告，
>
> 捧骨灰过小巷切莫招摇。
>
> 教儿子要认真把书读好，
>
> 莫沾染坏习惯好逸恶劳。
>
> 告诉他，做人没有别的巧，
>
> 忠诚老实是头一条，
>
> 正科级副科级争来争去争的是烦恼，

学门艺自食其力自在逍遥。

石本科一失足把美满家庭全毁掉，

你选个厚道人再嫁一遭。

唯愿你梅开二度老来俏，

我纵死九泉也乐陶陶。

易四七 呸啾！你鬼蒙哒脑壳咧！

（唱）你若再胡说八道打鬼讲，

我娘崽捆哒陪你跳湘江。

一辈子湿鼓破锣你敲不响，

到如今再也不能太窝囊。

你要把胸脯擂得做鼓响，

拿出点男子汉的阳与刚。

逼急哒就来个萝卜白菜一锅煮，

到纪委去举报那个白眼狼。

石本科 举报他？那有什么用？他即算受惩罚，也洗不干净我这假英雄的丑恶灵魂！为哒我的名誉，为哒公司、为哒员工，人死账脱身，我这个骗子只有死路一条！

易四七 呸！谁说你是骗子？你骗过谁？你骗的是郭进宝呀。你是为了救人才说谎的呀！哦，你还不晓得吧？郭进宝搞的那个豆腐渣工程垮了，死了好多人！

石本科 啊！

易四七 你若是一死，死无对证，就会让那些个坏家伙逍遥法外，你对得起那些死去的民工吗？对得起他们的堂客崽女吗？

石本科 我？哎呀……

易四七 你以为你一死就干净啦？你这是自私，是逃兵，是胆小鬼！要活，你要理直气壮地活！活得让白滔德害怕，活得让他们那号人心惊肉跳！

石本科 我若不死，白滔德还会来逼，那我何事搞呀？

易四七 三十六计，走为上计！先走了再说！走！

石本科 走？

易四七 你有技术，有文凭，走到哪里搞不到一碗饭呷？上北京！

石本科 要我当北漂呀？

易四七 那就到广东！

石本科 到广东炒地皮呀？

易四七 北漂也好，炒地皮也好，走了再说！收拾东西！

石本科 好！

[远处传来哀乐声。

石本科 （对外探头，惊）走不脱哒，白滔德带人来给我开追悼会哒！

易四七 啊！（思索，附耳）……

石本科 啊？装死？

[切光。

（七）

[哀乐声中，白滔德领祭奠的群众上。

白滔德　（唱）八月十六，令人心碎，

群　众　（唱）城市英雄，撒手西归。

白滔德　（唱）湘水呜咽，

群　众　（唱）南岳含悲。

白滔德　（唱）忍住悲伤的眼泪，

群　众　（唱）鞠躬送别，把英雄陪。

　　　　　[石本科堂屋。石本科神色安详仰卧轮椅上，易四七伏在
　　　　　一旁啼哭不止。众悲哀地进门……

易四七　白总呀！呜呜……

白滔德　节哀、节哀！（对石）本科兄弟，我们给你送行来了！一
　　　　鞠躬！二鞠躬！三鞠躬！

　　　　　[易四七号哭。

白滔德　小易呀，人死虽不能复生，但英雄永远活在我们心中。
　　　　我已经在殡仪馆订了一个贵宾厅，要为本科兄弟举办一
　　　　个隆重的葬礼，以慰英雄在天之灵。

易四七　（佯装感动地）石本科呃，白总对你几多关照呀，生前让
　　　　你当英雄，死后还有贵宾厅！（对白）白总，我代表石本
　　　　科的魂魄感谢你！

白滔德　不用谢，我还做得很不够。呃，本科他上午还好好的，
　　　　怎么一下就……

易四七　是啊，下午他往这轮椅上一坐，只唱哒一首歌，就没有
　　　　气哒！

群　众　唱哒一首什么歌？

易四七　（唱流行歌）其实不想走，其实我想留，白总是我好朋友，要请他单独为我把灵守。

白滔德　什么？要我单独为他守灵？

易四七　白总，你害怕呀？

群　众　是的呀，白总，你不怕鬼吧？

白滔德　笑话，我会怕鬼？为人不做亏心事，半夜不怕鬼……好！我就单独守灵！

易四七　白总，我又代表石本科的魂魄感谢你呀！（对众人）白总单独守灵，请大家到后面搓将的搓将，打牌的打牌，半夜肚子饿，我准备哒夜宵！呜呜呜……

　　　　〔众人一哄而下。易四七欲下。

白滔德　（心存畏怯）小易，你是亲属，不能走，要伴灵！

易四七　对，我伴灵！伴灵！

　　　　〔阴森的打击乐……

易四七　（搬凳子）白总，坐……

白滔德　（吓了一跳）噢，我坐！（回头，突然发现石本科双眼睁开）哎呀！他、他没闭眼睛……

易四七　他呀，死不瞑目呀！（用手一抹，本科合上眼皮）

白滔德　嗯？（心存疑惑地摸了一下石）怎么还有热气？

易四七　刚落气，还不跟睡着哒一样？

白滔德　噢，有道理，本科兄弟呀……

　　　　（唱）你一身嫩软的还没死透，

易四七　（唱）留恋人世你不想走。

白滔德　（唱）殡仪馆贵宾厅布置已就，

易四七　（唱）白老总催你驾鹤去西游。

白滔德　（唱）人世间富贵你已享受，

易四七　（唱）还有些欠账你没收。

白滔德　（唱）黄泉路上你快点走，

易四七　（唱）奈何桥上你还回得头。

白滔德　（唱）他似死非死叫人解不透，

易四七　（唱）我有意无意跟他把圈子兜。

白滔德　小易，本科与我胜似兄弟，情同手足。此时此刻我想一个人好好陪陪他，你到后面去休息休息吧！

易四七　呃！本科，白老总要单独陪陪你，你的魂魄头一莫出来吓领导啦。（窃笑下）

白滔德　（四顾无人）石本科呀石本科，你该不是假死吧？（壮壮胆，捏掐石本科，见无反应，放心地）死了，真的死了！石本科，你听着——

　　　　（唱）你不该把我的隐私抓在手，

　　　　　　　若不死，东窗事发我便是阶下囚。

　　　　　　　你死得其所死得是时候，

　　　　　　　我心甘情愿给你磕响头。

〔易四七暗上，录像。

〔白滔德磕完头后发现，轮椅上的石本科不见了，惊惶中起身，见石直挺挺地立在身后，像湘西傩戏里的僵尸。

〔石本科步步逼近，白滔德吓得连连后退。

白滔德　你你，是人是鬼？

石本科　你才是鬼哩！

白滔德　你，你没死？

石本科　到阴间打了一个转身又回来哒！

白滔德　回来干什么？

石本科　阎王老子要我回来取样东西。

白滔德　什么东西？

石本科　喋！也是你想要的东西。（举起一本录像带）

白滔德　啊，录像带？石本科，你果然是假死！

石本科　那是！我是假癌症，假英雄，假死人！

白滔德　本科，我们做个交易吧，把带子给我，你要好多钱？

　　　　〔石本科不屑一顾，舞剑。

白滔德　五万、六万、八万……好！我放血。（走拢）十万？
　　　　二十万！

石本科　钱？我不要。

白滔德　你要什么？别墅？汽车？出国？我都能满足你……

石本科　我只要一样……

白滔德　哪一样？

石本科　我要为那些在豆腐渣工程中死去的民工兄弟讨一个公道！

白滔德　你！你让我太失望哒！（扑灯蛾）你晓得吗？为了这本带
　　　　子，我花费了多少心血！

石本科　你晓得吗？为了这本带子，我付出了多少代价！

白滔德　为了它，我让你一步登天，无比的荣耀！

石本科　为了它，我的脸面落地！再没有人的尊严！

白滔德　为了它，我给了你房子、位子、票子！

石本科　为了它，我失去了诚心、爱心、良心！

白滔德　为了它，我战战兢兢，如履薄冰！

石本科　为了它，我寝食不安，如烈火焚身！

白滔德　我是生不如死！

石本科　我、我要为那些冤魂超生！

白滔德　兄弟，把它给了我吧！我给你下跪了！（跪下）

石本科　你，你，这是干什么……

白滔德　本科呀！我活得好苦呀！

　　　（唱）我的苦楚你哪知晓，

　　　　　　就像那火烧乌龟里外受煎熬。

　　　　　　为了头上这顶乌纱帽，

　　　　　　我欺上哄下夹着尾巴从没直过腰。

　　　　　　我拿着热脸挨冷脸，

　　　　　　逢年过节还要送红包。

　　　　　　人家的老婆我得喊阿姨，

　　　　　　领导偷情我要站岗放哨当保镖。

　　　　　　当然我自己也不是个好东西，

　　　　　　找个小蜜她又把我的竹杠敲。

　　　　　　桩桩件件都要花大钱，

　　　　　　因此上我钻山打洞把钱捞。

　　　　　　一旦权在手中握，

良心便往茅坑里抛。

为了钱，我把工程卖给郭进宝，

得了钱，我又生怕事情会穿泡。

睡觉我都睁着眼，

消防车过身我心里都发毛。

到如今我怕公安，怕纪检，怕"双规"，

更怕那法律不把我饶。

兄弟呀，给我带子让我把晚节保——

石本科　我要是不给呢？

白滔德　让你假死变真死！（猛扑上去，掐住石的脖子）

　　　　（接唱）请你到阴曹地府走一遭！

　　　　[灯大亮，易四七持摄像机领众人上。

　　　　[白滔德惊惶倒地。

群　众　（上）白滔德，你想杀人灭口！

石本科　大家都应该清楚了吧？

群　众　清楚哒。

石本科　白老总，这盘带子可以给你。不过，是盘空白带。

易四七　真家伙在这里！（从录像机上取下录像带）这一次我打开

　　　　了开关。把你的离心肝肺都录下来哒！

白滔德　啊！（瘫倒在地）

胡　蝶　（假哭上）石英雄……（见状惊异地）哎怎么啦？该死的

　　　　没死，不该死的死哒？

易四七　呸啾！

石本科 同志们，我现在正式宣布，我要向政府举报腐败分子白
滔德！

〔众人鼓掌。

石本科 不好意思，我还要向大家坦白交代，我这个脑癌是假的，
我这个城市英雄也是假的！

群 众 △不！你敢于揭发腐败分子白滔德，你还是英雄！

△我们这个城市正需要你这样的英雄。

△你还是我们的城市英雄！

胡 蝶 （拍照）哈哈，又是一条特大爆炸性新闻！

〔众大笑，簇拥着石本科，造型。

〔白滔德踉跄欲下，收礼品者上。

收礼品者 老总，你……

白滔德 唉！

收礼品者 （吆喝）收礼品哟！有呷的用的，穿的戴的……（望着
白滔德下场的背影，突然改口）收破烂啦！有破铜烂
铁废书废报啤酒瓶牙膏皮子、乌龟壳子、脚鱼板子收
啵？收废品啦！……

〔光徐收。

〔剧终〕

2006 年演出本

古镇风流

三幕多场景戏曲

第一幕 暴风骤雨

时　间：1950 年春

地　点：樟树镇——湘北古镇，以当地特产麻石和湘绣而名传遐
　　　　迩，因伴湘江水港，该镇一直是当时当地商业物流要津。
　　　　镇上居民男的多为石匠，妇女多为绣女。

人　物：杨春华，男，10 岁，杨守义侄子

　　　　徐光明，男，13 岁，徐大发养子

　　　　吴文画，女，8 岁，吴文书之女

　　　　杨守义，男，30 岁，杨春华之叔

　　　　徐大发，男，38 岁，徐光明养父

　　　　吴文书，女，27 岁，吴文画之母

　　　　丁汉文，男，25 岁，地主少爷

　　　　张吉祥，男，29 岁，民兵队长

　　　　王彩凤，女，23 岁

　　　　徐曼云，女，15 岁，徐大发养女

　　　　民兵、群众等

　　［序歌

　　　　啊，老樟爷

　　　　你傍古镇生，虬根盘杂

　　　　你伴湘水长，叶茂枝华

　　　　千百年轮

曾刻下绿荫里的痴醉佯狂

四季风雨

可印迹人世间的酸甜苦辣

啊，老樟爷

我的老樟爷

[舞台升光——樟树镇镇头。一棵巨大老樟遮天蔽日，树干上粘贴着标语："土改胜利万岁""毛主席万岁""枪毙恶霸地主丁汉武"等。

[远处传来阵阵口号声："枪毙恶霸地主丁汉武""共产党万岁"……

[吴文画、杨春华、徐光明三个孩子雀跃过场。

[拿着梭标步枪的民兵们列队过场。

[民兵队长张吉祥用步枪挑铜锣上。

张吉祥　（敲锣）乡亲们，今天枪毙恶霸地主丁汉武，大家赶快到丁家祠堂去开公审大会啊！哪个不去，要作地主狗腿子论处啊！

[张吉祥敲锣喊话下。

[吴文书拖执着梭标的杨守义上。

吴文书　守义哥，你快去把我妹妹文画找回来！

杨守义　急什么？她肯定跟光明、春华两个猴崽子看公审大会去了！

吴文书　快帮我找她回来！（佯恼）你去不去？

杨守义　去去去！不过，要有奖励！（欲亲文书）

吴文书　哎呀！也不看这是什么地方！（拿出一个烟荷包）这个奖
　　　　给你！

杨守义　嘿嘿！鸳鸯戏水！（高兴地下）

吴文书　（表情霎时黯淡，担心地）哎呀！文画该不会真的去看公
　　　　审大会吧？

　　　　（唱）樟树镇公审恶霸群情激愤，

　　　　　　　只听到祠堂传来阵阵口号声。

　　　　　　　碎剐那丁汉武难泄我的恨，

　　　　　　　偏又怕呀，文画也去看毙人。

　　　　〔杨守义和文画、光明、春华嘻嘻哈哈地上。

杨守义　报告，任务完成，文画找来了！

吴文画　姐姐，找我干什么嘛？

徐光明　我们做了一个高帽子……

杨春华　是给恶霸地主丁汉武戴的！走，我们看公审大会去！

吴文书　（厉声）要看公审你们去，文画要回去绣花！

吴文画　（委屈地）姐姐，我……

吴文书　还我什么？赶快回去帮我绣完那架花，急着要交货的！

吴文画　姐姐，好姐姐，让我去看公审……

杨守义　就让她去看看嘛……

吴文书　（没好气地）这不关你的事！（对文画）走！回去！（带文
　　　　画下）

徐光明　杨春华，文画不去，我们去……

徐大发　（内声）不准去！（手拿酒瓶，醉醺醺地上）要看公审你
　　　　们去，光明伢子不准去！

徐光明　爹爹，我要去！

徐大发　枪毙恶霸是大人的事，你们细伢子去凑什么热闹？光明
　　　　伢子，你同我到麻石坑打炮眼去！

徐光明　爹爹，民兵队长讲，哪个不去就是地主狗腿子！

徐大发　放屁！（打光明）不听讲！叫你不听讲……

杨守义　（拖开大发）算哒！细伢子要去看热闹就让他去，何必往
　　　　死里打？他是你的崽咧！

徐大发　他不是我的崽，他是丁汉……

杨守义　（急掩大发嘴）你灌多哒猫尿吧？

徐大发　（将守义推开）搭帮毛主席，搭帮共产党，我徐石匠翻身
　　　　了，翻身了！哈哈哈哈！我那苦命的堂客啊，今天枪毙
　　　　丁汉武，你在九泉下可以闭眼睛了！（推光明）你去！我
　　　　让你去看公审，看你那恶霸爷老子遭枪炮子打！哈哈哈
　　　　哈……

徐光明　爹爹，你呷醉哒！我送你回去！

徐大发　滚开！老子不是你爹爹，告诉你，你的亲爹是丁汉武！
　　　　你是丁汉武的小杂种！

徐光明　（如雷击顶）啊！

徐大发　我今天一番好意，不忍让你去看你亲爷老子挨枪打，你
　　　　偏不听，好！你去！你去呀！哈哈哈哈……
　　　　（唱）老天长眼，我好解恨，

丁汉武今日挨枪崩，

坏事做绝遭报应，

我好不容易盼来这时辰。

杨守义　徐大发，你不能讲，不能讲啊！

徐大发　我要讲！这仇，这恨，闷在我心里一十三年啊！

（唱）想当年我鬼蒙了心，

向丁家借钱讨了亲。

新婚夜丁汉武来逼债，

糟蹋我堂客，我作不得声。

十月后生下这小杂种，

你看这眉毛眼睛好像那凶神。

可怜我堂客难产丧了命，

我劳神费力带大的是丁家人。

今天要打死这小杂种，

让丁家绝后才甘心。

徐光明　（喃喃地）我是丁汉武的小杂种？我的眉毛眼睛像恶霸地

主丁汉武？啊！

［徐光明哀号，朝脸上乱抓乱挠。

杨守义　光明！光明！哎呀，他把眼睛珠子都抠出来哒！

徐大发　（狂笑）报应！报应啊！

杨守义　（抽大发耳光）徐大发，你有仇有恨，到丁家祠堂咬丁汉

武一口吵，拿细伢子出气算什么角色？春华，来，快点

帮我把光明送到王三郎中那里去！

[守义、春华送光明下。

[大发呆立，狂叫一声，狠擂自己几拳，追下。

[切光。

[暗光。老樟树下。

[丁汉文慌慌张张上。

丁汉文　（唱）穷人翻身，大哥处极刑，

　　　　　　　樟树镇难容我丁汉文。

　　　　　　　趁夜色躲开民兵，

　　　　　　　我似丧家犬，夹着尾巴去逃生。

[丁汉文觅路欲下，被手执梭标的王彩凤拦住去路，惊
倒，帽子掉地上。

王彩凤　（幽幽地）二少爷，你要走？

丁汉文　是彩凤呀！我不敢走，我要在樟树镇接受你们贫雇农的
　　　　监督改造！

王彩凤　二少爷，你……你还是走吧！

丁汉文　你让我走？

王彩凤　二少爷啊！

　　　　（唱）给你家当丫头五年整，

　　　　　　　挨打受骂，苦水和泪吞，

　　　　　　　就你丁汉文还有人性，

　　　　　　　从没把彩凤来欺凌。

　　　　　　　今晚我放你去逃命，

　　　　　算是还了你的情，

　　　　　还望你丢掉少爷臭身份，

　　　　　远走高飞，自食其力去谋生。

丁汉文　（跪下）彩凤，只要我丁汉文大难不死，将来一定要报答你的！

王彩凤　二少……丁汉文，我王彩凤不要你报答。你快点走吧！

　　　　[彩凤目送丁汉文下。

　　　　[张吉祥带吴文书、杨守义上。

张吉祥　王彩凤，看见丁汉文没有？

王彩凤　丁汉文？没、没看见。

杨守义　（发现帽子）队长，这是丁汉文帽子！

张吉祥　好啊王彩凤，你竟敢放跑地主少爷丁汉文，这还了得？杨守义，把她押到民兵队去，我要跟她算总账！吴文书，你跟我去追丁汉文。

　　　　[杨守义押王彩凤下，张吉祥坐下。

吴文书　队长，还追不追丁汉文？

张吉祥　急什么？他丁汉文一个痨病壳子，能跑到哪里去？来，坐下。

　　　　[吴文书远远坐下。

张吉祥　文书，你觉得我这人怎么样？

吴文书　你石匠手艺一流，还是民兵队长，革命热情蛮高的……

张吉祥　你今年有27岁了吧？嘿嘿！我今年29岁……文书，我想要你做我的堂客，要得吧？

吴文书　哎呀张队长，一个天上，一个地下，我高攀不上你！

张吉祥　文书，我俩蛮般配咧！

　　　　（唱）你是镇上大美人，

　　　　　　　我是革命急先锋，

　　　　　　　别看我只是个民兵队长，

　　　　　　　手握实权也能掌乾坤，

　　　　　　　三年两载要当镇长，

　　　　　　　再区长县长往上升。

　　　　　　　看我俩郎才女貌前程似锦，

　　　　　　　伴龙得雨，你是有福人。

吴文书　实在对不起，我没这个福分。

张吉祥　你看不起我这贫雇农？

吴文书　我自己也是贫雇农，怎么会看不起你？

张吉祥　（凶相毕露）你以为我不晓得，你心里有哒人！你的心上
　　　　人就是那个恶霸地主丁汉武！

吴文书　啊！

张吉祥　过去，我惹不起丁汉武，如今，他已被枪炮子穿心，我
　　　　才敢向你提亲，文书，我是真心的，嫁给我吧！

吴文书　不要说了，我不会答应你！

张吉祥　看样子，你要为那死鬼守节是吗？吴文书，我是民兵队
　　　　长，专搞阶级斗争的，你难道要逼我在樟树镇把你的丑
　　　　事抖出来吗？

吴文书　张吉祥，你不是人！

（唱）我说你猴戴帽子充人形，

我看你嘴脸太恶心。

解放前，你给丁家作佃户，

谁不知你是恶霸的跟屁虫，

那晚丁汉武破门侮辱我，

就是你为他望风守的门。

到如今你拿这事要挟我，

扪心问，你还是人不是人？

张吉祥　臭婊子，你非要逼老子霸王硬上弓是吧？（抱住文书乱摸
　　　　乱啃）

吴文书　救命啦——

杨守义　（跑上）狗杂种！（痛打吉祥，扶起文书）文书，你没事
　　　　吧？

张吉祥　（拿出哨子狂吹）民兵队集合！

　　　　[民兵们跑上。

民　兵　队长，出了什么事？

张吉祥　同志们，阶级斗争复杂啊！今晚，大恶霸地主丁汉武的
　　　　臭姘头吴文书勾结坏分子王彩凤，放跑了地主少爷丁汉
　　　　文。

　　　　[民兵们惊愕，议论纷纷。

吴文书　张吉祥，你血口喷人！

杨守义　张队长，你不要胡说八道，方才是你……

张吉祥　住口！吴文书是隐藏在革命队伍里的美女蛇，方才我审

问她，她竟敢对我耍美人计，想拉我下水，若不是我革命意志坚定，差点……你们看，我这脸上都是她抓的血印子！我决定，从明天起，吴文书挂破鞋游街斗争！

杨守义　（瞪着吴文书）吴文书，这是真的吗？这是真的吗……

　　　　［切光。

　　　　［暗转。徐大发家。

　　　　［一灯如豆。徐光明眼扎纱布，呆坐。

徐大发　（端饭碗上）来，呷饭！（光明不接）好，我喂你！（光明不张口）你……唉！我的死去的堂客啊！

　　　　（唱）我好伤心！

　　　　　　　十三年，我老牛舐犊把他当亲生，

　　　　　　　十三年，他作古正经把我当父亲。

　　　　　　　悔不该，酒后失言说他是杂种，

　　　　　　　抠瞎双眼，他再不认我是父亲。

　　　　　　　眼见他，不呷不喝也不困，

　　　　　　　这犟驴子脾气硬气死人。

　　　　　　　打他心不忍，骂他不忍心，

　　　　　　　我恨不得一头碰死才省心。

徐曼云　（上，接过大发饭碗）弟弟，好弟弟，听姐姐话，呷饭好不？

徐光明　姐姐，我真的是恶霸地主的崽？

徐曼云　不是的，你是贫雇农的崽！

徐光明　姐姐，我的眉毛眼睛真的像丁汉武？

徐曼云　那是爹爹呷醉哒乱讲的！你的眉毛眼睛像妈妈！弟弟，
　　　　听姐姐的话，呷饭。你以后还要当民兵的啊！

徐光明　姐姐，我的眼睛会好吗？

徐曼云　当然会好！弟弟，爹爹脾气不好，其实心还是蛮好的，
　　　　他只有你这个崽，姐姐也只有你这个弟弟！

徐光明　姐姐，我呷饭！

　　　　[徐曼云喂光明吃饭。

　　　　[王彩凤提几个鸡蛋，幽灵般的上。

王彩凤　大发哥。

徐大发　彩凤，今天你和文书还在游街，没事吧？

王彩凤　（苦笑）我倒没什么，吴文书真的受不住了！哦，光明的
　　　　眼睛好点了吗？我拿了几个鸡蛋来给他呷。

徐大发　凤妹子，都怪我，都怪我啊！

徐光明　爹爹！

徐大发　（将光明搂进怀）我的崽啊！

　　　　[切光。

　　　　[暗转。老樟树下。黄昏。

　　　　[吴文书、杨守义相对上。

吴文书　（唱）夕阳如火，

杨守义　（唱）血色黄昏。

吴文书　（唱）老樟依旧绿，

杨守义 （唱）晚霞依旧红。

吴文书 （唱）自难忘，多少月夜风轻轻，

杨守义 （唱）樟树下，我吹短笛她数星星，

吴文书 （唱）自难忘，他搞土改评上先进，

杨守义 （唱）樟树下，她向我献出火热的情。

吴文书 （唱）到如今，我被淋上一身的粪，

杨守义 （唱）不相信她是那号臭女人。

吴文书 （唱）莫问莫问切莫问，

杨守义 （唱）我定要当面向她问个清。

吴文书 （幽幽地）守义哥……

杨守义 吴文书，你给我讲清楚，你到底是不是丁汉武的臭妍头？你讲，你讲你是被冤枉的啊！

吴文书 （喃喃地）你叫我怎么讲啊？

杨守义 你晓得我好看重你！为了你，我斗地主，闹土改样样走在别人前头，我想入党，我想当干部，我想让自己能配得上你，如今，你突然成了丁汉武的臭妍头！吴文书，这是真的吗？

吴文书 守义哥，假如这是真的，你还会看重我吗？

杨守义 （步步后退）不，这不是真的！不是真的！

吴文书 是真的！文画就是我和丁汉武生的女儿！

杨守义 不！我不相信！不相信！

吴文书 （唱）守义哥我的好亲人，
　　　　　多谢你爱我一片情。

只恨文书是苦命,

十六岁抵债进了丁家门,

千般苦楚都吃尽,

绣花架上熬青春。

丁汉武急色又残忍,

火坑里我难逃清白身。

生下了女儿小文画,

那恶霸将我赶出门。

亲母女人前称姐妹,

我瞒过了镇上乡亲们。

先指望解放过上好日子,

又谁知破鞋姘头罪加身。

满腹冤情无处诉,

跳到黄河我也洗不清啦!

杨守义　（暴跳）你真是破鞋?你真的是丁汉武的臭姘头?吴文
　　　　书,你!你……

　　　　[杨守义愤然冲下,复上,扔下烟荷包,下。

吴文书　（长呼）守义哥——

　　　　[切光。

　　　　[暗转。吴文书家。

　　　　[小文画正在花架上绣花,瞌睡上来,睡着了。

　　　　[吴文书上,将一件衣服搭盖文画身上。

吴文书　（唱）细雨敲窗不忍听，

　　　　　　　我似那风中残烛雨中灯。

　　　　　　　游街游掉我半条命，

　　　　　　　魂惊夜半，耳边犹响破锣声。

　　　　　　　乡亲唾骂犹可忍，

　　　　　　　守义绝情伤了我的心。

　　　　　　　生不如死，一死得清静，

　　　　　　　可怜文画呀，无娘女今后好孤零。（哭）

吴文画　（被文书哭声惊醒）姐姐，你哭什么？我已经给你熬好了
　　　　药……

吴文书　文画，姐姐的病好不了，不呷药了……

吴文画　不！姐姐你的病会好，会好！（哭）

吴文书　文画，莫哭，你今年八岁了，过几年就是大人了！

吴文画　现在我就是大人了，你看，我绣的花！

吴文书　真是个灵范妹子，比姐姐还绣得好！文画，姐姐每天游
　　　　街打锣，害得你在学校做不起人，你恨姐姐吗？

吴文画　不恨！你是我最好的姐姐，跟妈妈一样疼我！可惜我从
　　　　没看见过妈妈……

吴文书　妈妈！文画，没听你喊过妈妈，你喊一声给我听听。

吴文画　妈妈！

吴文书　（张口欲答，强忍住）文画，我的好妹子，假若姐姐出远
　　　　门了，你能自己照顾自己吗？

吴文画　能！我可以住到春华哥家里去！

吴文书　那你可要听守义叔和春华哥的话。

吴文画　我晓得！姐姐，你要到哪里去？

吴文书　我……文画，这里有张药单子，你要守义叔去药铺给我
　　　　抓几副药。

吴文画　好！（拿起药单欲走）

吴文书　（失控地）文画！

吴文画　姐姐！

吴文书　你去吧，去吧……

　　　　［文画下。

　　　　［吴文书跌跌撞撞走进内室。

　　　　［光暗，一声霹雳。

　　　　［无歌词伴唱起：啊——

　　　　［电闪雷鸣中，杨守义发疯般冲上，进内室。

　　　　［杨春华牵吴文画跑上。

　　　　［杨守义抱出已经死去的吴文书。

吴文画　（惨叫）姐姐——

　　　　［闪电，霹雷……

　　　　［切光。

　　　　［无歌词伴唱继续……

　　　　［舞台升光。

　　　　［老樟树下，杨春华在辅导吴文画功课。

　　　　［瞎子光明拄杖走来，两人扶他坐下。

　　　　［三个孩子依偎在一起。

〔伴唱渐收。

〔光渐收。

第二幕　混沌岁月

时　间：距前幕十七年后，1967 年夏天

地　点：樟树镇

人　物：吴文画，女，24 岁

　　　　杨春华，男，27 岁，杨守义侄子

　　　　徐光明，男，30 岁，瞎子，徐大发养子

　　　　杨守义，男，47 岁，杨春华之叔

　　　　徐大发，男，55 岁，徐光明养父

　　　　张吉祥，男，46 岁，镇长，走资派

　　　　王彩凤，女，40 岁，徐大发之妻

　　　　徐曼云，女，32 岁，徐大发养女

　　　　王木匠，男，46 岁，王荷花之父

　　　　王荷花，女，22 岁，王木匠之女

　　　　孙得宝，男，25 岁，造反派司令

　　　　造反派、战士、黑五类

〔狂噪的"文革"音乐。

〔舞台升光。老樟树上贴着"将无产阶级文化大革命进
　行到底""横扫一切牛鬼蛇神""打倒走资派张吉祥"等

标语。

[孙得宝指挥一队造反派战士上。

孙得宝　立正！稍息！战友们，无产阶级文化大革命已经到了关
　　　　键时刻，党内一小撮死不悔改的走资派勾结社会上的牛
　　　　鬼蛇神，向无产阶级政权发动了猖狂反扑，狼子野心，
　　　　何其毒也！我们樟树镇东方红造反兵团要造反要夺权，
　　　　要拿樟树镇最大的走资派张吉祥开刀！解散！

战士们　革命无罪，造反有理！

孙得宝　王荷花，你怎么喊得有气无力？

王荷花　（歇斯底里）革命无罪，造反有理！

孙得宝　这还差不多！

　　　　[孙得宝与众战士下。

杨春华　（上，朝远处招手）文画！文画……

吴文画　（拿一张画稿上）春华哥，什么事？

杨春华　告诉你一个好消息，你已经通过政审，可以加入我们东
　　　　方红造反兵团了！

吴文画　真的？这么说，我们两个都成了光荣的造反派，可以并
　　　　肩战斗了！（亲了春华一嘴）

杨春华　呃，你拿的什么？

吴文画　毛主席像，我请学校老师帮我描的！

杨春华　你描毛主席像干什么？

吴文画　我俩结婚不是还差一对绣花枕头吗？你看，现在破四旧，
　　　　那些鸳鸯蝴蝶都不能绣了，我想，干脆绣上毛主席像！

杨春华　对！好主意……

　　　　［苍老的杨守义背石匠工具上。

杨春华　叔叔，收工了呀？（接过工具箱）

吴文画　守义叔，看你又呷酒了，昨天都醉成那样，今天还喝！

杨守义　三杯通大道，一醉解千愁啊！（又喝酒）

吴文画　守义叔你再不能喝了……

杨春华　让他喝吧！你姐姐死后，这十多年，他哪天不喝醉？打
　　　　出的麻石都带酒气！叔叔，我们送你回去。

　　　　［春华、文画扶杨守义下。

　　　　［随着一记小锣响，瞎子光明从老樟树后钻了出来。

徐光明　哼！造反造反，呷饱哒饭没事做！这是要砍脑壳的！（拿
　　　　出小锣敲了一记，又飞快藏了起来）算八字啵？唉！
　　　　（唱）造反的声势吓死人，

　　　　　　　我光明瞎子跟哒难做人。

　　　　　　　八字只能偷哒算，

　　　　　　　若是发现处罚不会轻。

　　　　　　　今天要受批判，

　　　　　　　明天要挨斗争，

　　　　　　　剃个阴阳头去游街，

　　　　　　　会封我个四旧的黑典型。

　　　　　　　算八字啵？算八字啵？

王荷花　（上）光明瞎子，给我算个八字！

徐光明　你是王木匠屋里荷花不？

王荷花　是呀!

徐光明　是你要算八字吗?

王荷花　算是想算,不晓得你算得准不?

徐光明　笑话!讲起这算八字,南岳菩萨都没有我灵!慢点,你
　　　　是造反派不?

王荷花　是的咧!

徐光明　哎呀我的娘老子,真菩萨面前烧不得假香,我的八字在
　　　　造反派面前算不灵!收摊子!走人!

王荷花　不给我算是吧?好!带你到孙得宝那里去,斗死你!

徐光明　莫莫莫,我给你算,要得吧?不过,乡亲不乡亲,无钱
　　　　法不灵,我算灵八字要收钱喃!

王荷花　么子?造反派算八字还要收钱?

徐光明　那是的!别人算,收两角,对你们造反派优惠,收一
　　　　角!

王荷花　一角就一角,算咯!不过,我不记得自己的年庚生月!

徐光明　不晓得自己年庚生月还算什么八字?是这样,我给你看
　　　　相!

王荷花　么子?你一个瞎子能看相?

徐光明　眼睛看不见,手会摸!我给你摸骨看相!要得吧?伸出
　　　　手来!呃,男左女右,右手!

王荷花　啊?你怎么抠我手板心?

徐光明　这叫深入细致。

王荷花　哎呀,你怎么摸到我这里来了?

徐光明　这叫全面观察！（没规矩地乱摸）

王荷花　流氓！（打光明一耳光）打流氓！打流氓……

　　　　〔王木匠跑上。

王木匠　妹子，什么事？

王荷花　爹爹，我叫他算八字，他要流氓！

王木匠　臭瞎子，你敢耍我女儿流氓，老子王木匠一斧头剁死你！

徐光明　（磕头）再也不敢了！我再也不敢了！

王荷花　滚！还不滚我叫孙得宝斗死你！

　　　　〔徐光明连滚带爬下。

王木匠　荷花，好端端的你算什么八字？

王荷花　我想看看我跟孙得宝的八字合不合得。

王木匠　孙得宝？你在跟孙得宝合八字呀？妹子，要得，他是造反派司令。你是造反派战士，你们的八字肯定合得！嘿嘿！我王木匠如果有了这个造反司令做郎崽子，以后就再不会有人敢欠我木匠工钱哒！

孙得宝　（上，亲热地）岳老子哎——

王木匠　哎——（突然想起一事）么子？刚才你喊我么子？

孙得宝　我喊你岳老子！

王木匠　只怕喊早哒！我问你，你是哪一年迁到我们樟树镇来的？

孙得宝　我是六四年从吊颈坡迁来的！

王木匠　六四年？孙得宝，这岳老子你真的喊早哒！

孙得宝　何解喊早哒？

王荷花　爹爹，你莫打我们的间卦咯！

王木匠　不是打你们的间卦。如今中央有个新政策，凡是六〇年
　　　　以后从农村迁到城镇呷国家粮的未婚男女，不算数，一
　　　　律遣返原地！

孙得宝　哎呀！有这回事呀？

王木匠　荷花，我屋里是六二年从农村迁到樟树镇的，也属遣返
　　　　对象咧！

荷　花　（哭音）爹爹，我不愿遣返，我死也不回去当农民！

孙得宝　荷花，烂哒饭呷粥，我们干脆结婚，来个一加一等于
　　　　二！

王荷花　做梦！一加一等于零，我才不和你遣返对象结婚咧！

王木匠　荷花，莫急，为今之计，马上在镇上找个呷国家粮的对
　　　　象，突击结婚，保住这个城镇户口！

王荷花　好！爹爹，还站哒做么子？快帮我去找对象咯！

　　　　〔王木匠父女急下。

孙得宝　唉！会要鸡飞蛋打咧！

　　　　（唱）只说是时势造英雄，

　　　　　　　只说是造反我有功。

　　　　　　　造来造去还是根穷光棍，

　　　　　　　搞不好会要遣返回农村。

　　　　　　　狗急跳墙我也要发点狠，

　　　　　　　到镇上找对象突击结个婚。

　　　　　排下队，镇上的妹子都丑得很，

　　　　　就只有吴文画是个大美人。

　　　　　只怕他早和春华同床共了枕，

　　　　　狗咬陀螺我肯定进不得兵。

　　　　　唉！情况紧急还管什么丑和俊，

　　　　　找个老猪婆也要结成婚。

　[切光。

　[升光。老樟树下，摆了一张桌子，站着孙得宝及一些造
　　反派战士。

　[光明瞎子、王彩凤及几个黑五类低头勾腰在接受斗争批
　　判。

孙得宝　你们这些黑五类牛鬼蛇神，抗拒改造，恢复四旧，组织
　　　　还乡团妄图向革命造反派反攻倒算，是可忍，热（孰）
　　　　不可忍……

徐光明　（大叫）不准放屁！

孙得宝　（拍桌子）光明瞎子，你敢说我放屁？

徐光明　报告司令，是那个臭地主放屁！

孙得宝　光明瞎子，你老实交代罪行！

徐光明　（背书式）黑五类徐光明，是恶霸地主丁汉武的孝子贤
　　　　孙，恢复四旧算八字，妄图发动第三次世界大战向造反
　　　　派进攻！罪大恶极，死有余辜！交代完毕！

孙得宝　下一个，王彩凤！

王彩凤　美蒋特务王彩凤，施美人计和贫雇农徐大发结婚，妄图掩盖自己的反革命罪恶活动。死有余辜，罪该万死！交代完毕！

老地主　（自动站出来）地主分子……

孙得宝　（不耐烦地）算哒算哒！你们这些牛鬼蛇神个个都是罪该万死！荷花，把他们带走！

王荷花　是！

　　　　[王荷花押徐光明、王彩凤及众黑五类下。

孙得宝　带走资派张吉祥！

　　　　[杨春华带张吉祥上。

孙得宝　张吉祥，你彻底交代了吗？

张吉祥　我、我……（战战兢兢送上一张纸）

孙得宝　（拍桌）写了三天才几个字，张吉祥，你想蒙混过关？我问你，在樟树镇当了十多年镇长，你贪污了多少公款？

张吉祥　这些都在四清中彻底清算、退赔了！

孙得宝　这十多年，你在镇上搞了多少妇女？

张吉祥　没搞，一个都没搞！

孙得宝　不老实！

张吉祥　我堂客是只母老虎，我有贼心有贼胆咧！

孙得宝　哼！你不老实交代休想过关！杨春华，你去写他的揭发材料！

　　　　[杨春华带众战士下。

孙得宝　（转换笑脸）镇长，来，抽支烟！

张吉祥　（受宠若惊）谢谢司令！

孙得宝　听说中央来哒政策，凡是六〇年以后从农村迁入城镇的
　　　　未婚男女都要遣返，有这回事吗？

张吉祥　对！好像有这么个政策！哎呀！司令你……也得马上在
　　　　镇上找个妹子结婚，保住这个城镇户口哟！

孙得宝　我这人眼界高，一般妹子看不上！

张吉祥　（阴阴地）吴文画怎么样？

孙得宝　好是好，可惜她名花有主啊！

张吉祥　名花有主？你堂堂造反司令，也可以棒打鸳鸯嘛！

孙得宝　棒打鸳鸯？你有办法？

张吉祥　报告司令，我戴罪立功，向你检举一个漏网黑五类！

孙得宝　谁？

张吉祥　吴文画！

孙得宝　（愕然）她是黑五类？

张吉祥　……（附耳低语）

孙得宝　（如获至宝）好！好！张吉祥同志，我宣布，你解放了，
　　　　官复原职，你还是我们樟树镇的镇长！

张吉祥　谢谢司令！

　　　　［切光。

　　　　［暗转，吴文画卧房。

　　　　［吴文画伏在花架上绣花。

吴文画　（唱）沁凉的夜呀蟋蟀鸣，

待嫁的姑娘绣花枕。

手拈花针，做的新娘梦，

哎呀呀——

花针扎了手，醉了我的心。

春华哥聪明勤奋求上进，

石匠手艺镇上他最精。

谁不夸我俩是天生一对，

就只盼早进洞房乐新婚。

[杨守义端一瓦钵上。

杨守义 文画，这么晚了，你还在绣什么？

吴文画 （害羞地）不告诉你！

杨守义 我知道，你在绣结婚枕头！（拿起白描稿，不以为然地摇摇头）嘿！枕头上绣毛主席像？没见过！哦，我今天抓了只脚鱼，炖好了，趁热呷吧！

吴文画 守义叔，你真是对我太好了！（接过瓦钵，放桌上）我等下再呷！

杨守义 我晓得，你想留给春华呷！蠢妹子，我给他也留了一份！（顺手拿起桌上那张白描稿盖在瓦钵上，压上一把剪刀，自言自语）春华都快当新郎官了，石匠手艺不做忙造反！造反造反，这年头，什么事都没个章法咯……（下）

[孙得宝上，敲门。

吴文画 春华哥！（高兴地开门，愕然）是你？

孙得宝　哈哈！到底是大姑娘绣房，喷香的！

吴文画　孙司令，有事吗？

孙得宝　我搞了一个毛主席像章，你看！

吴文画　哎呀！好漂亮！

孙得宝　文画，我、我……

吴文画　你？怎么啦？

孙得宝　（鼓起勇气）文画，这像章送给你，我、我想和你谈对象！

吴文画　（一惊）孙司令，这像章，我不能要你的！

孙得宝　你不要？这是革命的定情信物，你还嫌弃？

吴文画　不是嫌弃，你应该晓得，我和杨春华快要结婚了！

孙得宝　我当然晓得！

吴文画　我的心里只有他一个人！

孙得宝　既然这样，有句话，我不能不讲了！

吴文画　什么话？

孙得宝　杨春华根正苗红，前程远大，是镇上的培养对象，你如果真心爱杨春华，就赶快和他分手！

吴文画　和他分手？

孙得宝　你不能和他结婚，若是和他结了婚，就是害了他！

吴文画　孙得宝，你讲这话是什么意思？

孙得宝　什么意思？因为你的身份是黑五类子弟！狗崽子！

吴文画　我是黑五类子弟，狗崽子？你乱讲！

孙得宝　恶霸丁汉武和姘头吴文书生的女儿还不是黑五类狗崽

子吗？

吴文画　你放屁！吴文书是我姐姐！

孙得宝　不！吴文书是你的亲娘！亲娘！

吴文画　（蒙了）吴文书是我亲娘？谁告诉你的？

孙得宝　这是镇长揭发的，还能有假吗？

吴文画　啊！（跌坐）

孙得宝　嗯？什么东西这样香？（揭开盖在瓦钵上的纸）好啊！你把伟大领袖毛主席像盖在脚鱼王八汤上，还压哒一把剪刀！吴文画，你原来想谋害毛主席，替你父亲丁汉武报仇呀！好！好！你的罪证在我手里，我只要朝上面一报，不光定你个现行反革命，杨春华是同谋，他也脱不了身！

吴文画　不！不要报，不要报……

孙得宝　这是个令人发指的政治案件，我能隐瞒不报吗？

吴文画　得宝哥，求求你，这事你千万不能牵连春华哥！

孙得宝　要我不上报也可以，你收下这个！（递出像章）

吴文画　我、我……（抖索着手接过像章）

孙得宝　我等你回话！要快啊！哈哈哈哈……

　　　　[孙得宝得意扬扬地下。

吴文画　天啦！

　　　　（唱）晴天霹雳，把我头震昏，

　　　　　　　我的心，直往万丈深渊沉。

　　　　　　　到今日，才知姐姐是亲娘。

到今日，才知生父是个大恶人。

原来我，我是个丑恶的黑五类。

原来我，我是个不该出生的人。

春华哥呀，

忍痛与你一刀段，

我不能误了你的好前程。

　［杨春华哼着歌上。

杨春华　（敲门）文画，睡了吗？

　［吴文画扑向门边，欲开门，又后退，哭出声。

杨春华　文画，你哭什么？快开门！开门！

吴文画　春华哥，你走吧！

杨春华　不！你不开门，我就不走！

吴文画　你快回去，守义叔给你留了脚鱼汤……

杨春华　开门！快开门！

吴文画　（歇斯底里地）你走！你走！杨春华，你今后再也不要来找我！我跟你缘分到头了，你走！

　［杨春华呆住。

　［切光。

　［暗转，徐大发家。

　［内室传来光明疯疯癫癫的号叫声。

徐大发　（上）光明伢子，半夜三更莫号哒，你一个瞎子，再号也号不来堂客！唉！不得了咧！

（唱）光明吵得我头发晕，

就像野猫子在号春，

练地打滚想堂客，

一天到晚发神经，

都说这是桃花病，

结婚才能断病根，

他一个瞎子穷光棍，

哪有妹子愿上门？

[王彩凤上，取下黑五类牌子一摔。

徐大发　彩凤，回来了？今天没累着吧？

王彩凤　没事，我这美蒋特务挂牌游街，家常便饭，跟上班一样，

蛮舒服！呃，光明又发病了？我去看看他……

徐大发　你去没用，他只听曼云的！

王彩凤　那我把曼云喊回来！

徐大发　曼云拖儿绊崽，晚上只怕难得来……

[曼云上，敲门，彩凤开门。

王彩凤　曼云你回得正好，光明又发病哒！

[曼云一言不发，径直走进光明房间。

[大发房间灯暗。

[光明房灯亮，徐光明躺在地上号叫。

徐曼云　（面无表情，冷冰冰地）弟弟。

徐光明　（跳起来，抱住曼云）姐姐，我好想……

徐曼云　（挣脱）这几天算八字，赚了多少钱？

徐光明　（掏出一把零钱）这阵破四旧，没什么生意，就这点零碎钱！

徐曼云　（将零钱收进自己口袋）好，换一张十块大票给你！（递给光明一张钞票）

徐光明　（仔细收好钞票）姐姐，天底下就只你真正对我好！姐姐，我已经存了二十九张，就是二百九十块钱！你莫告诉爹爹，这是我留着讨堂客的！

徐曼云　（木然）晓得！

徐光明　姐姐！（扑过去抱住曼云）

〔光明房灯灭。

〔徐大发房升光。

王彩凤　作孽啊！老倌子，这会有报应的！

徐大发　随他们去！反正曼云是我捡来的，他们姐弟没血缘关系……

〔徐曼云出房，神情漠然地走了。

〔切光，追光。

王木匠　（上、唱）那遣返的政策害死人，

　　　　　　　　我王木匠天天伤脑筋。

　　　　　　　　有心给荷花拉郎配，

　　　　　　　　合适的找不到一个人。

　　　　　　　　今晚若是不落听，

　　　　　　　　女儿会上吊割颈根。

　　　　　　　　七寻八访都找尽，

这镇上只剩那瞎子是单身。

唉！管他咧！瞎子就瞎子，他会算八字，能赚松泛钱，荷花饿不死！要得！（敲门）亲家！亲家开门咯——

[徐光明，徐大发家。

[徐大发、王彩凤披衣上。

徐大发　婆婆子，好像是哪个在喊亲家！

王彩凤　（开门）是哪个夜猫子稀客呀？

王木匠　哈哈哈哈！亲家母，哦嗬！还有亲家！

徐大发　碰鬼！王木匠，你我几时成哒亲家？

王木匠　亲家，你装糊涂呀？我屋里荷花同你屋里光明搞上哒对象，如今连觉都睡哒肚里怕有货哒，那就不能赖账的哪！

王彩凤　真的？王师傅，莫开这号玩笑咯！

王木匠　这号儿女大事，未必我会捏白呀？

徐大发　慢点！你屋里荷花年轻漂亮，还绣得一手好花，怎么会看上我屋里这瞎子？

王木匠　缘分！这就是缘分！瞎子瞎子，会算八字，我屋里荷花什么人都不喜欢，就是喜欢瞎子！我今晚来，就是特事和亲家商量，什么时候给他们办喜事！

徐大发　哎呀！亲家，坐咯！呷烟咯！婆婆子，泡茶咯！

王木匠　王木匠木匠王，称心如意找个郎，树新风不要彩礼，破四旧倒贴嫁妆。婚事争取早点办，最好后天就圆房。亲家亲家母，要得不？

徐大发　（喜得合不拢嘴）要得要得！当然要得！

王木匠　亲家，一言为定，我就走哒！

徐大发　亲家好走！亲家好走！

　　　　〔王木匠喜滋滋地下。

徐大发　光明！光明！出来！

徐光明　（不耐烦地上）吵死呀？我正好在梦里头结婚快活，把我吵醒哒！

徐大发　我的个崽，你跟荷花谈爱，怎么瞒哒我们做爷娘的，连点点口风都不漏呀？

徐光明　（惊愕）啊？我跟荷花谈爱？

徐大发　莫装糊涂哒，刚才你岳老子王木匠亲自来定哒日子，过两天你们结婚圆房！

徐光明　真的？我有堂客咯！

　　　　〔徐光明高兴得跳了起来，碰翻了桌子。

　　　　〔切光。

　　　　〔暗转。老樟树下。

　　　　〔吴文画、杨春华相对上。

吴文画　（唱）夕阳如火，

杨春华　（唱）血色黄昏。

吴文画　（唱）心头滴血，染红了晚霞，

杨春华　（唱）满腔怨气，烧红了眼睛。

吴文画　（唱）十多年，冷暖知心相依为命，

杨春华　（唱）可如今，她待我如同陌路人。

吴文画　（同唱）春华呀，我只能对你这样心狠，

杨春华　（唱）文画呀，你为何对我这样心狠，

　　　　　　　我恨不得掏出破碎的心。

吴文画　春华哥，我的春华哥呀！

　　　　　（唱）你叔伍对我有海样深恩，

　　　　　　　说还债，当牛做马也还不清。

　　　　　　　我本该是你杨家好媳妇，

　　　　　　　我本该和你如愿结为婚。

　　　　　　　怎奈是现实无情破美梦，

　　　　　　　到如今棒打鸳鸯要离分。

　　　　　　　你不能娶我这个黑五类，

　　　　　　　我不能误了你的好前程。

杨春华　文画，你不能这样对我！我不管你是红五类还是黑五类，我都爱你，为了你我可以不要什么前程！文画，我不能没有你啊！

吴文画　不要说了，我今天已经和孙得宝扯了结婚证！

杨春华　（咆哮）你、你……文画，你难道不晓得孙得宝是个什么东西？

吴文画　我晓得！他能得到我的人，但永远得不到我的心！

杨春华　你蠢！你真蠢啊！（打自己）我造反我革命，我根正苗红，我前程似锦，可如今我连自己爱的人都保不住，我还算什么人啊！

吴文画　春华哥！（扑进杨春华怀抱）

　　　　　［切光。

　　　　　［暗转。徐光明的新房。

　　　　　［光明呆坐，荷花面露一丝诡笑，审视着局促的瞎子。

徐光明　荷花，几点钟？

王荷花　桌上有钟，你自己看嘛！

徐光明　荷花，把房门关上。

王荷花　（反将房门打开）关上了！

徐光明　荷花，把灯吹黑。

王荷花　（反将灯捻大些）吹黑了！

徐光明　荷花，我们今天结婚，你高兴吗？

王荷花　当然高兴！我的城镇户口总算保住了！

徐光明　荷花，我们睡觉吧。

王荷花　各睡各的！

徐光明　不行，你已经是我堂客，要睡一个被窝！（摸索）

王荷花　（躲开）光明瞎子，你以为我真的会和你睡觉养崽？休想！

徐光明　啊？你讲什么？

王荷花　你以为年轻漂亮的荷花会真的看上你瞎子？做梦！

徐光明　你嫌我是瞎子？（冷不防抓住荷花）好！我也抠瞎你一双
　　　　眼睛，你就不会嫌弃我哒！（乱抓乱抠）

王荷花　（挣脱）光明瞎子，你好狠心！

徐光明　你的心还狠些，和我结婚又不和我睡觉！

王荷花　实话告诉你，我是为哒保住城镇户口才和你扯结婚证的，
　　　　你这丁汉武的狗崽子也想和我造反派睡觉？笑话！

徐光明　（软了下来）荷花，我虽然是瞎子，但我会算八字，能赚
　　　　钱养活你！这几年，我已经聚了二百九十块钱！

王荷花　（眼睛一亮）真的？你有二百九十块钱？

徐光明　你看！（拿出钱）二十九张，十块钱一张，全部给你！

王荷花　哈哈哈哈，这是钱？你以为我也瞎哒眼睛呀？

徐光明　何解？

王荷花　这都是从画报上剪下来的花纸！

徐光明　啊！好狠！好狠！徐曼云，我的姐姐，你好狠心，把我
　　　　讨堂客的钱都㧟走了啊！

　　　　[徐光明又哭又笑，将手中花纸撒到空中。

　　　　[切光。

　　　　[暗转。老樟树下。

杨守义　（上、唱）孙得宝逼婚逼得紧，

　　　　　　　　　眼看文画又要进火坑。

　　　　　　　　　都怪狗日的张吉祥，

　　　　　　　　　一辈子作恶尽害人。

　　　　　　　　　当年害得文书吊了颈，

　　　　　　　　　如今又活拆春华这门亲。

　　　　　　　　　我老实人再也无法忍，

　　　　　　　　　定要找他把命拼。

　　[张吉祥满脸自得，摇摇摆摆上。

杨守义　狗杂种，老子今天要打死你！

　　[杨守义扭打张吉祥。

吴文画　（跑上，扯开二人）守义叔，算哒……

张吉祥　杨守义，你殴打革命干部，有你好看的！（狼狈地下）

吴文画　守义叔，你没事吧？

杨守义　我没事！文画，春华要走哒！

吴文画　啊？春华哥要走？到哪里去？

杨守义　不晓得！让他去找自己的出路吧，你留不住他，我留不住他，樟树镇也留不住他！走吧！让他离开这块伤心的地方也好……（下）

吴文画　他要走？他要走……

　　[吴文画呆住。

　　[徐光明手提一个油瓶，跌跌撞撞而来。

吴文画　光明哥！你到哪里去？

徐光明　我也不晓得，我做了一个梦，菩萨要我到一个地方去，一个安静的地方！哦，文画，你我共着一个恶霸地主爹爹，也算是兄妹吧，你能喊我一声哥哥吗？

吴文画　（哽咽）哥哥……

徐光明　好妹子！好妹子！唉！还记得小时候吗？你、我、还有春华，我们三个总是疯在一起，无忧无虑啊！如今，我们都长大了，人要是永远不长大，永远不懂事多好？这人，活在世上好难啊！（一阵怪笑）我先前以为这世上还有一个好人，我的姐姐曼云，她从细带大我，甚至把身体都给了我，可到头，她偷走了我讨堂客的命根子钱！荷花为了保住一份国家粮和我结婚，结哒婚又不愿跟我睡觉，跑了……这世界疯了，人都成了疯子，你呷我，我呷你，人呷人啊……

〔徐光明跌跌撞撞朝樟树后走去。

〔吴文画正欲下，猛见背着背包的杨春华在远处望着自己。

〔万语千言，化作心声。

吴文画　（唱）哥哥你要走，去何方？

杨春华　（唱）路在脚下，男人该闯荡。

吴文画　（唱）说一声珍重，山高水远路长，

杨春华　（唱）带走念想，带走失望哀伤。

　　　　（同唱）莫忘了疼你爱你的亲人 / 再见了疼我爱我的亲人，

　　　　　　　　莫忘了老樟树下的阴凉 / 再见了老樟树下的阴凉。

〔杨春华毅然离去。

〔无歌词伴唱起：啊——

〔樟树后火光冲天，人声鼎沸：不好了，光明瞎子烧死了……

〔吴文画冲下。

〔杨守义托着裹着白布的光明尸体上。

〔吴文画扶着呼天抢地的大发夫妻上。

〔灯暗，一束追光投射在众人悲伤脸上。

〔切光。

第三幕　春风化雨

时　间：距前幕十三年后，1980 年春

地　点：樟树镇

人　物：吴文画，女，38 岁

　　　　杨春华，男，40 岁

　　　　张吉祥，男，59 岁

　　　　徐大发，男，68 岁

　　　　丁汉文，男，55 岁

　　　　王彩凤，女，53 岁

　　　　孙得宝，男，39 岁

　　　　镇干部狮、龙舞者群众

〔铿锵有力的锣鼓声。

〔舞台升光。老樟树贴着若干时代标语"搞活经济、解放思想"……

最醒目的是一条横幅："热烈欢迎爱国侨胞丁汉文先生回乡"

〔老樟树下正在为欢迎丁汉文排练狮、龙，张吉祥在一边心不在焉地看着。

〔排练完，众舞者围住张吉祥。

众舞者　△老镇长，怎么样？请多多指教！

　　　　△老镇长，我的狮子耍得好吧……

     △老镇长！老镇长……

张吉祥 （失态地）老镇长老镇长，我还没老，还只有五十九岁！

众舞者 （莫名其妙，霎时噤声）……

张吉祥 哈哈哈哈！同志们的狮龙排练得蛮好！蛮好！这次丁先

        生的欢迎会，就靠你们热闹了！好，都回去准备吧……

     〔众人一哄而下。

张吉祥 唉！老了！我真的老了！

     （唱）几十年风雨，看透人世沧桑，

           金枪不倒，我稳把镇长当。

           可如今，看不懂阶级斗争新动向，

           右派平反，地富摘帽，变了政策，

           神州大地颠倒了阴阳。

           还喊什么搞活经济，解放思想，

           莫名其妙，我老革命痛失主张。

           不搞斗争，这党还像什么党？

           一团和气，我这个镇长怎么当？

           昨天县里来人讲，

           爱国侨胞丁汉文要回乡。

           接待要周到，

           排场要铺张，

           我听哒气得发粪胀，

           恨不得脑壳去撞墙。

           这真是隔河风水轮流转，

逃亡地主今日杀回了乡。

奉命迎接我有屁不敢放。（喜鹊叫）

呸啾！背时喜鹊叫得我心发慌。

[镇干部拿纸笔上。

镇干部　镇长，丁家老屋那块"报国为民"的匾额还是找不到人写！

张吉祥　么子？10块钱一个字还找不到人写？

镇干部　如今这镇上没几个人会写毛笔字！

张吉祥　同志，这四个字是当年丁汉文亲笔写的，可惜那块匾在"文革"中烧掉了，这次他回来……是这样，20块钱一个字，一定要找人写出来！

镇干部　（为难地）只怕钱再多也没人会写。

张吉祥　同志，这是政治任务……

　　　　[吴文画、王彩凤上。

吴文画　那几个字，凤姑姑可以写！

张吉祥　什么？王彩凤，你一个光眼瞎子会写匾？莫逗把咯！

吴文画　我看你是有眼不识金镶玉！写不写？不写我带凤姑姑走哒！

张吉祥　死马当作活马医，写！

吴文画　笔墨伺候！

镇干部　文房四宝都准备哒！只是这里没桌子！

吴文画　没桌子？镇长，你这身架子门板样，借哒用一下咯！

张吉祥　嗨！（弯腰弓背）

〔镇干部将纸铺在张吉祥背上，王彩凤面无表情，拈毫舔墨，稍一凝神，"报国为民"四个大字一挥而就。

镇干部　哎呀！好翰墨！

张吉祥　不错！蛮像当年那四个字！快拿去拓墨泥金上匾！

〔镇干部拿字幅下。

张吉祥　王彩凤，不，现在应该叫你徐大娭毑，这是80块钱……（抬头，见吴文画、王彩凤已走了，不由得捶胸顿足）变天了！真的变天了！当年这臭丫头放跑了丁汉文，今天又堂而皇之为他写匾……

孙得宝　（上）镇长，告诉你一件大事！

张吉祥　什么事？

孙得宝　昨天我在县里，看见杨春华了！

张吉祥　杨春华？他不是在新疆什么建设兵团当上了什么长吗？

张吉祥　调回来了！调到我们县当县长！

张吉祥　啊？他到我们县当县长？

孙得宝　这次是他亲自陪丁汉文回樟树镇，（得意地）他还要推荐我堂客吴文画当湘绣厂厂长！

张吉祥　他要你堂客当厂长，你得什么意？他们是老相好，你就不怕他回来抢你堂客？

孙得宝　对呀！得防他这一手！妈妈的，吴文画这个臭婆娘，同我结婚十多年，一直是身在曹营心在汉，老子跟她睡觉她都叫我春华！哼！先管住这臭婆娘再说！（下）

张吉祥　天啦！丁汉文衣锦还乡，杨春华当了县长，还要让黑五类狗崽子吴文画当厂长!(哀号)毛主席,我想不通啊!

[切光。

[暗转。徐大发家。

[徐大发在闷头抽烟。

[吴文画偕王彩凤上。

徐大发　(没好气地)婆婆子,看不出啊,几十年哒我都以为你是
　　　　只文盲,没想到是个饱学秀才,今天露的那手好翰墨,
　　　　轰动了整个樟树镇咧!

王彩凤　(平静地)说了你们也许不信,当年丁家老屋那块匾,本
　　　　来就是我写的!

徐大发　你写的? 一个丫头!

王彩凤　不瞒你,当年我在丁家当丫头,丁汉文确实对我蛮好,手
　　　　把手教我写毛笔字,光那四个字,我就练了大半年……其
　　　　实,我也只会写那四个字,别的字都不认得!(落泪)

吴文画　凤姑姑……(扶彩凤坐下)

徐大发　唉!婆婆子,你莫伤心哒!

　　　　(唱)土改时你救了丁汉文的命,

　　　　　　　连累你三十年来念苦经。

　　　　　　　这回他若接你去享福,

　　　　　　　我让你走,让你行,我让你去做阔夫人!

王彩凤　老倌子你不要这样讲!

　　　　(唱)三十年患难夫妻相依为命,

　　　　　　我和你打脱骨头连着筋。

　　　　　　丁汉文发财是他的命,

　　　　　　我不会走,不会行,我不会去做阔夫人!

徐大发　　婆婆子!

王彩凤　　老倌子!

吴文画　　好哒!看你们像年轻人谈恋爱一样,我就放心哒!

徐大发　　文画,孙得宝是只化生子,你们吵哒十多年,你准备就
　　　　　　这样跟他过下去?

吴文画　　(淡淡地)我习惯哒,反正崽都读中学哒!

王彩凤　　听说春华从新疆调回来,当我们县的县长咧!

徐大发　　唉!早知今日,你又何必当初哟!

吴文画　　不!我一点也不后悔!当初我要是真和他结了婚,他今
　　　　　　天还能当上县长?只怕还在麻石洞里打石头咧!

孙得宝　　(上,大叫)吴文画,我的堂客呃——(进屋)

徐大发　　叫死呀?呷错哒药呀?你堂客在我屋里!

吴文画　　(冷冷地)什么事?

孙得宝　　今天杨春华会回来,老子是特事来警告你的,一不准你
　　　　　　跟他见面;二不准你答应当湘绣厂厂长!要是发现你和
　　　　　　他勾勾搭搭,老子……

徐大发　　孙得宝你这狗杂种,你莫在我屋里对文画耍威风喃!

王彩凤　　文画,人善被人欺,干脆,打报告离婚!

孙得宝　　啊?你两只老不死的要拆散人家婚姻呀?会遭雷打
　　　　　　咧……

徐大发　（拿根棍子作势打人）滚！

孙得宝　就不滚，老子偏要慢慢走！（下）

徐大发　文画，杨春华、丁汉文应该快到哒，你陪我婆婆子去接
　　　　他们！

王彩凤　（感激地）老倌子！

　　　　［切光。

　　　　［暗转。老樟树下又增加了一条横幅："热烈欢迎杨春华
　　　　县长回镇蹲点"。

　　　　［丁汉文、杨春华缓缓上。

杨春华　丁先生，你看，离开多年，家乡还是欢迎我们回来！

丁汉文　当年我是夹着尾巴逃走的，今天重回故里，感慨万千
　　　　啊！

　　　　（唱）三十年魂牵梦绕樟树镇，

　　　　　　　他邦异国说的依旧是乡音。

　　　　　　　看小桥流水，老樟摇风，

　　　　　　　恍如隔世，我像梦中行。

杨春华　（唱）十多年久违我的樟树镇，

　　　　　　　实难忘故乡草木故乡人。

　　　　　　　重任在肩，胸怀使命，

　　　　　　　奔小康，靠的是改革春风。

　　　　［吴文画、王彩凤上。

　　　　［杨春华、丁汉文呆住。

［四人对视，百感交集，互传心声。

吴文画　春华哥！

王彩凤　二少爷！

杨春华　文画！

丁汉文　彩凤！

吴文画　（唱）眼见你斑了发鬓，

王彩凤　（唱）眼见你白了发鬓，

杨春华　（唱）眼见你添了皱纹，

丁汉文　（唱）眼见你满脸皱纹，

吴文画　（唱）你多了些老成镇定，

王彩凤　（唱）你多了些儒雅淡定，

杨春华　（唱）你依旧娴静可人。

丁汉文　（唱）你依旧风韵袭人。

四　人　（同唱）啊，春风里，喜相逢，

　　　　　　　把心底旧梦重温，把心底旧梦重温。

　　　　［喳喳鹊噪，惊醒四人。

杨春华　丁先生，我来介绍，这位就是吴文画！

丁汉文　吴文画？哦，我走时，你才这么高！

吴文画　丁先生！

丁汉文　你能不能叫我叔叔？

吴文画　不！我从心里不愿承认丁汉武是我父亲，永远也不会！

丁汉文　哦？

吴文画　我只是丁汉武罪恶的果实！40年了，他阴魂不散，带给我的只是眼泪和痛苦！

丁汉文　可以理解，可以理解！

杨春华　丁先生，你和彩凤姑姑在这里聊聊，我和文画到湘绣厂
　　　　去商量点事！

丁汉文　请！

　　　　[文画稍迟疑，随春华下。

丁汉文　彩凤，30 年了，让我好好看看你！

王彩凤　（退缩）丁先生！

丁汉文　丁先生？刚才你叫我二少爷，一下让我想起了好多事
　　　　情……

王彩凤　我、我想问你一句话！

丁汉文　请讲！

王彩凤　这次回来，你是衣锦还乡光宗耀祖，还是心怀旧怨，回
　　　　乡示威？

丁汉文　不，我是回来报恩的！

王彩凤　报恩？报谁的恩？

丁汉文　彩凤！

　　　　（唱）若无你当年放我的生，

　　　　　　　这世上只怕没了丁某人。

　　　　　　　千辛万苦我逃出国，

　　　　　　　牢记你的叮嘱重做人。

　　　　　　　丢掉了少爷臭身份，

　　　　　　　我自食其力求生存。

　　　　　　创业难，我靠勤奋和发狠，

　　　　　　唐人街上，我总算站稳脚跟。

　　　　　　三十年，不敢忘记你王彩凤，

　　　　　　三十年，只盼故人能重逢。

　　　　　　三十年，总想把你深恩报，

　　　　　　彩凤呀，

　　　　　　只求你随我走，随我行，随我去国外，

　　　　　　娱你晚景，慰我平生。

王彩凤　（唱）说什么随你出国娱晚景，

　　　　　　彩凤我不是贪恩图报人。

　　　　　　樟树镇已迎来崭新风景，

　　　　　　靠勤劳致富，我的晚景自娱人。

丁汉文　唉！果然被杨县长说中了！

王彩凤　他说什么？

丁汉文　他说你一定会拒绝我这片心意！

王彩凤　不！丁先生，你的好意我心领，不过……丁先生，你还记得你当年手把手教我写的那块匾吗？

丁汉文　"报国为民"，我当然记得！想当年我也是一个热血青年，也有一腔报国为民的志向，可惜生在那样一个家庭……哦！那块匾还在吗？

王彩凤　在！当然在！乡亲们听说你回来，早把丁家老屋收拾好了，等你回去住咧！

丁汉文　真想不到乡亲们这么盛情！

王彩凤 是啊！樟树镇人都是好人，他们没有记恨过去你丁家作的孽！丁先生，你何不把报答我的心意补偿给镇上的乡亲们？

丁汉文 彩凤，你真是一位伟大的女性！好，我决定把这次带回的钱，全部投资给湘绣厂，如果可以，我还想回樟树镇来定居！

〔杨春华、吴文画上。

杨春华 感谢！欢迎！感谢丁先生给湘绣厂投资，欢迎丁先生回乡定居！

丁汉文 杨县长，乡亲们对我丁家太宽厚了！我倾家荡产也难报万一呀！彩凤，请你陪我去丁家老屋。

〔丁汉文、王彩凤下。

杨春华 文画，湘绣厂资金解决了，你这厂长该要上任了吧？

吴文画 让我再想想！

杨春华 这次，我回樟树镇蹲点，确实是抱了一点私心的。我们这代人失去的东西太多了，我总想找回来！如今拨乱反正，百废待兴，我想趁党中央的这股改革春风，让乡亲们脱贫致富！文画，你的湘绣技术一流，凭我的面子，不应该拒绝当厂长吧？

吴文画 我也想干点事，可是、可是……

杨春华 是因为孙得宝？你的情况我清楚，你有没有想过跟他离婚？

吴文画 这像你县太爷说的话吗？

杨春华　县太爷就不是人吗？文画！

　　　　（唱）十四年你和他同床异梦，

　　　　　　　十四年我单身汉子好孤零。

　　　　　　　我总盼有情人终成眷属，

　　　　　　　你趁早离了这粪胀男人。

吴文画　（唱）我知你单身汉子好孤零，

　　　　　　　我也曾为你相思失了魂。

　　　　　　　如今你胸怀壮志回乡井，

　　　　　　　我为你高兴又伤情。

　　　　　　　不是我薄情又懦弱，

　　　　　　　这辈子实难与你结为婚，

　　　　　　　生儿育女别人妇，

　　　　　　　我不能离婚再嫁落骂名。

杨春华　想不到你还这么封建！好！这事以后再说！

吴文画　以后也不要说！

杨春华　那可不一定！

孙得宝　（从老樟树后跳了出来）好啊！身为堂堂县长，你想拐骗
　　　　良家妇女，当三只脚呀？

吴文画　孙得宝！

孙得宝　站开！杨春华，别看你是县太爷，想欺负我这狗屁也不
　　　　是的平头百姓可办不到！想当年我是响当当的造反司令，
　　　　你还是我手下的兵！吴文画，跟我回去！

吴文画　孙得宝，够了吧？

孙得宝　还不够，到夜里我要整死你！

吴文画　好！本来我不愿当厂长，你这一闹，我偏要争口气，这
　　　　湘绣厂厂长我当定了！

孙得宝　你敢！（举起拳头）

吴文画　你敢！

孙得宝　杨春华，我要到省里去告你！告死你！（下）

　　　　［切光。

　　　　［舞台灯大亮，老樟树下。

　　　　［合唱

　　　　　　啊，老樟爷

　　　　　　你傍古镇生，虬根盘杂

　　　　　　你伴湘水长，叶茂枝华

　　　　　　新的年轮

　　　　　　刻下那沃土上的飒爽英姿

　　　　　　春风化雨

　　　　　　催开了小康路的幸福之花

　　　　　　啊，老樟爷

　　　　　　我的老樟爷

　　　　［合唱中，铿锵有力的锣鼓声，张吉祥肩扛"樟树镇湘绣
　　　　厂"厂牌上，兴高采烈的群众簇拥着杨春华、丁汉文、
　　　　吴文画、王彩凤等人上。

　　　　［杨春华、丁汉文向吴文画授牌。

［狮龙狂舞。

［众造型。

［剧终］

1994 年初稿

2016 年定稿

后　记

　　我的家乡是个花鼓戏窝子，所以村里大多有业余剧团，过去，每逢年节，剧团都会排戏演戏，敲锣打鼓，很是热闹。

　　少小时，有个比我大一岁多的哥们儿，就住我下屋场，某天，我忽然发现他竟在偷偷学习写戏，说是想写个剧本拿到业余剧团上演。我佩服得五体投地，经常跟屁虫一样黏着他。

　　几十年后的今天，我还记得他写的两句花鼓戏唱词："太阳落在湖角角，堤上来了我四婆婆。"

　　一直认为，这两句植入我记忆深处的唱词，对我以后投身梨园，与弦歌粉墨相伴有莫大关系——"若是没奇缘，今生偏又遇着他。"

　　家乡有句俗话：养崽不学艺，担脱箢箕系。由此，初中毕业后我即去学了木匠。之后"外流"进城，再之后阴错阳差地进了剧团，干上了编剧行当。

　　夜半扪心，自己本没有什么戏剧细胞，竟敢壮起胆子写戏，很难说不是那两句唱词激励了我。当然写戏之路崎岖坎坷，但幸运的是，一路走来，运气奇佳，所遇者皆是帮助我鼓励我鞭策我奋进的贵人！

在剧团干了多年，之后调进专工戏剧创作的市戏剧工作室。于我而言，这是块圣地，终日晨钟暮鼓，瑶草琪花，馨香洗耳，梵唱沐心，纵是顽石也通了几分灵性。于是，我陆续有戏剧作品问世登台。

剧作即将结集付梓，想起我从艺习剧之点滴，万千感激之情油然而生。我感谢各级领导的厚爱与提携，感谢业界老师专家朋友一如既往的无私教诲与指拨。感谢株洲市文联对拙作出版热诚的关爱与支持。

不尽感激之情凝成一个信念：我永远是人民的文艺工作者，我的每个作品都属于时代，属于人民！

马智立

2017 年 5 月 8 日